入聲字箋論

陳慧劍 著　　東大圖書公司 印行

國立中央圖書館出版品預行編目資料

入聲字箋論／陳慧劍著．--初版．--臺
北市：東大發行：三民總經銷，民82
面；　　公分．--（滄海叢刊）
ISBN 957-19-1522-X（精裝）
ISBN 957-19-1523-8（平裝）

1.中國語言-聲韻

802.4　　　　　　　　82002485

© 入　聲　字　箋　論

著作人	陳慧劍
發行人	劉仲文
著作財產權人	東大圖書股份有限公司
	臺北市復興北路三八六號
發行所	東大圖書股份有限公司
	地　址／臺北市復興北路三八六號
	郵　撥／〇一〇七一七五——〇號
印刷所	東大圖書股份有限公司
總經銷	三民書局股份有限公司
門市部	復北店／臺北市復興北路三八六號
	重南店／臺北市重慶南路一段六十一號
初　版	中華民國八十二年五月
再　版	中華民國八十四年八月

編　號　E 80092

基本定價　肆　元

行政院新聞局登記證局版臺業字第〇一九七號

ISBN 957-19-1523-8（平裝）

入聲字箋論

陳慧劍 著

邵夢蘭署

自　序

　　我的少年時代，歷經兵荒馬亂；在求知過程裏，是一段白雲藍天。十八歲以前，我接觸的，是七年不到的正規教育，和兩年八個月的線裝書。在往事裏摸索，那一段歲月，除了對中國舊詩，發過一陣子魔勁，實在找不出甚麼東西來。

　　記得十七歲那年，我是非常不寂寞的；那年夏天，爲了逃難，在一個荒村的朋友家裏，整天睡在他家倉房的小麥摺子裏，身下墊着小麥，把一部紅樓夢啃得稀爛，彷彿看了六七遍，這部書裏所有的詩、詞、聯，至今熟記於心。

　　其實，我的心不在這兒。我時時刻刻叨念着怎麼樣把我的「少年身」，送到戰場，去餵日本人火紅的槍口。有一次，和兩三個同流，找到一處游擊隊的司令部，請那位瘦得像桃木猴子般的司令，派一個兵當。他把我望一眼：「你們有多少桿槍？」

　　「沒有槍！」我說：「憑我十七歲，够了吧？」

　　「沒槍那不行。沒槍怎麼打游擊？我們這不收沒帶槍的小爺——你走吧！」司令把脖子漲得鮮紅，伸手從身底下抽出一支駁殼槍來，亮相！

　　我一肚火，叫他搔得冒十丈高，可是沒處抓撓。原來當游擊隊還要自己帶槍，沒槍管你十七十八，還沒人要，眞是荒天下之大唐！

　　過了年，我一氣隻身遠走江西，投到正規陸軍，比那「十萬青年十萬軍」那陣子戰場熱，還要早兩年，穿上軍裝。到今天，

腳踵上，　還烙着草鞋帶的斑痕；　腿肚子上，　還有粗布綁腿的刻
線；肩上，還有機關槍的森冷、沉重。從此我與書絕緣。回想起
來那粗獷、迷離、血染的生命歷程，恍如隔世。

　　自脫去戎衣，重新拾起書本，在破碎的往事裏，檢起詩。兩
手粉筆灰，一襲青衫舊，居然做起「先生」，教人謦欬吟哦；天
下之荒唐事，寧過於斯？

　　這本沒學問的小書，是少年時學詩的殘像；拾古人之牙慧，
借今賢之餘墨，拼湊成幅，加一點自己實踐中得來的沙沫，來獻
給愛我們「中國舊詩」的朋友。爲了要明白中國詩的美，你必得
先要知道中國詩裏最主要的原素——「聲美」。這本書便提供兩
項最具體的認識「平、上、去、入」的偏方，它以「入聲」爲杼
紐，　爲你解決聲律問題。　像「春心莫共花爭發，　一寸相思一寸
灰。」像「滾滾長江東逝水，浪花淘盡英雄！」這些所有古人的
名句，都有它無限聲律美，足够你回味！

　　爲這本書，故劍沉埋多年，又得以重見天日，但望聲學界先
進有以教哉！

陳 慧 劍　　1993年2 月12日
　　　　　　北投杜魚庵

入聲字箋論　目錄

〔註〕凡有*花者，對聲律理論素無修養者，最爲重要，閱此六條（5—10章）
　　　即可了解入聲字訣竅。

入聲字箋論

一、緒　論

「中國詩」，在中國歷史文化的領域，它的地位是特殊的。它不屬於某一階層，也不隸於某一流類。它不僅是文學的始源，並且，它也是哲學的，史學的，地學的，巫卜的。我們所謂「中國詩」，從三百篇開始，經樂府、歌行、古詩、近體，到詞曲，這一脈相承，它代表我們中國人的全部生活內容，與內在情操。三十年前，中國民間一些目不識丁的老太婆，也知順口諷誦「關關雎鳩，在河之洲，窈窕淑女，君子好逑。」當然，他們也無人不知李白的「床前明月光」，與孟浩然的「春眠不覺曉」。他們並不依賴詩來餵飽他們的肚皮，但却期待詩來滋潤他們苦難的靈魂。

一個人，當他寂寞、苦惱的時候，可以藉詩的哀怨、曲折、幽情，來修正他的悲劇身世。這種暗示、感悟，彷彿哲學一般，是滋乳人類性靈的一種雨露。這種無聲無臭翩然君臨的慰藉，是無以言宣的呀！

你必須留意，我們的中國詩，不管是那一朝那一代，也不論它是李白的、杜甫的、王安石的，還是蘇曼殊的，都不可將之與西洋詩，乃至近代中國的新詩、印象詩相提並論啊！當你讀杜甫的「蜀相」，讀到「出師未捷身先死，常使英雄淚滿襟」時，在任何西洋語法創作的詩裏，你能找到老杜那種詩情的替身嗎？當你能直接領略我們中國詩的蘊積之後，你的心靈的充實，絕不

是局外人所能想像得出的。哦，我們中國的文化，毋寧是「詩的
文化」；我們中國人，毋寧說是「詩國的人」。不管他們會不會
作詩，他們在祖先的詩一般的血液裏，也活了三千年了。

因此，我提議：現代的年輕朋友，你必須要能以某種程度，
來了解祖國的詩篇；正如北平人一樣，都能以某種程度來兩句有
板有眼的西皮二簧一樣。這是中國人啊！

詩的表現，技法的基礎在聲律。如果沒有聲律，則無詩可言
；聲律的關鍵，在於入聲字的辨識。在這兒，透過對入聲字的體
會，借光獻佛，奉給無緣接觸聲律的朋友；讓我們經由入聲字，
來進入詩的堂奧。只有它，才是詩的第一原料。

入聲字能通解無礙，其他三聲，不解而自解；因此，無論從
事教學，抑或自學，都能如響斯應，如竿現影了。

入聲字，在聲韻學的範疇，是一個環節。聲韻的研究領域，
涵蓋着語音、語法、聲類、聲韻、音史、音變等多元理論與技術
問題；而本書撰寫的大旨，在使有意欣賞、學習中國詩的朋友，
能通過此一關鍵而明其杼機，於吟哦古人風雅之餘，諳知手舞足
蹈之情，端在四聲之變化而已；職此之故，此文捨理論而不及，
甚至「陰陽、清濁、開齊合撮、喉、舌、唇、齒」之技法而未涉
，專攻此「入」，務使吾人衹要能熟悉國音符號，通達閩、粵、
國語任何一種，便可湊於入聲三昧。讀者諸君，一書在手，人人
可解「入聲」，不待死記僵塞，能在最短時間，掌握訣竅，觸類
傍通，無待外求，並以之自教教人。

復次，孔子云：「不學詩，無以言。」又云：「詩，可以興，
可以觀，可以羣，可以怨。」吾人不學詩可以，但不可以不解風
騷；不寫詩可以，不可以不解平、上、去、入之變化。中國詩的
四聲起伏，執簡御繁，其妙無窮。中國詩，是中國文化活潑靈明

的一端，爲中華兒女，中國知識份子者，詩學，不可茫然無知。

　　其實，在科舉時代，平上去入四聲，是幼稚園的知識。它與
三字經、百家姓、千字文一樣，同屬一個教學範疇。雖然如此，
我們今天的國語文教育，從幼稚園到高中，都沒有這一套。在大
學文學院系，除專攻文字聲韻之學的青年，在教授「詩作」這一
課程上，四聲一道，尤其入聲，都是埋頭死背，難以直接反映，
用功勤而效果渺。高中以下，從事國語文教學的教師（含國小老
師在內），對於詩詞的聲律（入聲），多未能洞徹，更遑論分析
韻律的運用，指導生徒知解基本詩論。何況，從國小到高中，每
册國語文教科書，都有詩詞選讀，如不明聲律，試問除枯燥無味
的翻譯一通而外，便無從作任何技法與理論上的說解，學生讀之
等於白讀。

　　嚴格地說，詩的精神──聲律變化而已。如無聲的變化，即
使杜甫在世，其詩亦無情味可言。因此，教詩、學詩，四聲是第
一關。四聲的平、上、去、入，入聲字是鎖鑰。如果你能純熟地
運用入聲字，教詩，甚至教學文言文，無論是教學、欣賞，都能
爲你帶來前所未有的領悟與情境。

　　著者個人幼年學詩，四聲從無師授，全是自了。由於出生鄉
土，自中古以後，語言處處偶合當時的「國音」，因此，四聲不
學而悟，平上去入，頓成自家珍寶，絕不待口齧「東、董、涷、
篤」以別「宮商角羽」，這一點是可以坦誠布白的。

　　但在本書中所提供的理論與方法，則是癡佇苦索的結果，因
爲對詩的喜愛，與教學生涯中的實驗，所提供的方法，足以使有
緣一讀此書的朋友，獲得破顏之悟。

　　至於「入聲字」這一門專著，我個人所見，僅胡適之、唐鉞
二位先生，有所觸及，但不及技法。此外，大多附麗於「聲韻學

」的冀尾。成爲它們之中的一章一節。讀也無從讀起，又與辨解
無關。

　　這二十多年來，在我國現狀下，喜愛中國詩的年輕人，不勝
之多，但明聲律者少；而通過中文系習舊詩的朋友，爲入聲字，
所付出的煩惱，是有目共見的。

　　在這裏，願以不成熟的聲律常識，但是──以自信十分準確
的四聲明解技法，列論有關認識「入聲字」的問題，與各位熱愛
祖國詩的朋友，共同爲開拓詩的園地而努力！

二、入聲字的古典時代

　　入聲字（一般所謂四聲）的韻律運用，在中國故籍中，最早而且大量支配的，是詩經。當然，除詩經之外，其他經籍、諸子、騷賦，都曾獲得使用過。因此後人研究聲韻，詩經這部書，也就成了「經典作」。其實在那個時代，古人只是按發音的高低抑昂、平緩曲促來發爲詩歌的，在運作上，以詩經來說，是有其規律的。但是所謂入聲字，所謂平、上、去、入，這些工具性的名稱，都還沒有建立。

　　既然如此，在詩經時代，是否亦如現在，四聲俱備，韻律森羅呢？關於這方面的探討、研究，自宋元以後，諸說紛紜，我們歸納它的重要界說，分列於下：

　　㈠顧炎武說：顧炎武氏，是主張「四聲一貫」學派。這一派學者，從宋至清，包括吳棫（宋）、陳第、顧炎武、錢大昕、張惠言（明）諸氏。

　　所謂「四聲一貫」，便是一個字可以平、上、去、入四聲輪換發音，以配其他韻脚。因此，這個字的音質也就不必固定，就彷彿有些破音字一樣，一、二、三、四聲均可轉讀而義異。

　　顧氏在他的「音論」一書中曾謂：「古之爲詩，主乎音者也；江左諸公之爲詩，主乎文者也。文者一定而難移，音者，無方而易轉；夫不過喉舌之間，疾遲之頃而已。諧乎音，順乎耳矣，故或平或仄，時措之宜，而無所窒礙。……」顧氏認爲文章一經寫定，平仄音韻便不可改；而古人寫詩，以入聲而言，是可以轉讀平、上、去三聲的。因爲古詩可歌，爲了顧慮節奏，所以一個字的讀音，是可緩可促，可低可昂的。這便是他的「四聲一貫」

的見解。

又說：「詩三百篇中，亦往往用入聲之字。其與入爲韻者，什之八九。與平、上、去爲韻者，什之三。以其什之七，而知古人未嘗無入聲也；以其什之三，而知入聲可轉爲（平、上、去）三聲也。故入聲，聲之『閏』也；猶五音之有變宮、變徵而爲七（音）也。」

顧氏之說，與胡適之先生看法不同，適之先生認爲古詩一首中，凡入聲爲韻之時，有不協韻字，或平、或上、或去，此一不協之字，則由於此字古讀多爲「入聲」，而不是入聲可轉爲其他聲讀。顧氏的論點，端在「上古四聲可以互押」，平上去入，沒有如今的嚴格區別。入聲字羼在任何一首詩的韻裏，均可依韻改聲，「少數服從多數」。可轉入「平上去」任何多數韻脚中，顧氏稱此種「代入法」爲「閏聲」。如同陰曆年每四年有一個閏月一樣。但顧氏基本看法，古音中「入聲字」是有的。不過「姿身未分明」罷了。

顧氏批評陳第「四聲通韻」時說 (註) ：「一字之中，自有平上去入，今一一取而註之；字愈多，音愈雜，而學者愈迷，不識其本；此所謂大道以多歧亡羊者也。」這是批評陳第（承吳棫「四聲互用說」）以爲「古音」可以互用，又堅持自己泥於一聲的看法，而成矛盾兩端，所以顧氏說他「勞脣吻而費簡冊」了。因爲陳氏有隨手注釋古詩韻脚之嗜癖，顧氏則認爲多餘。

顧氏以爲平上去入之別，不過是發音輕重緩急之別，彼互並無實質上的不同。

至於除顧氏而外，力主「四聲一貫」，其中錢大昕、張惠言的立論，均極明析。

錢氏云：「古無平上去入之名，若音之輕重緩急，則自有文

字以來，固區以別矣。虞、廷、賡、歌、朋、良、康與脞、隋、墜，即有輕重之殊。三百篇每章別韻，大率輕重相間，則平側之理已具。緩而輕者，平而上也；重而急者，去與入也。雖今昔之音不盡同，而長吟密詠之餘，自然有別也。」（見「音韻問答」）。

　　錢氏認爲古音四聲是不分的，不過是「輕重緩急」的互用而已；至於四聲定型，那是後人習久成規的事。

　　張惠言說：「古無所謂四聲也，長言則平，短言則上，重言則去，急言則入。詠歎之詞宜乎平，比興之詞宜乎上去入。而上去入之音短，不足以成永歌，則或引而長之。至於繁縟促節，戛然閡止，則又或以短言爲宜。是故四聲或錯雜相諧，去入或自爲諧，務得其音之和而已。」（見張著「說文諧聲譜敍」）

　　觀乎張氏之說，與顧、錢諸人一樣，對古音入聲的看法如同一轍，「四聲一貫」而已。其基本觀念，是歌詠的音調變化，可以讓人們自由抒發情感而已。此種論調，實在失之空泛。古詩既如此定韻，唱來必然人各不同，也無定軌可尋，這恐怕不是古人的意思。如果說是研究古音的一項發現——那只代表一家立說而已。

　　（註）陳第曾謂：「四聲之說，起於後世，古人之詩，取其可歌可詠，豈屑屑毫釐，若經生爲耶？」

　　循「四聲一貫」軌迹，復有程迥、江永兩氏主張「平上去」與「入聲」兩軌說。

　　江永曾謂「四聲雖起自江左，按之實有其聲，不容增減，此後人補前人未備之一端。平自韻平，上去入自上去入。入者，恒也。亦有一章兩聲或三四聲者，隨其聲諷誦詠歌，亦有諧通，不必出自一聲。」此說與顧炎武說大同小異。異在入聲分歧而出，

江氏證明其獨立地位而已。

顧氏認入聲皆轉入「平、上、去」三聲，而江氏則云：入聲音雖與去近，而不得轉入「平上去」聲。他說：「入聲與去聲最近，詩多通爲韻，與上聲韻者間有之；與平聲韻者少，以其遠而不諧也。韻雖通而入聲自如其本音。顧氏於入聲皆轉爲平，爲上，爲去，大謬；今亦不必細辨也。」（江著「古聲標準入聲第一部總論」）。

這是江永修正了顧炎武諸氏的「發明」，同時也開「平上」與「去入」兩分法之說的先聲。

㈡段玉裁說：段玉裁在古音的見地上，是主張「平上與去入」二分法。他的「六書音均表——古四聲說」有云：「古四聲不同今韻，猶古本音不同今韻也。考周、漢、秦初之文，有平、上、入，而無去。泊乎魏、晉，上入聲多轉爲去聲，平聲多轉爲仄聲；於是四聲大備而與古不侔；有古平而今仄者，有古上入而今去者。」

又說：「古平、上爲一類，去、入爲一類；上與平一也，去與入一也。上聲備於三百篇，去聲備於魏晉。」

胡適之先生在「入聲考」一文中指出，「段玉裁雖說古有平上入而無去，但他實不明白入聲的性質，其說仍多錯誤。他分配平入，以『質、櫛、屑』配『眞、先』，以『緝、合』配『侵、覃』，王念孫已指其誤了。他的大錯在於不明入聲爲最古之聲，故說『第二部平多轉爲入聲』，竟是誤入聲爲可以從平聲變出的了。」

所謂段的錯誤，以爲「第二部平」，指下列「聲符」的字：「毛、樂、梟、寮、小、麃、暴、夭、敖、卓、龠、翟、交、虐、高、喬、刀、召、孝、勺……」。

胡氏說：「他見從這偏旁的字，讀平聲的居多（如操、遼、鏢、吞、熬、姣、蕎、橋、敎、招……），而中古韻書已多有列在平聲的，故斷定此部的字，古本爲平聲，後來轉爲入聲。殊不知此一部的字，古時本都在入聲，中古時代始有一部份脫去聲尾（如 p, t, k 之類），變爲平聲。段氏正是倒果爲因。」（這一節證據將於後面列舉）。

胡先生的看法是不錯的。

段氏在答江有誥書，有云：「各韻有『有平無入』者，未有『有入無平』者。且去入與平上不合用者，他部多有然者；足下突增一部無平之韻，豈不駭俗？——僕謂無入者，非無入也，與有入者同入也；入者，平之委也；源分而委合，此自然之理也。無上去者，非無上去也。古四聲之道，有二有四：二者，平入也；平稍揚之則爲上，入稍重之則爲去；故平上一類也，去入一類也。抑之，揚之，舒之，促之，順遞交逆，而四聲成。」

這是段玉裁「平上與去入」二分的理論。因此，也產生了「有平之去入」，與「無平之去入」的一說。附和段氏主張的，有章太炎先生，姑且不論。

㈢**孔廣森說**：關於古音的入聲，孔廣森犯了歷史上最大的錯誤。歷史上，只有他一人首倡「無入聲」說。胡適之先生說：「古代有無入聲的問題如不解決，則古音的研究，開口便錯！」這話毫無可疑。

孔氏的「詩聲類」一書，將古韻分爲十八部，陰聲陽聲各韻，兩者相配，互可對轉。他的陰聲陽聲之說出自戴東原。戴氏於陰陽之外別立「入聲」。而孔氏自「緝、合」等外，其餘入聲各部，皆附會於陰聲。他說：「至於入聲，則自『緝、合』等閉口音外，悉當分隸。自『支』至『之』七部，而轉爲去聲。蓋入聲

創自江左，非中原舊讀。」他竟認「入聲字」創自南朝沈約。殊不知自沈氏，入聲始獲「正名」，並非古音無入聲。

段玉裁答江有誥書有云：「孔氏以侵爲陽類，配宵、肴、豪陰類；以談、平爲陽類，配緝、合以下諸入聲韻，合爲一部爲陰類。平陽、入陰，與其全書謂陰陽各有平入者不合，又失『侵』之併入於『談』，此亦好奇自信之過，不足以迪古，而適足以歧惑後學。

「孔氏『詩聲類』卷十二云：『緝、合諸韻爲談、鹽、咸、嚴之陰聲，皆閉口急讀之，故不能備三聲。唐韻所配入聲，惟此部爲近古。其餘部古悉無入聲；但去聲之中，自有長言、短言兩種讀法，每同用而稍別畛域。後世韻書遂取諸陰部去聲之短言者，壹改爲陽部之入聲。』」

張世祿云：「孔氏以古入聲，後世所謂入者，惟爲陰部去聲之短音；故自『支』至『之』，七類中入聲諸韻，皆轉爲去聲。獨此緝、合諸韻，以其閉口急讀之故，不能長言，遂失其平、上、去耳。孔氏之說，自迂曲難明。」

章太炎氏論曰：孔氏之謬，但在古無入聲之說。

玆錄張世祿先生以孔氏十八部併合「廣韻」韻目，舉平韻以賅上去。

〔陽聲九〕

(1)原類：元、寒、桓、刪、山、仙。

(2)丁類：耕、淸、靑。

(3)辰類：眞、諄、臻、先、文、殷、魂、痕。

(4)陽類：陽、唐、庚。

(5)東類：東、鍾、江。

(6)多類：多。

(7)侵類：侵、覃、凡。

(8)蒸類：蒸、登。

(9)談類：談、鹽、添、咸、銜、嚴。

〔陰聲九〕

(1)歌類：歌、戈、麻。

(2)支類：支、佳。入聲——麥、錫。

(3)脂類：脂、微、齊、皆、灰。（去聲——祭、泰、夬、廢
　　　　諸韻入此）。入聲——質、術、櫛、物、迄、月、
　　　　沒、曷、末、黠、轄、屑、薛。

(4)魚類：魚、模。入聲——鐸、陌、昔。

(5)侯類：侯、虞。入聲——屋、燭。

(6)幽類：幽、尤、蕭。入聲——沃。

(7)宵類：宵、肴、豪。入聲——覺、藥。

(8)之類：之、咍。入聲——職、德。

(9)合類：入聲——合、盍、緝、葉、怗、洽、狎、業、乏。

孔廣森之論，董同龢先生則認為，孔氏倡古但有「平上去」
而無「入聲」之說，那恐怕是他講「陰陽對轉」求「陰聲韻與陽
聲韻」一致的緣故。我怕孔氏之錯不在「陰陽對轉」，而在誤解
古之入音，今變平、上、去聲。例如今「毛」字，以及從「毛」
之字，多為入聲。因此之故，孔氏以偏概全，良或有之的。

　　㈣**王念孫說**：江有誥與王念孫二氏，都是主張古有「四聲」
的人物。江氏為第一人。

　　我們知道，古今四聲，韻母不同，這是因為韻尾變脫，改入
他聲。此說發明於段氏。段氏倡古有「平上與去入」二分說。並
及於有平上入而無去聲。到江有誥乃云古有四聲。惟讀聲與今韻
不同。故作「唐韻四聲正」一書。渠致友人書云：「有誥初見，

亦謂古無四聲，說載初刻凡例；至今反復細繹，始知古人實有四聲，特古人所讀之聲，與今人不同。陸（法言）編韻時，不能審明古訓，特就當時之聲，誤爲分析：有古平而誤收入上聲者，如享、饗、頞等字是也；有古平而誤收入去聲者，如訟、化、震、患等字是也；有古上而誤收入平聲者，如偕字是也；有古上而誤收入去聲者，如狩字是也。——有誥因此撰成「唐韻四聲正」一書，倣「唐韻正」之例，每一字大書其上，博采三代、兩漢之文，分注其下，使知四聲之說，非創於周、沈。」

　　江氏又說古韻二十一部並非每部都具四聲，有具平上去而無入者。有具去入而無平上者。有具平而無上去入者。江氏製定之二十一部——

　　(1)凡四聲具備者七部：之、幽、宵、侯、魚、支、脂。

　　(2)有平上去而無入者七部：歌、元、文、耕、陽、東、談。

　　(3)有平上而無去入者一部：侵。

　　(4)有平去而無上入者一部：眞。

　　(5)有去入而無平上者一部：祭。

　　(6)有平聲而無上去入者二部：申、蒸。

　　(7)有入聲而無平上去者二部：葉、緝。

　　——以三代兩漢之音爲準，晉宋以後變遷之音，不得而疑惑之。

　　主張古有四聲的王念孫，與江有誥所見略同，他在「復江有誥書」中有云：「顧氏四聲一貫之說，念孫向不以爲然。故所編古韻，如札內所舉頞、饗、化、信等字，皆在平聲；偕、茂等字，皆在上聲；館字亦在去聲。其他指不勝屈，大約皆與尊見相符。至字則上聲不收，惟收去入爲稍異耳。其侵、談二部，仍有分配未確之處，故至今未敢付梓，既與尊書大略同，則鄙著雖不刻

可也。」

　　胡適之先生以爲，王念孫、江有誥之說，稍稍進了一步，但仍承認古有四聲，終是不徹底。江說更不及王說之當；故胡氏取王說。

　　王氏分古韻爲二十一部。要點有五：

(1)陽聲九部：（東、蒸、侵、談、陽、耕、眞、諄、元。王氏反對孔廣森、江有誥東多分爲二部）皆無入聲。

(2)歌部無入聲。

(3)盍、緝二部無平上去。

(4)至、祭二部皆有去入而無平上。

(5)脂、支、之、魚、侯、幽、宵七部有平、上、去、入四聲。

　　胡先生認爲(1)(2)(3)三點都不錯。

〔1〕陽聲無入聲者，陽聲收聲於 -m,-n, -ng 與入聲收聲於 -k,-p,-t 正相等，所以陽聲絕不會冒出入聲。普通人所謂「東、董、凍、篤」是大錯，段玉裁先生以「質配眞」，以「緝、合」配「侵、覃」，也是大錯的

〔2〕歌部無入聲者，歌部收聲於純粹韻母，不帶聲尾，與陽聲帶-m,-n,-ng 聲尾不同，與入聲 -k,-p,-t 聲尾也絕不同性質。此所謂「孤駒未嘗有母」，「有母便非孤駒」了。

〔3〕盍、緝兩部無平上去聲者，此二部各韻，皆收聲於-p,其有 -p 尾脫落，便混入陰聲各韻（例如扱从及，而其他从及之字，已混入他部）；其有尾轉爲 -m 尾者，便成「侵、覃」類的陽聲字。（例如「玷、貶」也不是入

聲了）。故盍、緝二部有入聲，孔廣森雖不信古有入聲，但亦不否認此二部「不能備三聲」。

胡氏認第(4)點：王念孫指出「至、祭」二部古有去入而無平上，乃是一大發現。江有誥也分出「祭部」，但不分「至部」。如今看來，以王說爲長。

王氏云：案去聲之「至、祭」二部，及入聲「質、櫛、黠、屑、薛」五部中，凡從至、從疌、從質、從吉、從七、從日、從疾、從悉、從栗、從黍、從畢、從乙、從失、從入、從必、從卩、從節、從血、從徹、從設之字，及「閉、實、逸、一、別」等字，皆以去入同用。而不與平上同用。固非「脂部」入聲，亦非「眞部」入聲。

又云：祭、泰、夬、廢四部——考三百篇及羣經楚辭，此四部之字皆與入聲之「月、曷、末、黠、鎋、薛」同用。且此四部有去入、而無平上。

胡氏認爲：王念孫的觀察很對，但解辨不很對。——這些去入同用的字，古時皆是「入聲」，皆有 –t 尾。後來一部分脫去 –t 字尾，皆成去聲。

換句話說，像「至、祭、泰、夬、廢」等去聲韻的字，過去均是入聲。至字已變（去聲），而從至的「垤、室、窒、姪」，還是入聲。祭字已變（去聲），而察字還是入聲。「夬、快、筷」已變（去聲），而「決、玦、訣」等字還是入聲。廢字已變（去聲），而「發、撥、潑、鱍」等字還是入聲。害字已變（去聲），但古與曷通，而曷字至今是入聲；轄、豁、割等字，至今是入聲。皆可爲證（入聲的字根）「母字」在詩經時代變了，其「子字」不變，或部分變了。

王念孫能知道這兩部不是「脂部之入聲，亦非眞部之入聲」

，他能把這兩部份分出，別立無平上兩部，這確是一大進步，比段玉裁、孔廣森高明得多。

但王念孫的第(5)點——支、脂、之、魚、侯、幽、宵，七部有平上去入四聲——仍受舊見解拘束，根本上有錯，所以他和江有誥都主張古有四聲之說。

根本錯誤是什麼呢？就是人人平常都不疑問的「某部有平上去入」一句最不通的話。入聲自有特別的聲尾，所以絕不會和「平上去」同部。故說某部四聲皆備，開口便錯。

所謂某部古備四聲，其實只是某種入聲字有部份很早就失掉了「聲尾」（-p,-k,-t），變成了平上聲；後來又有一部份失掉了聲尾，又變成了去聲。

王念孫知道「至、祭」兩部的字，古無平上，這就等於說這些字古時都是入聲。——他們所以要說陰聲七部古有四聲，只因為兩個理由：

〔1〕是古韻文中這七部的字，往往平入同協韻。

〔2〕是此類平入同協的字（或同聲符的字）在中古（切韻）時代已多讀平上去聲了。

這兩項理由便是段玉裁認為第二部「入聲古讀平聲」的理由。因為王念孫的進步，這一說我們以王氏為代表。

㈤黃季剛說：黃氏對古音說，特為之徵評古籍，校考音韻，修正了段玉裁古無去聲與「平上、去入」二分說，用同樣材料，證明古無去聲，他在「音略略例」中云：

「四聲，古無去聲，段君所說，今更知古無上聲，惟『平、入』而已。」張世祿先生在他的「古音學」一書中曾謂：蓋四聲之分，自顧、江以來，皆不過以為遲、疾、輕、重而已；自不如陰陽之分，以收韻不同之顯著者也。故謂古有四聲，自不如謂古

有「陰、陽、入」較爲可信。陰、陽、入者，卽「平、入」之分也。

這樣說來，他倒是同意黃氏之論了。

〔**本章結論**〕由於語音之學，正等於文字之學一樣，古今都有顯注的變遷，我們不能否認它的存在性質。而前人研究古音，各立一說，各是其是，我們以爲胡適之先生對古入聲（兼及四聲，最爲公允，因爲古詩本爲諷詠而設，正如今之歌曲，歌曲之美，貴在宛轉曲折，廻腸蕩氣，高低抑昂，才能抒洩胸中的情感；古人雖無四聲之名，而就聲帶與喉舌口唇合作言，實已有四聲之實，這是存在先於理論，文法先於詞章。

胡氏在致夏劍丞先生書中曾謂：「古人用韻，旣無韻書可遵守，自必依音韻之自然和協爲標準。此天然的和協，卽是當日的「韻部」，又因爲古代空間的差異，讀音之不同，所謂「通協」、「對轉」，因之而產生。又由於時間之變易，歲月如逝，音韻自多舛易，於是年深日久，「入轉爲平、爲上、爲去」（甚至平、上、去轉爲入——或較不可能），均爲自然之理。

今錄詩三百數篇，以見古人歌詠音韻流變的軌迹，以作本節之尾證。

〔**關雎**〕關關雎鳩，在河之洲，窈窕淑女，君子好逑。

「本篇第一章四句，韻平聲，押「鳩、洲、逑」，第三句不押，正如今之七絕，字四而已。是正規的詩法。

參差荇菜，左右流之；窈窕淑女，寤寐求之；求之不得，寤寐思服；悠哉游哉，輾轉反側！

本篇第二章八句。這一章，第一句不押，同今天的七律變調一樣。然後從第二句「流」字開始押，隔一句，再押第四句第三字「求」字——下去，急轉直下，第五句突轉「入聲韻」，押「得」字，第

六句押「服」字，第七句不押，第八句押「側」字，一押到底。不要說古人去唱了，就是今人唸起來，中間經過轉入聲韻，也沉重多了。由輕愁而轉入憂鬱了。

參差荇菜，左右采之；窈窕淑女，琴瑟友之；
參差荇菜，左右芼之；窈窕淑女，鐘鼓樂之。

本篇第三章八句。這一章第一句不押，從第二句第三字「采」開始押，每跳一句一押，與上兩章技法不同，這是因情變上的不同啊。男孩子目的達到了。這四個韻腳，「采、友」是一組，「芼、樂」是一組。前一組是「上聲韻」，後一組是入聲。如按今天詩韻集成規定，這兩組收的四個韻腳，是不合格的。因為「采」與「友」雖同時上聲，但不同韻，而第二組「芼、樂」，現在也不同韻，「芼」（ㄇㄠ）是去聲，而「樂」是入聲。可是在詩經時代，「芼」字沒有失去聲尾，「讀如莫」，與「樂」也就協韻了。

這一篇裏，事實上，已收「平、上、入」三個韻了，只欠「去聲」。

〔旱麓〕瞻彼旱麓，榛楛濟濟，豈弟君子，干祿豈弟。

這一篇是「旱麓」的第一章，從第二句「濟」字開始押到第四句，押「弟」字，是去聲韻。這是很明顯的。

〔遵大路〕　遵大路兮，摻執子之袪兮，無我惡兮，不寁故也。

這是「遵大路」第一章，自第二句第三字連押「袪、惡」。第一四句不押。這是又一變化。不過「路」字，應讀如「洛」。它的古音是入聲，與袪、惡相押。

遵大路兮，摻執子之手兮，無我魗兮，不寁好也。

本篇第二章，第一句轉變不押了，從第二句「手」字押，依次為「魗」（同醜），是上聲韻。

這兩章都是中間兩句押，兩頭兩句不押。

〔出車〕我出我車，予彼牧矣；自天子所，謂我來矣；

召彼僕夫，謂之載矣；王事多難，維其棘矣！

這是「出車」的第一章，是逢雙句，押「牧、來、載、棘」四字，
都是入聲。今天乍看，「來、載」都不是入聲，可是古音「來」讀
「麥」的音，本來它就是『麥』的原字。「載」這個字『第力切』

也是入聲，否則是不諧的。不過它的變化，已很難推尋而已。

三、入聲字的建立

　　入聲字，在聲韻學之有正式地位，該歸功於外來文化的羼入。佛學，自東漢明帝夜夢金人，遣蔡愔遠赴西域，援迦葉摩騰、攝法蘭，白馬馱經來華；到公元四世紀末，這四百多年間，佛教在中國屬於蘊育、和合階段，還不足稱之爲「大衆化」；直到公元 405 年鳩摩羅什，由西域來華，成立中國歷史上第一次大譯經場，使大量佛經與西域胡僧接踵來華，聯合中國沙門，以中國文字出現於社會，也使佛法在中國出現第一次高潮。由於譯經、說法，傳來古印度的梵音讀經，歷史上稱之爲「轉讀」。這些轉讀，多爲音譯梵文，像「波羅密、摩訶薩、菩提薩埵、涅槃那」。由於梵文的中譯，使佛家文化與中國知識份子相結合，使中國的學術、聲韻、文化的素質，都促成空前的改變。

　　從公元 400年到 600年，包括兩晉南北朝，是中國聲韻之學成長到瓜熟蒂落的時代。這個時代的中途，公元 483—493 年，這十年間，南齊武帝當政，四聲就在此時完成建立了。而集其大成者，就是當代詩人、音律家的沈約。

　　本來，沈約 (411—513) 以前，已有講四聲的人，但是平、上、去、入的區別，這種聲調，却是中國口語裏早就有了的。董同龢先生說：「中國人說話分聲，來源比漢族的形成還早；古人實有四聲，特所讀四聲與後人不同，我們不能根據『古今音異』的差異，便大走極端，以爲中國古人不分聲調　——四聲，豈是沈約那個時代文士所創造？……」

　　關於中國字調的區分，據科學研究結果，它主要因素在音調變化的形狀；就是字音上由低而高或由高而低種種變化的狀態。

　　趙元任先生說：「一個字成爲某字調（就譬如國語的第幾聲），可以用那個字的『音高』和『時間函數』作完全不多不少的準確定義；假如用曲線畫起來，這曲線就是這一字調的準確代表。假如用器具（能發音的機器）照這『音高時間曲線』發出音來，聽起來就和原來讀的那腔調一樣。」（見「中國言語字調底實驗研究法」）

　　與這一定義對比，中國從前「約定成俗」的四聲，用「疾徐、長短、輕重、緩急、清濁」的詞語來解說，往往得不到字調的眞正含義。但是中國上古語音字調的區分，却佔語言學上極重要的成分。至於音色的差異，音勢的強弱，音量的長短，也不是區別字調的主要標準；但它們却足以影響字調的變化。

　　事實上，區別字調，應包括①音勢、音量的變化，②元音與輔音的性質，以及音綴（音與音之間）當中拼合的形式，③加上清濁、輕重、疾徐、長短的因素，④其他無法說明的複雜成分。

　　中國古人對字調的肯定，並不認爲是單純音調的變化；所以古人常借用「宮、商、角、徵、羽」五音來區別字調。另外也是樂律上判別高低標準的名稱。

　　因此，五音的界說，並沒有一定的標準。

　　韓非子「論教歌」云：「疾呼中宮，徐呼中徵。」由此看來，「宮、徵」的作用，是辨別疾徐的，包括音量長短的關係。

　　「周語」云：「大不踰宮，細不過羽。」在這裏，「宮、羽」又代表音量大小、強弱的辨斷。

　　管子云：「凡聽宮如牛鳴窌（同䆛，是地窖）中；凡聽商如離羣羊；凡聽角，如雉登木以鳴，音疾以清；凡聽徵如負豬豕覺而駭；凡聽羽如鳴馬在野。」這又將五音象五物之鳴，把音色的差別混在一起了。

黃帝「內經」五音云：「五音：角、徵、宮、商、羽；配五
調：雙調、黃調、一越、平調、盤涉。」這似乎是純表音調的。

「內經」又云：「徵、羽、宮、商、角；配火、水、土、金
、木。」

「內經」又云：「宮之正音，如舌居中，發音自喉。商之正
音，其聲極長、極下、極濁，有沉洪雄厚之韻，開口張顎，音自
口出。羽之正音，其聲次長、以下、次濁，有鏗鏘清肅之韻，撮
口而發，音自唇出。徵之正音，其聲極短、極高、極清，有柔細
尖利之韻，以舌點齒而成音。角之正音，其聲次短、次高、次清
，有抑揚詠越之韻，內縮其舌而成音。」

按「內經」的說法，五音包括了音調、音色、音勢、音量等
多元因素的；比之「韓非子、管子、周語」精確得多。就音調而
言：

　　商──→平調──→聲極長、極下──→陰平
　　宮──→一越──→如舌居中──→陽平
　　角──→雙調──→聲次短、次高──→上聲
　　羽──→盤涉──→聲次長、以下──→去聲
　　徵──→黃調──→聲極短、極高──→入聲

古人辨音不確，且界說紛紜，含義糊模而至廣。但中國原始
字調的演化定型，「據語言歷史上推究，或許由於原始中國語上
『複音綴語詞』和『語尾援添』的一種節縮作用的結果。學者也
有認為中國四聲乃是原始變形語的一種遺跡；而要說明上古音裏
幾種收尾輔音的演變和失落，更不得不假定和字音上音調的變化
有因果的關係。各種字調的發生，既然音素變異有密切關係，而
音勢強弱、音量長短，對音調的變化形狀，又可發生直接影響；
那末古人對字調的觀察，自然也把音色、音勢和音量上的差異，

都混在一起，所以借用『宮、商、角、徵、羽』這五音來區別字調，並不代表一種單純的音調變化，甚至把音素的差異，也包含在內。」（見張世祿「中國音韻學史」）(P140—142)

所謂「古無平、上、去、入之名，借宮、商、角、徵、羽以明之。」我們既明白五音含義多方，對字調而言，只是判別音調高低的一項比較標準；並非絕對、固定的。即使當時區別字調，竟把音素的差異混在一起，也看作比較的相對的，而不作絕對的分別。

這種分別，說起來，應用在字調上，可分爲兩類：像所謂清、濁，平、仄，陰、陽，飛、沉，這二分音調，再分可爲「平、上、去、入」四類，再分平爲「陰平、陽平」加上去入爲五類；再分爲「陰平、陽平、上聲、陰去、陽去、陰入、陽入」，爲七類（閩南語音）。甚至更多分類。但是古人舉「宮商」二字，便可以代表五音全體字調的區別。

由於六朝時，基於文學上的因素，以及佛法的傳入，深達社會，中國語音尚未固定爲四調的宮商，和佛經轉讀相交併，便產生了北魏李登的「聲類」，專門研究字調，「凡一萬一千五百二十字，以五聲命字，不立諸部。」俟後，呂靜作「韻集」，以五音立篇，下接沈約的「四聲譜」。

這種語音上，由歷史的醞釀到突現的發明，正在齊梁之間，公元五世紀交口。

字調的區別，本是依據古今方國語言的不同，而有不同的系統，調不限於四種，但爲甚麼六朝時把字調的區別，用五音的理論來觀察，另一方面又確定爲平、上、去、入四種，而不作五種、七種呢？——要解決這個問題，要知道四聲的建立，乃受到外來佛教文化的影響。當時根據中華語音及原有關於字調的理論，

再參合印度佛經轉讀（轉通囀），聲調的種類，才適定爲四聲。
陳寅恪氏「四聲三問」一文有謂：

「──所以適定爲四聲，而不爲其他數之聲者，以『除去本
易分別、自爲一類』之入聲，復分別其餘之聲，爲平、上、
去三聲，綜合通計之適爲四聲也。但其所以分別其餘之聲
爲三者，實依據及摹擬中國當日轉讀佛經之三聲。而中國
當時轉讀佛經之三聲，又出於印度古『聲明論』之三聲也。
據天竺圍陀之『聲明論』，其所謂聲者，適與中國四聲之
所謂聲者相類似，即指聲之高低而言。圍陀『聲明論』依其
聲之高低，分爲三：一曰 Udātta，二曰 Svarita，三曰
Anudātta。佛教輸入中國，佛徒轉讀經典（即誦經）時，
此三聲之分別當亦隨之輸入。至當日佛教徒轉讀其經典所分
別之三聲，是否與中國之平、上、去三聲切合，今日固難詳
知；然二者依聲之高下分爲三階，則相同無疑也。中國語之
入聲皆附有 -k,-p,-t 等輔音之綴尾，可視爲一特殊種類。
而最易與其他聲調分別。平、上、去──其聲響高低距離之
間，顯有分別，但應分別之爲若干數之聲，殊不易定。故中
國文士依據及摹擬當日轉讀佛經之聲，分別定爲「平、上、
去」三聲，合「入聲」共計之，適成「四聲」。於是創四聲
之說，並操作「聲譜」，作轉讀佛經之聲調，應用於中國之
美化文字，此四聲之說所由成立，及其所以適爲四聲，而不
爲其他數（五聲或七聲）之故也。」（見張世祿「中國音韻
學史」）(P147.148.)

張世祿說：「當時四聲眞正的調値，我們雖然不能詳細的知
道，而配合入聲於平、上、去三聲，把收尾輔尾的關係與音調變
化的關係綜合起來，以規定四聲，我們便可以斷定當初四聲名稱

的成立，並不認爲是單純的音調變化；至少還有音素和音量上的差異在內。 大概中國語收尾輔音的演化， 到六朝時，已經和「切韻」 (陸法言著，公元 562—？) 的系統相合，除了鼻音的 -m,-n,-ŋ。以外，只剩下 -p,-t,-k 三類了。 因之， 立入聲一類，和平、上、去三聲對立，而不必顧慮到過去其他收尾輔音，而另立他類了。入聲字，因收尾用 -p,-t,-k 這種輔音，使音量具有短促的趨勢，自然可以和平、上、去三調並列爲四聲。」

顧炎武說：「今考江左之文，自梁末天監 (天監計17年，自502—518) 以前，多以去、入二聲同用，以後則若有界限，絕不相通，是知四聲之起於永明 (483—493) ，而定於齊、梁之間 (齊武帝永明十一年加梁武帝天監十七年，中加明帝、東昏侯、和帝共九年，共計四十年間) 也。」

到那時，去、入兩聲不通韻，便證明四聲已立，原來可通作入聲——後來變爲去聲的——那些字，便失掉了上古音一部份入聲字尾，於是走出「入聲的門外」，這是入聲字建立名分的完成。我們也可說，在這一階段，是指「切韻」系統裏的入聲，都附有 p，t，k 字尾。 (可參看後面例字) 。

在沈約的「四聲譜」裏，平聲分類共四十一部，仄聲七十五部 (含上、去、入) 。後來陸法言製「切韻」 (中國第一部正式韻書) ，可能據之以爲粉本。與沈約 (周顒) 同時的人，有王斌者，也有「四聲論」之作，「高僧傳」裏釋曇遷傳，謂「遷巧於轉讀，有無窮聲韻，彭城王義康、范曄、王曇，並皆遊狎。」

陳寅恪在「四聲三問」中又謂：「南齊武帝七年二月二十日，竟陵王子良，大集善聲沙門，於京邸，造經唄新聲，實爲當時考文審音之一大事。在此略前之時，建康 (今南京) 文士及善聲沙門，討論研究必已甚衆而且精。永明七年，竟陵京邸之結果，

不過是此一新學說硏求成績之新發表耳。此四聲說之成立,所以
適值南齊永明之世,而周顒、沈約之徒,又適爲此新學說代表人
物故也。」

　　所謂四聲,「天、子、聖、哲」是也,沈約不僅爲此中代表
人物,他也在律體中,規窺八病,爲後來律詩開未有的濫觴。這
是入聲字完成的一番大事因緣。

四、入聲字的衍化

　　上一章，說明入聲字之建立，由於佛經之傳入，與乎韻文文學發展的契機。同時也是入聲字從詩經時代到公元 500 年佛經轉讀的羼入，而演化完成。

　　根據唐鉞「入聲演化和詞曲發達的關係」一文分析，入聲字由上古至今，分五個階段，而走入「現代化」。

　　唐氏分析，入聲字〔**第一期**〕，定爲「上古至晉初」（大約由公元前 500—400年）。這一期入聲字，都具備字尾（p.t.k.），有短促的收音。收音是極低微的「爆聲」。但是這一階段，學者並沒有理論上的建立，只是感性的，意識的。唐氏說：那時入聲如果不是很短促，收聲的爆音一定不會這樣低微，或許要像英語note, 甚至法文 côte 那樣收聲分明了。但從中國語言的特性來看，那是不可能的！

　　〔**第二期**〕是晉初至南宋嘉泰年間（公元 400—1200韻鏡時代）。在晉初，四聲的道理，在一般文人的觀念裏都知道了，至沈約、周顒已經完成它的制式，一些音律家，都把它與平、上、去三聲相配，相配的原因，就是現在人所知道的一個字有四聲，在舊式教育裏，所謂「東、董、凍、篤」的。

　　相配的聲類，以陽聲爲主；所謂陽聲，就是以「鼻音爲收音的字」（現在長江中下兩岸附近省份，把它與陰聲相配——沒有收音——可以延長其聲的字）。在廣韻裏可看出平、上、去、入韻目編次的軌迹。它的配法是：

第一類 平聲 入聲　第二類 平聲 入聲　第三類 平聲 入聲
　　　 東——屋　　　　　　眞——質　　　　　　侵——緝

多──→沃	諄──→術	覃──→合
鍾──→燭	臻──→櫛	談──→盍
江──→覺	文──→物	鹽──→葉
陽──→藥	殷──→迄	添──→帖
唐──→鐸	元──→月	咸──→洽
庚──→陌	魂──→沒	銜──→狎
耕──→麥	寒──→曷	嚴──→業
蒸──→職	桓──→末	凡──→乏
登──→德	刪──→黠	
	山──→鎋	
	先──→屑	
	仙──→薛	

　　共計二十一類。凡平聲皆鼻音收音（ng, n, m），字也有非雙聲的（上去省略）。

　　上第一類東、多等……以 ng 收聲。入聲屋、沃等以 k 收聲。

　　〔例：東（tung）ㄉㄨㄥ──屋（ʔuk）ㄨˋ〕

　　上第二類眞、諄等……以 n 收聲。入聲質、術等以 t 收聲。

　　〔例：眞（t'siIn）ㄓㄣ──質（t'siIt）ㄓ〕

　　上第三類侵、覃等……m 收聲。入聲緝、合等以 P 收聲。

　　〔例：侵（ts'iIm）ㄐㄧㄥ──緝（ts'iIp）ㄑㄧ〕

　　這些字的「收聲」，主要由於發音的部位使然。

　　陽聲（鼻音）發音部位──

$$
舌根\begin{cases} ㄤ──→（ng）──→鼻音──→音延長 \\ ㄍ──→（k）──→爆發音──→音短促 \end{cases} >發音部位不變
$$

$$舌尖\begin{cases}ㄋ\longrightarrow（n）\longrightarrow 鼻音\longrightarrow 音延長\\ ㄉ\longrightarrow（t）\longrightarrow 爆發音\longrightarrow 音短促\end{cases}>發音部位不變$$

$$上下唇\begin{cases}ㄇ\longrightarrow（m）\longrightarrow 鼻音\longrightarrow 音延長\\ ㄅ\longrightarrow（p）\longrightarrow 爆發音\longrightarrow 音短促\end{cases}>發音部位不變$$

因此，它們（字尾）與發音部位，有母子關係，所以這一期學者把入聲配陽聲。這是語言的天性。假如入聲字尾丟了（淘汰了），它的聲母跟陽聲鼻音延長音相結合，便會衍化爲平、上、去三聲的字。這一期入聲所以沒有延長音，便證明它是用 k,t,p 收音，而沒用 ng,n,m 收音。因爲用 ng,n,m 收音，音便延長了，不短促了。這一期入聲，肯定地都是用 k,t,p 收音，所以它才能配陽聲三類。它的音是觸到爲止，是爆促的。

而隋唐時代的入聲，是這一期的代表。現在粵語各系（含白話、客話），保存得最完整。閩南語中，也保存大部份。長江中下游各省，三類已無分別，只存相同的短促收音。本書在「箋注例字下，僅以 k 字作統一字尾，而捨去 k,t,p 三分法。」至於北方各地，以北平爲中心，自南宋以後，入聲字，已分別散在平、上、去三聲，它的入聲字尾，已逐漸喪失完了。西南各省（雲、貴、四川），入聲則變爲「半聲」了。

唐鉞說：「第二期的入聲與第一期分別不大。不過第二期幾百年間，審音學家確知入聲（ k,t,p 收聲者）與陽聲自然相配（它們出於一源，而 k, t, p 與 ng,n,m 有姊妹關係），同一字音，可產生平、上、去、入之不同。這一期的成果是沈約的「四聲譜」。而中國的近體詩（絕律句），也在這一要求下產生了。

至於爲甚麼古人要把入聲字，配入「平、上、去」三聲呢？

因爲要歌詠之故。顧炎武曾說：「詩三百，其入與平上去爲韻者

什之三，以其十之三而知入聲可轉入三聲也。」又云：「以入爲去，而不以去爲入，何則？歌之爲言也，長言之也；平音最長，上去次之，入則詘然而止，無餘音矣！凡歌者貴其有餘音也；以無餘從有餘，樂之倫也。」

　　這是古人要延長入聲（去掉字尾）以叶樂的原故。最後直到完全歸入（平、上、去）三聲爲止（像今天的國語）。顧炎武氏的音理是不錯。但是胡適之先生認爲詩經時代，入聲字並沒有失去 k,t,p ，而轉入平上去。「轉」是後來的事。胡氏以爲詩經時代入聲與他聲同押，不是入聲字變調，而是與入聲同韻的那些（今天看來是平、上、去）字，本來就是入聲，它們後來失去聲尾，才被今人倒果爲因的。

　　〔第三期〕南宋嘉泰到元朝至元年間（公元1200—1300），在入聲字的蛻化過程中，第三期以後的蛻變，都很迅速。事實上，第三期的開始，可能還要早一些。大約從北宋徽宗時（1100）已開始暗中進行了。第三期的學者——主要是詩家、詞家（像周邦彥那些音律家）。這一期人，同樣以一個字，配以四聲，但他們的入聲字，已在不知不覺中失掉一部份收聲的 k,t,p 。他們不但把入聲和陽聲（ng, n, m收聲者）相配。也把失去收聲的入聲字，和陰聲（沒有收聲）的三聲（平、上、去三類）字相配。可是，入聲字還保存着它特殊的短促音質。如今中國長江中、下游兩岸各省的入聲字音，便是那時的遺存。南宋嘉泰（1203）三年流行的韻書——韻鏡，還是入聲配陽聲。大約已不受歡迎。過了不久，到劉鑑的「切韻指南」出現，入聲已分入「陰、陽」兩聲了。很多入聲字，都失掉了 k,t,p 字尾，它的音韻，在人們口裏可以延長了。

　　突然有大批入聲字失掉收聲的字尾，唐鉞認爲，那是因爲詞

——能入樂器成歌——盛行的緣故。

　　唐鉞說：在唐代，能入樂的詩，僅是「歌行、絕句」那類小詩的一部份。入樂的詩，是樂府。自李（李白）、白（居易）以後，詞漸漸暢行，並且都能唱。所謂，白居易的詩，老嫗都能歌。（詞成為抒發情感的文，是以後的事，當高興時，是用來唱的）。既然，詞是為了配樂而唱的，那末，入聲字，在詞中就不能保持它本來的短促面目了。

　　因為唱歌時，字音要延長（像今天樂譜上的延長拍子），纔可以押樂，可以悅耳。入聲收音是爆促的，是暫聲，不能延長，所以要除掉收音，只留它收聲前的那一段音——例如：屋字，入聲音（古音）ʔuk（今入聲wuk），現在為押樂，要除掉k收音字（k在字尾，讀時並不發音），只餘u或wu了。按國語讀作第一聲ㄨ，而不讀觸音ㄨ了。（萬國音標作u，而不作u:）。這樣做，為使它的音能延長下去。入聲字，在配樂的詞中，任何部份都有延長音階的可能，可押韻腳的入聲字，唱時延長，更為必然。

　　以「滿江紅」來說：怒髮沖冠憑欄處，瀟瀟雨歇——，這個韻腳「歇」字，是入聲。如果到這裏不延長，就不合拍，唱不下去了；如延長音階，「歇」字就不能唱作「xiat」（或 shiek）(註) 而要去掉尾音k，讀作「xia（或 shie）」。國語注音讀ㄒㄧㄝ，而不能讀觸音ㄒㄧㄝ了。以下押韻的字，如「烈、月、切、雪、滅、闕」，這些字都要延長拍，而它們的字尾，都是「t」，所以它們唱時，都得去掉t尾，入聲字音就變質了。因此，入聲的收聲，失去時，可能從做歌詞的韻腳開始。

　　像「中原音韻」這部專供作詞曲的韻書，同「詩韻集成」不同，它是沒入聲韻的，明乎此，我們就知道，入聲字由於詞曲的

普遍流行而開始失去聲尾。

　　在這裏，我們是說，當詞曲（作為歌詞之用）流行時，通常是可以配樂供歌人唱的，到宋元以後，它被元曲（小令、中長調）代替了，（另當別論）。

　　再者，談到 k,t,p 聲尾被丟失，在時間的推移上，是同時並進，還是互有先後呢？據唐鉞研究 k,t, 的亡失比較早，大約在北宋詞流行時，已開始了。P 是閉口音，尤其江浙一帶人，失去較遲（還保留短促的音質）。現在的江浙人語音中依然保留短促的音質，聲尾雖失，但無礙它之為入聲字。在北平話中，丟掉得早，可能在元時已沒有了，連短促的音質也沒了。

　　這是在歌詞裏，發現入聲字尾由於要「衍聲」的關係，而逐漸丟掉；對於平常說話、念書、作文，怎麼也發生影響呢？這是因為語音的衍化，是人類無意識的比擬、模倣；文法是如此，語音也是如此，也很像今天流行的「蓋、罩、驢」這些新鮮口語，在語音、文法、作文中，如水之滲透一樣，而打成一片，知行合一了。普遍應用了。

　　在詞作為「歌詠」而盛行時，成了語音的標準，大家風吹草偃，競相模擬，入聲的字尾，就這樣喪失了。不過由於地區不同，以及詞的配樂分佈狀況不一樣，不過還沒有完全丟完。在韻書上，「切韻指南」把入聲分入「陰、陽」兩類。這是入聲字第三期衍化的趨勢。

　　〔第四期〕元初 (1300) 到明朝正德 (1530) 以後，當時的韻書「切韻法要」，入聲就單配陰聲了。它已完全脫離陽聲，聲尾已完全丟光。這種衍化的分期，尤期在詞、曲交錯成長的時間，以及北、南曲消長錯落之間，是難免參差不齊的。四、五兩期的衍進，是一種大概軌迹。以入聲字作平聲的例子而言，在南宋

時董解元的「西廂記」，已有出現。而第五期也同時在中國某些
地方進行成長。

北曲在這一段時間，已完全瓜熟蒂落，尤以北方為甚。而且
人才輩出。南曲在稍後也通過宮調，而進入了幾十折的大堆頭的
歌劇時代。到此時，大約明朝中期　(1530)　以後，入聲與陽聲
已完全斷絕關係，收聲沒有了。但它的促音的性質，還保留在長
江中下游地區。像江浙一帶（兩廣、閩南民間，則保留原始的古
音）。

〔第五期〕大概從金章宗時開始（南宗末年），北方人就把
入聲完全丟了。它們已歸入陰聲，或念作平聲、上聲、去聲。周
德清是元朝人，他的名著「中原音韻」，把入聲派入三聲。（現
在坊間有售）。中國北方的入聲，於焉演化完成。完全被淘汰了
。這一階段，中國北方出了北曲家像王實甫、關漢卿、白樸、馬
致遠；入明以後，出了南曲大家像湯顯祖，名劇如他的「四夢」
、五大傳奇「荊、劉、殺、拜、蔡」。使南曲發展到頂點，再下
來，到崑曲，蛻化為今天的京劇。

在第一、二期，入聲字還看不出有何顯注變化；但已有音律
家，把入聲配到陰聲。到第三期，陰陽相配各半；在北方，有些
入聲的聲尾，已沒有了。到第四期，中、北部入聲已完全脫離陽
聲（中部還保留一部入聲音），收聲的字尾，已沒有了；短促的
音質猶在。

第五期，北部已完全與入聲聲尾絕緣，進入了「北平話的時
代」。短促的音質被保留在各地土語中（南方為尤夥）。現在國
語成為通用語音。書同文，語同音，是文化一統與進步的一大階
程。也許若干年後，除了詩韻以外，入聲字已成為語言的歷史（
除了聲韻學家與詩人），沒有人再了解它了！

　　現在，我們明瞭宋代以後，入聲字失掉聲尾，是由於詞曲的流行；因為它的收聲，有礙歌曲的衍聲（延長拍子），影響歌曲的幽美，它完全失落，是在北曲盛行以後，到傳奇（南曲）時代，作一個總的結束。

　　現在一般人都有一種觀念，認為北平話裏沒有入聲字尾，是由於蒙古人入侵，受蒙古語音的影響。蒙古人喜愛曲子，胡音的衍聲多；但是蒙古語裏，也有入聲的收音字尾。因此，蒙古語的入侵，北地語音失去入聲收音，理由是難以成立的；只不過北曲盛行於當時的大都，蒙古統治者熱愛它而已。

　　復次，由入聲衍化五期過程看，入聲失掉收尾而變為平、上、去三聲，是一回事。既然如此，江、浙、皖、贛一帶人，入聲失去收聲，而留下短促的音質，又是甚麼原故呢？

　　唐鉞認為這是南曲的作祟。南曲發生在江南，是中國下江中部產物，主要在江浙一帶。南曲是入聲衍化第四期的產物，相當公元1500左右。入明以後，它的唱法，多因襲第三期詞調的法則，唱入聲字作入聲吐字，但是作腔運喉時，就要轉到平、上、去三聲了。入聲既轉入三聲，收聲當然就不存在了。所以中國江、浙等地失去入聲的收聲，也同轉入三聲是一件事。為何入聲還能保存促音的素質呢？據推測，南曲雖把入聲腔，轉入平、上、去三聲，但他們還是用入聲（促音）吐字做一截（稍停），以後再作腔運喉。所以入聲音質並沒完全消失。現有入聲的音質既然一樣，因此現在以國語注「入聲音」，不必用三種收聲，用 k 即可以賅一切了。

　　中國語音與歐美語音不同，他們的歌樂發達，而沒有失掉收聲 k,t,p 字尾。這是語言特質不同。他們唱歌時，收音都很低微，k,t,p並不妨害樂的美感。中國人則不同，沒有餘音，是無法繞

樑的。

　　這入聲五期衍化的理論，以及衍化的因果、方式，我們只可
視作一家之言，事實證明，從詩經時代的上古音，到今天的國語
從複雜到簡明，它是語言趨向大一統的結果。是民族文化從多到
一元的進化步驟。而語言的推衍，不能例外。

　　胡適之先生研究聲韻學上的通轉，韻的部份，都與入聲有關
。如「實、寔」二字本不可通，「疾、戚」二字也不可通；但早
在漢代學者已指出當時東部（山東一帶）方言中，「實寔」通用
，「疾」讀如「戚」。可知當時那一區域，入聲字的 k 尾與 t 尾
已失掉，這兩種不同的入聲已無法分別了。從宋元以後到民初學
者研究「通轉、對轉、通韻」的很多。本來其間有理可循。他們
卻把「對轉」看作陽聲與陰聲的雙方關係，而不知它是入聲與陰
聲、陽聲的三角關係。凡入聲有 k 尾的，一方面脫去聲尾，便成
陰聲；一方面 k 尾轉爲ng（或由 g 再混爲ng）便成「耕、蒸」
各部的陽聲了。所謂「之、支」與「耕、蒸」的對轉，只是聲尾
上「見、溪、羣、疑」同類的混化而已。

　　凡有 p 尾的入聲，一方面脫去聲尾，成爲陰聲（如劫从去，
而去字無 p 尾）。一方面 p 尾轉爲m尾，便成「談、侵」各部的
陽聲了。所謂「談、合」對轉，只是聲尾上「幫、滂、並、明」
同類混化而已。凡 t 尾的入聲，脫去聲尾，便成爲陰聲。一方面
t 轉爲 n 尾（如怛之與旦），便成「眞、寒」各部的陽聲了。所
謂「脂、眞」對轉者，只是聲尾上「端、透、定、泥」的同類相
混化而已。表列如下：

$$-p\text{尾入聲}\begin{cases}\text{脫去 p 尾──→陰聲}\\ p\ \text{變爲m尾──→m尾的陽聲。}\end{cases}$$

$$-\text{k 尾入聲}\begin{cases}\text{脫去 k 尾}\longrightarrow\text{陰聲。}\\\text{k 變爲 ng 尾}\longrightarrow\text{ng 尾的陽聲。}\end{cases}$$

$$-\text{t 尾入聲}\begin{cases}\text{脫去 t 尾}\longrightarrow\text{陰聲}\\\text{t 變爲 n 尾}\longrightarrow\text{n 尾的陽聲。}\end{cases}$$

　　胡適之、唐鉞兩氏的入聲研究，在衍化的模式上是同其軌轍的。換句話說，入聲字在三百篇時代，都有字尾。但從此以後，由於①語音、語法本身的衍化，民族的遷移，文化的傳播，②音律、樂曲、詩、詞、曲、相媾的結果，③語言與文字一致的要求，文化上語同音的迫切需要，都一再支配了入聲字的逐漸沒落，而將成爲考古的語音與方言裏的遺迹。這都是歷史的形勢。

　　在入聲字衍化的討論上，到此爲止，借胡、唐二家爲多，個人不敢掠美，而且筆下粗略蕪雜，未能專深，祇有待來日去努力，去探討。

五、入聲字的聲符分析

　　事實上，古人造字，多由聲見意。因此，某一字爲「獨立的入聲」，然後以它來造另一字，由於它成爲此字的聲符，而此字大多成爲「入聲」。我們選出下列不同的「獨立入聲字」，按筆劃排列，然後，再分類，歸屬成系，這足以使我們加強進一層的學習反應。當我見到某字時，知道它是入聲字，再看到另一字的聲符也是它，我們便可判斷這個字已有入聲字的細胞了。

　　這種統計方法，用來分析入聲字，雖不一定絕對正確（因爲有些字雖是入聲，而由它作聲符造出來的字，有時不一定是入聲），可是按本書排列的順序，及說明過程，可以很準確知道某些字的入聲成份。

　　下面，按筆劃分類排列。第一個字是「入聲字」，它的下面各字，均由它作「聲符」（註），也全是入聲字。

　　乚　圠、扎、札、軋、蚅、紮、𫐆。（虹字中古脫去字尾，變爲陽平。）

　　乙　乞、朲、呃、挖、乩、阣、𨳟、𩜔。

　　力　仂、扐、扔、劼、劣、𤞤、阞、𠡠、肋、𥬇、泐、勒、𩚛、協、捌、脅、憐、𪗶、𩏩、𦗆、脇。

　　十　什、汁、廿、𠦄、𣏳。

　　卜　仆、扑、朴。（訃字非入聲）

　　兀　扤、𡷪、杌、阢、矹、𤢛、軏。

　　七　叱、切、柒。

　　八　六、尺、汃、𦙽。（扒字後起新字，例外。）

　　乇　（音ㄊㄨㄛ）吒、宅、姹、秅、托、庹、亳、託、魠、飥

　　。（「詫」非入聲字）

丮　(音執)　扠、執、㲔、蟄、摯、熱。

弋　忒、杙、妖、芅、曳、洩、酨、釷、黓。（但「戈」非入聲）。

勺　仢、汋、彴、妁、杓、灼、芍、扚、玓、酌、礿、的、豹、約、酌、靮、葯、駒、筋。

及　伋、扱、极、岋、帗、汲、吸、疲、祓、笈、級、趿、鈒、靸、馺。

木　沐、集、槑、霂。（但「林、森、休非聲符故非入聲」）

日　汩、旭、衵、抇、昵、香、颲、駎、暅、塡、渚。

内　(音納)　肉、妠、呐、肭、胭、訥、衲、納、豽、軜、鈉。

市　(音ㄈㄛ)　芾、ｆ市。

夬　刔、決、抉、映、玦、胅、妜、眏、蚗、疾、缺、訣、趹、鴃、駃、鴃。（但「筷、快」等字中古後丢聲尾，變去聲。）

厄　呃、扼。（「危」非入聲字。）

勿　汤、物、芴、㘎、笏、忽。（「吻」非入聲字）

仄　沢、昃。

玉　(音ㄩ)　玨、頊。（玉作聲符，始為入聲，否則非入聲。）

乞　仡、汔、吃、抲、屹、杚、秎、迄、䀒、砐、訖、紇、鈖、麧、齕。（從（乞）者，皆為入聲。）

夕　汐、夘、穸、㝒、釸。（「歺歹」非入聲。）

斥　拆、坼。

曰　汩。

月　蚏、朔、愬。（「溯」中古脫聲尾，變去聲。）

月　（音ㄩㄝ）刖、抈、跀、骮、釖、炏、腃。

石　泹、拓、祏、秙、碩、䃸、檾、鼫。

由　（音ㄓㄨ）柚、妯、苗（非苗）、廸、笛、紬、頔、軸。
（「油、抽、鈾（新字）………」等中古後脫聲尾變平聲。）

去　（音ㄑㄩㄝ）怯、法、却、劫、胠、盍、蛣、綌。

戉　戌、波、娍、狨、蚎、䏶、狘、越、橞、趹、鉞。

末　沬、抹、袜、眜、秣、餗。（從「末」皆爲入聲字。）

北　邶（「背」非入聲）。

乏　眨、妜。（「泛」字中古後脫聲尾變去聲。）

白　伯、百、迫、柏、珀、帕、帛、拍、皕、舶、粕、箔、鉑、魄、鮊。（「怕」，非入聲字。）

立　泣、位（又作ㄌㄧ）、垃、岦、拉（又作ㄌㄚ）、粒、昱、苙、粒、笠、翌、翊、煜、颯。（從立者，皆入聲）

朮　沭、怵、述、荒、秫、疵、術、訹、鉥。（從「朮」皆爲入聲字）

犮　（音ㄅㄚ）彶、菝、拔、茇、柭、秡、炫、妭、坺、犮、祓、袚、跋、紱、鈸、菝、䩉、鮁、馛、魃、䣊、軷、髪、獙。（從「犮」者，皆爲入聲字。）

出　泏、咄、屈、拙、朏、苗、蚰、詘、紬、黜、舳、淈、掘、崛、倔、堀、崫、茁、疴、裪、刷、窟、詘、黜。（凡從「出、屈」二字，皆爲入聲字。）

甲　呷、怦、押、匣、狎、柙、胛、鉀、閘。（凡從「甲」者，皆爲入聲字）

失　佚、帙、泆、軼、昳、瓞、迭、柣、抶、詄、趹、秩、軼、駃。（凡從「失」者，皆爲入聲字。）

必　宓、泌、邲、佖、柲、苾、珌、䏟、眑、密、蜜、虙、瑟、蔤、𤬁、𥇙、鞑、鉍、鮅、閟、馝、飶、璱、謐、醯。（凡從「必」者皆爲入聲字，但「秘」字兩聲，可入可去。）

亦　奕、弈、迹。（從「亦」者皆爲入聲字。）

穴　泬、抭、䫌。（從「穴」者皆入聲字。）

目　首、臭、冐（音ㄇㄜ̇）、眊、睉、㗊、瞀、顛。（但「泪」爲新字。「日」爲部首者，甚多不爲入聲。）

冊　柵。（但「删、珊、」應爲入聲字、後期脫去聲尾，變平聲。）

血　洫、䘏、侐、恤、殈、䘒。（凡從「血」者，皆入聲字。）

各　挌、咯、洛、恪、垎、烙、客、珞、格、略、硌、落、骼、絡、頟、酪、閣、額、略、胳、駱、鮥、骼、貉、鉻。（「路、賂、輅」等字中古脫聲尾，變去聲。）

屰　（音ㄋㄧ）𣢐、逆、蚄、𧍝。（凡從「屰」得聲者，皆爲入聲字。）

色　絕、䔡、𦈢。

百　佰、拍、栢、陌、奭、弼、貊、䙑、蕐。（凡從「百」爲聲者，皆爲入聲字。）

舌　刮、活、括、佸、栝、狤、姡、适、聒、䀨、筈、萿、銛、䲦、闊。（但「恬」字中古脫聲尾變陽平。）

朿　刺、策、茦、棘、僰、䅉。（凡從「朿」者皆入聲字。）

孛　悖、浡、勃、焞、埻、敦、渤、誖、䪞、綍、餑、馞。（凡從「孛」爲聲者。皆爲入聲字。）

吉　佶、劼、洁、拮、咭、姞、刮、桔、㓦、秸、蛣、硈

　　、喆、詰、頡、結、黠、擷、襭、纈、黠。（凡从「吉」爲聲者皆入聲字。「黠」古入聲，今已變爲去聲。）

伏　茯、洑、栿、袱。（凡從「伏」爲聲者，皆入聲字）

曲　笛、蛐、麴。（凡從「曲」爲聲者，皆爲入聲字）

列　冽、洌、例、烈、荊、裂、蛚、颲。（凡從「列」爲聲者，皆爲入聲字）

合　佮、洽、恰、姶、拾、帢、枱、袷、欱、蛤、荅、答、給、閤、翕、韐、鴿、袷、跲、頜、塔、割、搭、榙、鞳、鄗、潝、歙、踂、敆。（凡從「合、荅、答、翕」爲聲者，皆爲入聲字）

弗　刜、佛、彿、沸、拂、坲、岪、咈、怫、茀、狒、梻、炥、氟、笰、紼、艴、䰍、髴。（凡從「弗」爲聲者，皆爲入聲字。惟「費」後變去聲。）

伐　垡、栰、茷、筏、閥。（凡從「伐」爲聲者，皆爲入聲字。）

巩　筑、築、蛩。（「鞏」字非入聲字，後變平聲。）

聿　律、硉、筆。（但「津、建、唯」字非入聲，變音。）

竹　竺、篤。（凡從「竹」爲意符之字，非全入聲字）

式　忒、弑、拭、軾。（「試」字中古脫聲尾變去聲。）

韧　(音ㄐㄧㄝ) 契、挈、絜、喫、㓞、潔、楔、鍥、貏、齧、巀。（凡從「韧」皆爲聲者，皆爲入聲字）

杀　(音ㄕㄚ) 刹、殺、樧、薩、摋、鎩、鎩。（凡從「杀」爲聲者，皆爲入聲字）

邑　浥、挹、裛、唈、悒、鮨。（凡從「邑」爲聲者，皆爲入聲字。）

足　促、浞、捉、猣、娖、鋜、齪、蹴、躅。（凡從「足」

爲聲者，皆爲入聲字。）

谷 俗、浴、卻、狢、欲、裕、綌、腳、慾、鵒、榔、㮃、壑、蛐。（凡從「谷」爲聲者，皆爲入聲字。）

赤 捇、郝、螫、赫、嚇、㳄。（但「赦、赭、赧、赮」等以赤爲意符，非入聲字）

束 剌、涑、敕、梀、速、欶、辣、觫、餗、娕、諫、楸、簌、蔌、㯻、瘌、鷘、鶒。（「漱」非入聲字。）

夾 匧、峽、郟、悏、唊、㾜、姎、莢、狹、挾、俠、浹、陜、梜、筴、鋏、鵊、頰、蛺、綊、鞅、愜、篋。（凡從「夾」爲聲者，皆爲入聲字。）

寽 （音ㄌㄜˋ）捋、埒、梼、蛶、晧、鋝、酹、虢。（凡從「寽」爲聲音，多爲入聲字。惟「將」字非入聲。）

別 捌、莂。

沃 鋈、飫。

狄 逖、荻。

圼 （音ㄋㄧㄝ）埕、涅、捏、篞。（凡從「圼」得聲者，皆聲字。）

兌 （音ㄩㄝˋ）悅、梲、帨、娧、挩、脫、莌、說、閱、鋭。（「蛻」中古後脫聲尾，變爲去聲。）

折 拆、哲、悊、娎、晢、浙。（凡從「折」爲聲者，皆入聲字。）

角 捔、桷、斛（較）、埆、觷、觳。（凡從「角」得聲者，皆爲入聲字。）

克 尅、勊。

禿 鵚、誘。（但「頹」中古後變爲陽平。）

局 侷、挶、焗、跼。（凡從「局」得聲者，皆爲入聲字。）

卒　倅、猝、崪、捽、椊、稡、窣、踤。(「淬、醉」等字後脫聲尾變去聲。)

忽　㫚、惚。

服　菔、箙、鵩。

育　淯、菁、綪、徹、澈、撤、轍。(凡從「育」得聲者，皆爲入聲字。)

疌　健、捷、楗、婕、睫、偞、蓮、褋、睫、蜨、箑、踕、綝。(凡從「疌」得聲者，皆入聲字。)

卓　倬、啅、焯、晫、戟、逴、踔、鯟、擆、綽。(但「淖、掉、棹」中古後脫聲尾變去聲。)

沓　㳠、揩、磋、媰、踏、鍺、鞳、駘、黵。(凡從「沓」得聲者，皆爲入聲字。)

匊　(晉ㄐㄩ) 掬、菊、毱、蜠、鞠、踘、鯜、麯、鞠。(凡從「匊」得聲者，皆入聲字。)

咠　(晉ㄐㄧ) 揖、湒、茸、楫、膇、戢、鰭、鍻、輯、緝、濈、蕺、藄。(凡從「咠」爲者，皆爲入聲字。)

豖　(晉ㄓㄨㄜ) 琢、涿、椓、琢、啄、瘃、諑、掫。(但「豚」非入聲字。)

坴　(晉ㄌㄨ) 稑、陸、錂。

亟　恆、極、殛、鞕。(凡從「亟」爲聲者，皆爲入聲字。)

昔　借(晉ㄐㄧ)、淸、猎、厝、腊、惜、腊、斮、碏、皵、趞、踖(晉ㄘㄨㄛ)、錯、舃、耤、鯌、簎、藉、籍。(但「醋」字後脫聲尾，變去聲。)

妾　接、渉、椄、萐、翣、霎、鯜。(凡從「妾」爲聲者，皆爲入聲字。)

叔　俶、淑、俶、菽、寂、惄、裻、踧、督。（但「俶」字
　　中古後脫聲尾變陰平。）

直　值、埴、犆、植、稙、殖、腫、置、矗。（凡從「直」
　　爲聲者，多爲入聲字。——但「眞」非入聲。）

食　蝕、飾。（凡從「食」爲意符者，不一定爲入聲字。）

叕　（音彳ㄨㄛ）剟、掇、窱、啜、棳、惙、畷、腏、醊、錣
　　、綴、輟、餟、顇、歠。（凡從「叕」得聲者，皆爲入
　　聲字。）

或　域、惑、減、棫、琙、惑 、罭、蚅、緎、馘、緎、閾
　　、魆、鵺、國、摑、膕、幗、蟈。（凡從「或」得聲
　　者，皆爲入聲字。）

曷　偈、喝、渴、愒、猲、楬、揭、圈 、堨、腸、葛、遏
　　、暍、歇、羯、竭、碣、餲、謁、鞨、鍚、餲、轄、褐
　　、揭、闥、鶡、蠍、羯、鄴、獚、藹、撮、鱛。（凡從
　　「曷」得聲者，多爲入聲字。惟「藹、靄」後變陽平
　　。）

枼　（音ㄅㄧㄝ）媟、揲、渫、楪、喋、堞、慄、牒、殜、蝶
　　、葉、蹀、褋、牒、鰈、屧、諜、緤、鞢、蹀、鰈、鰈
　　。（凡從「枼」得聲者，皆爲入聲字。）

卽　唧、聖、抑、椰、節、櫛、鯽。（凡從「卽、節」得聲
　　者，皆爲入聲者。）

突　揆。

則　厠、崱、測、惻、側、萴、鍘、鰂。（凡從「則」得聲
　　者，皆爲入聲字。）

若　偌、匿、婼、鄀、諾、蠚、箬、慝、暱、蠚。（但「惹
　　」非入聲字。）

咢 剸、愕、崿、鄂、堮、樗、萼、鱷、遻、諤、鍔、喁、鶚。（凡從「咢」得聲者，皆爲入聲字。）

莫 摸、漠、寞、幕、瘼、膜、瘼、冪、貘、鏌、驀。（但「模、謨」後變爲陽平。）

彔 剝、淥、琭、嵥、碌、氯、逯、盝、殔、菉、祿、綠、睩、錄、騄、醁、磟、籙。（凡從「彔」得聲者，皆爲入聲字。）

急 湁。

臭 闃、䴏。

畐 （音ㄈㄨ）偪、副、幅、湢、匐、福、堛、福、楅、菖、蝠、腷、逼、愊、輻、畐、（凡從「畐」得聲者，皆爲入聲字。）

毒 碡、纛。

臿 啑、婳、挿、歃、牐、鍤。（凡從「臿」得聲者，皆入爲聲字。）

复 復、複、愎、腹、蝮、複、覆、輹、馥、蕧、鰒、鍑、澓。（凡從「复」得聲者，皆爲入聲字。）

耆 （ㄏㄨㄛˊ）劃、湝。

骨 滑、搰、榾、愲、猾、喔、螖、鵓、縎、顝、鶻。（凡從「骨」得聲者，皆爲入聲字。）

虐 瘧、謔。

郭 廓、渒、槨、鞹。（凡從「郭」得聲者，皆爲入聲字。）

屋 剭、渥、偓、喔、幄、握、楃、瞿、齷。（凡從「屋」得聲者，皆爲入聲字。）

栗 溧、㮚、慄、嘌、瑮、篥、鷅、㱻。（凡從「栗」得聲者，皆入聲字。）

崔　（音くㄩせ）攉、榷、熦、蓶、確、鶴、騅。（凡從「崔
」得聲者，皆爲入聲字。）

益　嗌、溢、搤、隘、艗、縊、諡、鎰、鷁。（凡從「益」
得聲者，皆爲入聲字。）

鬲　嗝、搞、隔、膈、翮、礊、鷊、醹、虉、鬶、鬸、虥
、鼺。（凡從「鬲」得聲音，皆爲入聲字。）

辱　溽、槈、鄏、蓐、褥、縟、薅。（凡從「辱」得聲者。
多爲入聲字。）

桌　槕。（凡從「木」爲意符者，不一定入聲字。）

嬰　櫻、稯。

脊　膌、瘠、蹐。（凡從「脊」得聲者，皆爲入聲字。）

脈　霢。

索　崒、縬、㵎。（凡從「索」得聲者，皆入聲字。）

貁　（音ㄒㄧ）隙、蟽。

席　墑、蓆。

臬　（音ㄋㄧせ）嶭、剝、鎳、麑。（凡從「臬」得聲者，皆
爲入聲字。）

盍　嗑、榼、溘、蓋、搕、闔、瘟、磕、闔、鰪。（凡從「
盍」得聲者，皆爲入聲字。）

疾　嫉、蒺。

毇　殻、穀、戳、穀、觳、穀、憨。（凡從「毇」之
意符所得之字，不一定皆爲入聲字。）

昜　塌、搨、楊、踢、闒。（凡從「昜」得聲者，皆爲入聲
字。）

雀　截、嶻。

眔　（音ㄊㄚ）遝、噂、鰥。（凡從「眔」得聲者，皆爲入聲

字。）

畜　慉、滀、蓄、（凡從「畜」得聲者，多爲入聲字。）

威　滅。

孰　熟、塾。

習　摺、慴、榶、熠、褶、謵、翕、鰼。凡從（「習」得聲
　　者，皆爲入聲字。）

逐　蓫。

弱　搦、惄、溺、篛。（凡從「弱」得聲者，皆入聲字。）

戚　埱、摵、慽、嘁、槭、蹙、鏚、頯、鹹。（凡從「戚「
　　得聲者，皆爲入聲字。）

族　嗾、蔟、瘯、簇、鏃、鷟。（凡從「族」得聲者，皆爲
　　入聲字。）

鹿　漉、摝、螰、麓、麗、簏、簏、轆、甗。（凡從「鹿」
　　得聲者，皆爲入聲字。）

宿　蓿、蹜、縮。（凡從「宿」得聲者，皆爲入聲字。）

責　勣、嫧、幘、嘖、漬、積、磧、債、簀、績。（凡從「
　　責」得聲者。皆爲入聲字。）

枲（音く一）漆、刹、膝、諫。（凡從「枲」得聲者，皆爲
　　入聲字。）

商　摘、滴、敵、樀、嫡、適、蹢、謫、鏑、覿、擿。（凡
　　從「商」得聲者，皆爲入聲字。）

悉　蟋、縶。

肅　潚、橚、膟、礥、翻、鱐、鷫。（但「蕭、鏽、繡」後
　　變爲平去二聲。）

畢　潷、樺、燀、燀、罼、篳、踳、縪、饆、韠。（凡從「
　　畢」得聲者，皆爲入聲字。）

桀　桀、傑、漯、榤、殌、磔、鎀。（凡從「桀」得聲者，皆為入聲字。）

翏　（音ㄌㄨ）勠、僇、蓼、戮、繆。（「繆」後變陽平。）

斛　槲。

革　霸（音ㄆㄨ）。

厥　瀎、剐、橜、欮、撅、蕨、蹶、蹷、蟨、闕、鱖、鱛、驚。（凡從「厥」得聲者，皆為入聲字。）

黑　墨、潶、嬒、默、儵、纆、蠌、繧。（凡從「黑、墨」得聲者，多為入聲字。）

舄　潟、猎、碏。（但「寫」非入聲字。）

戞　嘠。

厤　（音ㄌㄧ）曆、歷、藶、靂、瀝、櫪、癧、鬲、靂。（凡從「厤、歷」得聲者，皆為入聲字。）

菐　僕、撲、幞、墣、樸、璞、濮、濮、樸、醭、纀。（凡從「菐」得聲者，皆為入聲字。）

發　潑、撥、橃、襏、鱍。（凡從「發」得聲者，皆為入聲字。）

喬　漪、獝、橘、嘀、憍、嬌、劂、璚、熇、趫、簥、矯、蟜、鱎、譑、霮、繑、鐈、驕、鷮。（凡從「喬」得聲者，皆為入聲字。）

奧　（音ㄩ）澳、懊、薁、燠、膭。（凡從「奧」得聲者，多為入聲字。與音「奧門之奧」不同。「襖」非入聲。）

蜀　濁、獨、燭、喝、燭、歜、蠋、躅、屬、髑、觸、鐲、韣、劅、孎、襡、矚。（凡從「蜀、屬」得聲者，皆為入聲字。）

集　潗、襍。

欼　嗽。

壹　噎、撎、瘖、饐。（凡從「壹」得聲者，皆爲入聲字。）

箸　（音ㄓㄨㄛˊ）躇（亦音ㄓㄨㄛˊ）。

睪　澤、擇、懌、嶧、歝、擇、圛、襗、釋、繹、嶧、譯、醳、鐸、驛、籊。（凡從「睪」得聲者，皆入聲字。）

辥　（音Tㄩㄝ）嶭、薜、糱、蘗、蠥、糵、蘖、躠、孽。（凡從「辥」得聲者，皆爲入聲字。）

辟　（音ㄅㄧˋ）僻、壁、劈、擗、檗、澼、擘、躄、甓、癖、壁、甓、譬、闢、霹。（凡從「辟」得聲者，多爲入聲字。「避、臂」）非入聲。）

嗇　濇、懎、穡、轖。（但「嬙、墻、牆」等非入聲字。）

業　嶪、鄴、縿。（凡從「業」得聲者，皆爲入聲字。）

敫　（音Tㄧˊ）激、撽、獥、徼、檄、薂、皦、瞁（空也）、覈（實也）、繳（音ㄐㄧˊ）。（凡從「敫」得聲者，皆爲入聲字。）

劇　（ㄐㄧˊ）劇、噱、臄、醵、鐻。（凡從「虐」得聲者，皆爲入聲字。）

賊　蠈、鰂。

學　（音Tㄩㄝ省）學、斅、嚳、㿺、礐、覺、鷽。（凡得「學省」得聲者，皆爲入聲字。）

達　澾、撻、闥。（凡從「達」得聲者，皆入聲字。）

翟　濯、擢、櫂、戳、藋、蠗、籊、趯、躍（音ㄩㄝ）、遼、糴、鸐。（但「耀」非入聲字。）

㬎　（音Tㄧˊ）濕、塛、隰、溼（同濕）。（「顯」非入聲。）

蹳　澀。

蒦　（音ㄏㄨㄛˋ）（或作蒦）濩、獲、檴、擭、嬳、矆（或作

　　「腰」）蠖、鑊、雘。（凡從「蒦、蔓」得聲者，多爲
　　入聲字。但「護」非入聲。）

樂　濼、櫟、皪、爍、礫、鑠、藥、礫、躒、纅、鑠、轢、
　　鱳、藥、灤。（凡從「樂、藥」得聲者，皆爲入聲字。）

質　礩、躓、櫃、鑕。（凡從「質」得聲者，皆爲入聲字
　　。）

瞉　（音ㄐㄧ）擊。

毚　獵（音ㄌㄧㄝ）攕、獵、臘、邋、蠟、躐、鬣、氎。（凡
　　從「毚」得聲者，皆入聲字。）

獄　嶽、鸒。

截　攟、轗。

畾　鼺。

霍　濯、擢、曜、鄺、藿、矅、癨、瞳、靃。（凡從「霍」
　　得聲者，皆入聲字。）

燮　躞。

侖　燘、淪、蘠、蜦、籥、錀、鶴、額。（凡從「侖」得
　　聲者，皆入聲字。但「穌」（同和）非入聲。）

爵　潚、嚼、爝、穦、皭、醮。（凡從「爵」得聲者，皆爲
　　入聲字。）

聶　儡、懾、攝、灄、囁、欇、歠、褞、蹋、讘、鑷。（凡
　　從「聶」得聲者，皆爲入聲字。）

疊　（同叠）氎、鸓。

矍　（音ㄐㄩㄝ）嚄、懼、攫、玃、籰、躩、钁、貜。（凡從
　　「矍」得聲者，皆爲入聲字。）

劂　（音ㄐㄧ）鐍。

瞉　（音ㄕㄨㄛ）縏、鑿。

以上各入聲「母字」二〇六文，聲無兩歧，凡從它得聲之字，除少數例外，皆爲入聲字，依筆劃分類，母字（本書所舉例，皆常用字）有限，易於識別。

以下則錄「聲有兩歧」之「母字」——

占　（音ㄓㄢ，又音ㄊㄧㄝ）帖、怗、痁、貼、跕、鮎。（但「佔、店」非入聲字。）（註）

乍　（音ㄓㄚ，又音ㄗㄨㄛ，本是入聲字，後變去聲）作、咋、怍、岞、昨、柞、秨、窄、迮、笮、絆、酢、鮓、鯗。（但「詐、蚱」後變爲去聲。）

自　（ㄗ，又音ㄅㄧˊ，古鼻字）息、媳、螅、熄、鼻、瘜、憩、劓。（但「劓」非入聲字。凡從「自、鼻」得聲者，皆爲入聲字。）

至　（ㄓ，又音ㄅㄧㄝ）侄、屋、垤、室、姪、咥、恎、室、挃、郅、桎、眰、窒、瓡、秷、胵、蛭、鋕、蓥、絰、輊。（「至」本入聲，後變去聲。「到」今變去聲。）

亥　（音ㄏㄞ，又音ㄏㄜ）刻、核、劾、荄、氛、餀。（「亥」本入聲，後變去聲。「孩、賅、痎，垓」等字後脫聲尾，變爲平聲。）

告　（音ㄍㄠ，又音ㄍㄨ）梏、硞、牿、誥、酷、鵠、礐。（「告」本入聲，後變去聲。「浩、皓」亦然。）

易　（音ㄧˋ，又音ㄧˊ）剔、惕、埸、逿、裼、蜴、緆、踢、錫。（凡從「易」得聲者，皆爲入聲字。）

度　（音ㄉㄨˋ，又音ㄉㄨㄛ）剫、踱。（但「渡」非入聲字。）

害　（本入聲，今變去聲音ㄏㄞ，又音ㄒㄧㄚ）割、楬、瞎、磍、豁、轄、鎋。（凡從「害」得聲者，皆爲入聲字。）

戠　（本入聲。音ㄕ，又音ㄓ）　幟、熾、職、識、織。（凡從「戠」得聲者，皆為入聲字。）

率　（本入聲。音ㄕㄨㄞ，又音ㄙㄨ）　嗹、蟀、繂。（凡從「率「為聲者，皆為入聲字。）

尉　（本入聲。音ㄨㄟ，又音ㄩ）　蔚、熨。（但「慰」非入聲字。）

畫　（本入聲。音ㄏㄨㄚˋ，又音ㄏㄨㄛ）　劃、嘷、嫿。（凡從「畫」得聲者，多為聲入字。）

意　（本入聲，音ㄧ，又音ㄧ）　億、憶、檍、薏、臆、醷、繶。（凡從「意」得聲者，多為入聲字。）

厭　（本入聲。音ㄧㄢ，又音ㄧˋ）　壓、擪、饜、魘。（凡從「厭」得聲者，多為入聲字。）

暴　（音ㄅㄠ，又音ㄆ）　爆、瀑、襮。

以上十六文，為入聲兩歧母字。下為「母字」古入聲，但中古已變平聲，而由它作聲符，所造之字，今仍為入聲（古音仍讀入聲音）。

巾　匝、帀、帥、帹、砸。（但從「巾」為意符，甚多不是入聲字。）

大　汏、牽、奪。

兄　祝、柷。（但「況、貺」非入聲字。）

殳　（音ㄕㄨ）　没、役、殁、疫、設、椴。（但「芟」非入聲字。）

世　泄、紲、齛。（「世」古本入聲，後變去聲。凡從「世」得聲者，多為入聲字。）

介　扴、坽、砎。（介本入聲，與「芥、价」一同後變去聲。）

旦　怛、咀。（「旦」本入聲，「但、笪」後變為去聲。）

戌　蔑、篾、瀎、樴、稯、糯、韈、韈。（凡從「戌」得聲者，多為入聲字。又，此「戌」字，各字典寫法不一，暫闕攷。）

尼　疜。

有　郁、囿。（但「宥」非入聲字。）

肖　削、屑、箾、梢。（但「梢、消、捎、稍、哨、鞘」皆非入聲字。）

念　捻、鈴。（但「唸」非入聲字。）

步　涉、陟、騭。（但「頻、瀕」均非入聲字。）

兒　蜺、霓、閱、幌。（「倪」非入聲字。）

隹　（古集字）隻、集、雜。

宛　菀、黜（以上音ㄩ）。（「婉、碗」等非入聲字。）

夜　液、掖、腋。（凡從「夜」得聲者，多入聲字。）

敎　（音ㄨ）騖。

是　湜、寔、踶。（但「堤、隄、鍉」均非入聲字。）

高　（音霍）熇、嗃、鄗、翯、譹。（但「蒿、篙、縞、搞、稿、犒、鎬」多非入聲字。）

庶　撫、蹠。（但「遮」非入聲字。）

專　（音ㄅㄨ）博、搏、榑、膊、縛、髆、鎛、襡、轉、薄、薄、欂、欂、磚、鏄。（但「傅、溥」均非入聲字。）

亞　堊、惡、啞（音ㄜ）。（「亞」本入聲，後脫聲尾，變去聲。埡、埡埡、非入聲。）

埶　（音一）熱、褻、蓺。（但「勢」非入聲字。）

敝　撇、擎、弊、嫳、潎、蹩、瞥、鷩、鼈。（但「瘪、蔽、弊、幣」均非入聲字。）

毛　（本音ㄇ）芼、橎、橎、毷。（毛字本入聲，今變為陽平。毿非入聲）

祭　察、蔡、擦、攃、（祭本入聲，後與「蔡、瘵、潔」舍
　　聲尾變去聲。）

華　燁、曄、爗。（但「嘩、譁」後變陽平。）

就　噈、蹴、鷲。

喬　蹺、屫。

翼　瀷。（翼本入聲，後變為去聲。）

焦　燋、穛（音ㄐㄩㄝ）（焦本入聲，後變為陰平）。

郤　㧾、蹦。

賣　匵、瀆、櫝、犢、嬻、牘、殰、贖、讀、續、覿、櫝、
　　黷、讟。（賣本入聲，從「賣」得聲者，皆為入聲字。）

以上「母字」三十三文，今已分入國語四聲，古音四聲仍保
留殘存。但僅部份滋生之「子字」。而「母字」，則全非入
聲，僅作分析借用而已。

下所餘「特殊入聲字」，無「母字」體系可尋，玆依部首順
序及筆劃，排錄於是——

一、不。

入。

孑。

匹。

北。

凸。

佾、個。

刷。

叔。

粵。

批、抑、按、掠、掣、捩、撮、掐、拶、握、撒。

實。

展。

涸、潔、凖、滌、濺。（「固」本入聲，後變去聲，其「子
字」「涸」現爲入聲。）

塞。

咽、嘈、噴、嗢。

曠。

射（今古籍仍讀入聲）

岳、岊、嶷。

得、德。

惡。

槳。

殂。

特、羣、犖。（寺、古入聲。）

數。

斷。

焱。

毓。

哭、倏、奠、獺。

斡。

褾。

穆、稜、秣。

牧。

斫。

竊。

覘。

脂。

荼、茜、薩。

袚、襪。

罰。

粟、粥、糯。

缽。

孕（毛本入聲，後變爲陽平）。

膡。

簫。

覓、覗。

赭。

閉、開、闢。

狗。

較、輦。

酈。

疋、踏。

訐。

遙、邀。

雹、雹、雪。

鬱。

鉢、鐵。

鞠。

鬵。

颱、剾。

頁、頰。

髇。

駁、駮、羿。

齲取。

響。

曇。

以上一二五文，皆入聲字而無法歸類者，暫單列一類。

總計以上字除「巾、有、兒、宛、祭、鄭、就、喬、焦」等字入聲韻所無，其餘均列於詩韻「集成」，全爲入聲。再分組立門，建立「母字」，以賅餘字，稍比「集成」字多，但亦僅爲常用、常見之字，而冷字、僻字不列。在運用上，亦足够支配了。以上聲符有迹可得者計得二五五文，無迹可尋者一一二文。我們能稍加熟稔，僅此一方，即可運用入聲字了。

〔註〕所謂「聲有兩岐」，就是一個字，有兩種以上的讀音。例如「占」字，國語讀ㄓㄢ古音讀ㄉㄧㄝ。此字在上古爲入聲，中古後變爲去聲，但由它作爲聲符所造之字，多爲入聲。它本身變了，由它孳生的字多未變音，如「乍、自、至、亥」……亦同。

六、入聲字在國語四聲中的分佈狀況

　　我們學習中古音四聲，除使用所述各種方法而外，如果能瞭解「入聲字」在「四聲」中分佈的狀況，更可加強學習的領悟。比如說，入聲字在四聲中，流入第三聲最少，第一聲次之，較多的是第二聲。最多的是第四聲。那麼我們遇到第二、四聲字，就要特別小心，第三聲佔百分比有限，稍微入目，便瞭然於心。

　　現在，本書以「詩韻集成」的十七韻，總共一七九五個入聲字，統計分析，計得：

　　第三聲：谷、穀、轂、猓、卜、曲、蜀、屬、矚、篤、裵、劂、角、乙、筆、乞、髮、骨、汩、楬、扢、憷、淈、扣、搰、渴、葛、捯、鐵、雪、郝、腳、蹻、戟、嘈、給、姶、塔、魘、尺、北、帖、眨、甲、胛、鉀、法。──共計四十七個第一讀音，均爲「入聲」。

　　另有「覺、滑、鶻、邋、匹、嫋、準、啞、舂、合」等十字，由於它的破音，別讀而入「入聲」字。

　　第一聲：法、鴨、壓、押、鮫、欱、夾、鶂、挿、扱、搯、捻、鈖、貼、怗、諂、搭、磕、盍、匼、諮、鴿、答、馺、吸、溼、漯、汁、垖、緝、塞、黑、逼、識、戚、鍼、慼、績、勘、喫、瞉、踢、剔、滴、晢、薪、淅、蜥、激、霹、析、隻、迹、積、蝍、撤、展、郭、託、魠、沰、摸、削、取、澈、說、籈、揭、薛、噎、臀、擎、捏、缺、楔、刷、矗、瞎、刮、汃、殺、薩、楸、鍛、偪、八、窆、攝、潑、脫、豁、脉、撮、括、眨、栝、筈、鵠、适、鉢、撥、鱍、割、喝、猲、窟、堀、胐、油、崒、溷、忽、餑、歇、蠍、蟹、撅、闕、發、曰、吃、欶、嗾、

屈、詘、崛、趉、出、戌、耴、輕、失、諜、悉、膝、一、壹、
漆、柒、七、四、磟、麗、撲、剝、渌、揉、捉、苗、蹈、督
、扑、哭、禿、詨、鶵、屋、劇——共計一五八個第一讀音，爲
「入聲」。

　　另有「拉、批、忐」等（陰平）第一聲字，別讀而爲「入聲
」。

　　第二聲：讀、犢、牘、瀆、櫝、黷、讟、獨、韇、殰、磌、
钃、縠、斛、櫛、穀、啄、族、醭、縳、福、幅、輻、蝠、簏、
菖、服、伏、鵬、箙、菔、旬、虑、袱、軸、逐、筑、舳、柚、
蔉、菊、掬、鞠、鞫、匊、踘、鵴、麴、熟、淑、塾、孰、毬、
叔、菽、竹、竺、築、槭、毒、纛、鵠、僕、襆、燭、蠋、犦、
局、挶、焗、跼、瘃、足、黷、幞、俗、覺、梋、捔、珏、泍、
潞、沕、鷲、鋷、稬、穋、嶄、軃、卓、涿、噣、倬、琢、趵、
駁、駮、臕、雹、罟、慓、豹、駓、鮑、榖、璞、樸、璞、颮、
濁、擢、鐲、鸑、濯、踔、逴、睰、戳、哛、學、鷟、質、碩、
實、姪、株、吉、拮、詰、蛣、挃、秷、疾、嫉、蒺、唧、堲、
佶、姞、苗、漃、橘、卒、朮、櫛、稐、尼、絀、軼、綷、弗、
鼥、汍、厥、刷、掘、袽、倔、佛、荊、哾、拂、岪、拂、艴、
袚、艴、伐、罰、筏、閥、垡、歇、帥、蕨、橜、劂、鱖、鷢、
羯、許、竭、碣、楬、勃、悖、浡、字、浡、烽、誖、悅、突、
凸、脰、揆、捽、黵、紇、敠、核、卒、稡、曷、褐、輵、鶡、
毼、怛、笪、呾、達、輇、瀄、茇、襊、活、恬、掇、剟、鷃、
拔、跋、魃、鈸、軷、秒、友、嫉、黜、札、蚻、菝、舐、劫、
猲、鯤、蝎、喝、察、蔡、魼、戛、秸、嘎、扴、磍、圿、砎、
頡、軋、朼、眣、苗、辇、圁、鸘、晰、潔、蛣、拮、節、癤、
梥、鶪、決、訣、譎、玦、駃、觽、跌、蛺、眣、抉、昳、奎、

瓞、絰、跌、垤、迭、姪、咥、纈、襭、擷、覈、絜、苶、截、岊、閉、巀、蹩、哲、傑、偈、桀、析、晳、舌、揲、蕝、拙、啜、別、莂、孑、呋、酌、灼、礿、焯、禚、杓、汋、爵、爝、燋、嚼、戄、籰、攫、钁、玃、矍、躩、貜、著、鐸、澤、擇、橐、閣、各、格、搏、簙、膊、薄、泊、箔、礴、鑮、涸、貉、柞、昨、筰、岝、博、髆、襮、鎛、襏、欂、踣、礫、白、帛、伯、柏、百、舶、瓸、劇、窄、嘖、額、舶、骼、宅、擇、翟、襗、虢、幗、摑、馘、賾、幘、責、柞、翮、革、隔、鬲、膈、摘、謫、惜、昔、脊、蹐、石、碩、祏、鶂、蹠、摭、擲、躑、擿、席、蓆、籍、瘠、藉、踖、埔、耤、癖、錫、裼、擊、獥、鏑、嫡、啇、靮、蹢、樀、檄、覡、蔽、笛、敵、覿、糴、狄、荻、滌、廸、頔、蘧、摘、寂、職、織、樴、直、犆、膱、食、蝕、息、熄、值、殖、湜、寔、埴、奭、蠹、極、棘、亟、殛、襋、慳、喞、畟、稷、德、得、則、賊、鰂、蠈、踣、國、劾、十、拾、褶、執、習、襲、隰、槢、霫、輯、集、及、笈、蟄、塌、縶、急、級、伋、岌、戢、濈、䌖、蕺、霵、合、閤、蛤、韐、荅、鈒、雜、匝、闔、嗑、接、楫、睫、婕、椄、萋、捷、踕、倢、緁、懾、慴、讋、摺、霅、襵、袷、颯、箑、萐、蝶、跕、協、俠、勰、挾、頰、莢、鋏、梜、蛺、牒、疊、諜、堞、蹀、喋、褋、惵、鸎、浹、洽、狹、峽、硤、祫、牐、袷、郟、鵊、跲、鞈、劄、匣、狎、柙、圔、喋、搕、怗、呷、脅、慴、歙、刼、蝴、乏。——共計五九八字第一讀音，均爲「入聲」。

另有「較、爆」二字，別讀而入「入聲」。

第四聲：除上述三類合得八一七字，詩韻入聲韻總收第四聲入「入聲」者，達九七八個（因爲中間有許多字，一字兼有破音

——二至三種發音），所以第四聲的入聲，大約有九五〇字之譜。這在後面箋註裏，可以看到，不再另列。

七、入聲字的國語「觸讀」

國語四聲裏，沒有入聲；同時也沒有入聲字的音符。但這並不證明入聲字在國語注音符號上，注不出入聲字來，讀不出入聲字的音質來。

我們透過國語第一聲的注音符號，作棒球場「觸棒球」式的讀法，便可以把「入聲字」非常準確地讀出來。也可以利用與四聲不相同的「觸點」調號，把「入聲字」注出來，讓願意學習寫詩的朋友們，看到這種「國語入聲音符」便可以讀出入聲字，便不必再假手「方言」去轉彎抹角，學習「平、上、去、入」四聲了。

國語的第一聲，就是古音的陰平。我們習慣於國語發音的人們，都知道，第一聲（陰平）的國字，發音時，是緩慢而舒長的。聲韻學上稱它為「清音」。而「入聲字」剛好相反，是激越而迫促的。是極重濁的。入聲的發音，好像一隻被逼迫得走頭無路的貓，從一間鎖着的房間的門隙裏，擠出來。這種發音，與國語四聲沒有一點相似。如果有的話，那麼只有從萬國音標的子音發音上，可以找出來，像 b、p、d、t、n、m、l……。在國語聲符裏的ㄅ、ㄆ、ㄇ、ㄈ、ㄉ、ㄊ、ㄋ、ㄌ……的單獨發音，均是「入聲字」的音質。

現在，讓我們來認識入聲字的國語注音，與它的讀法。

第一個例：

國語的「夾」字，是第一聲字——「ㄐㄧㄚ」。它在古音則是入聲。當我們讀「ㄐㄧㄚ」的時候，音調是平緩舒長的，當把它讀作入聲字的時候，它的音符在直寫ㄚ（韻母）字右側，加一

個觸點「‧」，橫寫在韻符上面　　，便成了「ㄐㄧㄚ」。這個符號的讀音，它的聲、介母「ㄐㄧ」，照原字音讀，「ㄚ」字的音，僅「觸及」為止，不可加長。這種讀出來的音質，就成入聲的音，如羅馬音標拼音的 jiaq 末尾ｑ字（註）為收音字母，不發音。現在釋示如下：

「夾」字當用第一聲讀時，它的音長為「——」。但當作入聲讀時，它的音長（主要是韻母ㄚ），則為第一聲的濃縮點「‧」。換句話說，入聲字音長（主要在韻母），僅約第一聲的十分之一。

第二個例：

國語的「讀」字，是第二聲字，作「ㄉㄨ」。它的古音是入聲。我們讀「ㄉㄨ」的時候，音調較第一聲為短而近於鼻音，像古音的陽平。它第二個音符是「ㄨ」，是個介兼韻母。我們仍照第一個字例，也把它當作「第一聲字」處理，它的入聲音符作「ㄉㄨ」，讀法和第一個方法一樣。讀到「ㄨ」時，音僅觸及為止，不可延長，那麼，讀出來的音，就是正確無誤的入聲字音。如羅馬音標的 duq，ｑ仍不發音。

第三個例：

國語的「筆」字，是第三聲字，作「ㄅㄧ」。它的古音是入聲。我們「ㄅㄧ」時，音調正如它的調號一樣，中間有一曲度。如同古音的「上聲」。當我們把它讀作入聲時，它的音符上第二個字母「ㄧ」上面（或）右側，加一觸點，作「ㄅㄧ」，讀法也作第一聲處理。讀到「ㄧ」時，觸及為止，讀出的音，便是入聲，如羅馬音標的 biq，ｑ不發音。

第四個例：

國語的「域」字，是第四聲字，作「ㄩ」。它的古音是入聲

。我們讀「ㄩ」時，音調明快而果斷，如同古音的「去聲」字。
我們把它讀作入聲時，它的音符上面（直寫在右），加一觸點，
作「ㄩ」，照上例，也作第一聲處理，讀時，觸及爲止，不過此
字與上三字不同處，第一字有聲母、介母、韻母。第二、三兩字
，僅有聲母及介母（介兼韻母）而此字是獨立發音，以介兼聲母
及韻母。我們用觸棒球式的發音，讀出的音，就是入聲字的「域
」，羅馬音標作 yuq，q不發音。

　　上面的四個例字，分別由「夾」（ㄐㄧㄚ）、「讀」（ㄉㄨ
），「筆」（ㄅㄧ）、「域」（ㄩ）四個四聲俱備，聲、介、韻
母皆有的字，來賅括一切國語中，各種形式分入「入聲字」的組
式。它的觸音注法是「ㄐㄧㄚ」「ㄉㄨ」「ㄅㄧ」「ㄩ」。

　　我們要注意的是，不管是那一聲字，都要照第一聲字縮短來
讀，讀出它十分一的觸音，便是入聲。至於國際音標：凡入聲字
音，後面都有一個收音字，就是 t、p、h、q（或用 k），它
是不發音的，把前面的念出來即可。

　　這種入聲字在國語注音裏的讀法及注音法，由個人經過教學
上的多次試驗，（多是高中學生），效果百分之百地正確而優美
，他們的平上去入四聲，學得非常好，因此學習「平仄」聲，習
作「聯句」、「近體詩」，都能够在短短的四十小時教學過程中
，進入情況。

　　我所舉的例證，分別由後面「入聲字箋註」裏的各種注音，
讀者可以多方面地體會、學習，尤其是「觸音」及「萬國音標」
兩種注音，凡是中學以上青年人，都是熟悉的，從這兩種注音，
就不難學好古音的平上去入，進而學詩了。

　　〔註〕在本書後面箋聲時用的入聲收音符號，是p,k,t，而未用q，不過q,k發音是
　　　　一樣的。我們用k，目的與「國際音標」劃一。

八、入聲字與國語四聲的關係

　　在中國聲韻學史上，南朝沈約以前，沒有四聲的定名，但在詩歌、辭賦的表現，依然有四聲之實；因為沒有四聲的嚴格區分與運用，在文學上也就保持了一個樸實、古雅的面目。自沈約以後，近體詩的形成、發展，不能不歸究於古音四聲的運用與技巧的純熟。在詩歌、詞曲上，由四聲的高度技術的安排，也就增加了中國詩詞文學的音樂性、節奏感、韻律美，使中國詩詞成為文學領域裏的特殊成品。透過一首絕句、一首律詩、一曲憶江南，表達了中國文學家的高深情境與人生理想。

　　我們要說，由於平上去入四聲，支配了中國一千五百年來的文學成長路線，使中國詩詞，得到了空前輝煌的發展。

　　個人認為，平上去入四聲，其關鍵性在於「入聲」。入聲——是一種情感性的聲調，是一種生命火花迸放式的激越，它是「徵聲」吧！

　　陰平，是和美、安祥、平靜的聲音。

　　陽平，是充實、堅定、自信的聲音。

　　上聲，是委婉、圓潤、謙和的聲音。

　　去聲，是強勁、果斷、命令的聲音。

　　入聲，是情感、突破、絕決的聲音。

　　這四聲予以二分為中國韻文學的「平、仄」。

　　「平聲」包括「陰平、陽平」二聲，它的符號是「一」（一條橫線）。

　　「仄聲」包括「上、去、入」三聲，它的符號是「｜」（一條直線）。

於是一首七言平起的絕句譜式，便可寫成：

平平仄仄仄平平，仄仄平平仄仄平；

仄仄平平平仄仄，平平仄仄仄平平。

或可寫成：

——｜｜｜——，｜｜——｜｜—；

｜｜——｜｜，平平｜｜｜—。

例如蘇東坡「補西林寺壁」可代入此種譜式——

橫看成嶺側成峯，遠近東西盡不同；

不見廬山眞面目，祇緣身在此山中。

　　　　＊　　　＊　　　＊

現在，讓我們回到國語四聲上來。

在以北平官話爲標準定音的「國語音韻」上，沒有入聲的音。因此現在在學的青年——由小學到大學，都沒有學入聲字的機會；入聲字的音，可以在廣東語、閩南語裏，以及各地方言裏找到。爲了學習中國詩，以及爲了愛好中國舊詩（據我所知，國中到大學的青年，喜愛我國舊詩的爲數極多。）而想瞭解中國詩的寫作技巧及聲韻安排，在這兒，都無法獲得滿足；我發現極多在大學修過「詩習作」的朋友們，大多未徹底了解平上去入四聲。今天，在臺灣的中國詩創作，仍然保留在四十以上的中年以及老年知識份子手上，而青年中國詩家，爲數是寥寥可數的。

照這樣發展下去，中國詩創作行將走上絕路，再也無法普遍在廣大知識份子羣中，廣爲製作了。

國語音韻裏沒有入聲字，當然更沒有爲它設定的「入聲音符」。即使如此，我們認爲放下方言，從國語入手，還是可以學習古音（事實是中古音）四聲的。在國語裏的四聲，僅僅缺乏入聲的讀音而已，其他各聲是有的。

例如：

第一聲──陰平。

第二聲──陽平。

第三聲──上聲。

第四聲──去聲。

入聲則分別混在四聲裏，我們如果能明確地辨別什麼是入聲字，把它從四聲中抽離，其他各聲，便可直接代入「平、上、去」三聲。照這樣，古音四聲便可明晰地運用了。

現在圖示如下：

入聲分流國語四聲示意圖

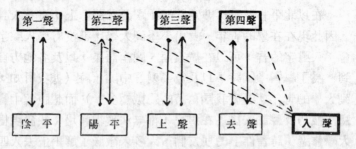

說明：㈠國語四聲，通向入聲的虛線，表示從國語中已抽出入聲字。

　　　㈡抽出入聲字之後，所餘國字，與古音「陰平、陽平、上聲、去聲」可以互相代入，相反的箭頭，如同數學上的「＝」符號。

從國語來學習聲韻學上的古音四聲，入聲字是絕對的杻紐，能認明入聲字，其他三聲，則迎刄而解，照各聲彼此互相關係代替就好了。

能認識古音四聲，則二分為「平仄」，更無問題，那麼看「詩式」、「詞譜」，自然也駕輕就熟，至於詩的寫作技巧，就靠

自己，或者老師去指導學習了（作者個人是十來歲時無師自學的
）。這本書，提供的是自我學習古音四聲的方法，與入聲字的箋
註，這不過是聲韻學上一個點，但畢竟是學習中國詩的基礎，不
了解四聲，不能運用四聲，都是不足學詩的。

九、國語與臺語入聲字對讀舉要

　　我們爲了使懂臺語的人、與不懂臺語只會說國語的，進一步
明瞭入聲字的發音起見，現在就國臺語的入聲字的讀音，用注音
符號把它分別注在下面各條例裏，使讀者只要了解幾個簡單的臺
語發音，便可以依喻推理，而讀出國語入聲字來，如此，便可以
把本書所舉一千八百多個入聲字，都可以明確地，讀出它的入聲
發音，像這樣，不管在教學上，或自學上，都可迎双而解，運用
自如了。

〔例一〕：臺語發音：「一、六、七、八、十」五字，讀作：「
　　　　　　ㄐㄧˋ、ㄌㄚˋ、ㄑㄧˋ、ㄅㄧㄝˋ、ㄗㄚˋ」。
　　　　　國語帶入聲發音：「一（ㄧˋ）、六（ㄌㄡˋ）、七（
　　　　　　ㄑㄧˋ）、八（ㄅㄚˋ）、十（ㄕˋ）」。

〔例二〕：臺語發音：「國家」，讀作「ㄍㄨˋ、ㄍㄚˋ」。「星期
　　　　　　日」，讀作「ㄆㄞˋ、ㄐㄧˋ」。國語帶入聲發音：「國
　　　　　　家」讀作「ㄍㄨˋ、ㄐㄧㄚ」。「星期日」，讀作「
　　　　　　ㄒㄧㄥ、ㄑㄧ、ㄖˋ」。

〔例三〕：臺語發音：「青山綠水」，讀作「ㄑㄧㄥ、ㄙㄢ、
　　　　　　ㄌㄩˋ、ㄕㄨㄟˇ」。「石牌」讀作「ㄐㄧˋ、ㄆㄞˋ」。
　　　　　國語帶入聲發音：「青山綠水」，讀作「ㄑㄧㄥ、
　　　　　　ㄕㄢ、ㄌㄩˋ、ㄕㄨㄟˇ」。「石牌」讀作「ㄕㄜˋ（ㄕˊ）
　　　　　　ㄆㄞˋ」。

〔例四〕：臺語發音：柳宗元「江雪」：
　　　　　　千山鳥飛絕，萬徑人踪滅，
　　　　　　孤舟簑笠翁，獨釣寒江雪。

讀作

ㄥㄧㄢ、ㄙㄢ、ㄋㄧㄠ、ㄏㄨㄟ、ㄗㄨㄛ。

ㄇㄢ、ㄍㄧㄥ、ㄌㄧㄣ、ㄗㄨㄥ、ㄇㄧㄝ。

ㄍㄛ、ㄐㄧㄡ、ㄙㄨㄟ、ㄌㄧㄝ、ㄨㄥ。

ㄉㄨ、ㄅㄧㄡ、ㄏㄢ、ㄍㄤ、ㄙㄨㄛ。

國語帶入聲發音讀作：

ㄌㄧㄡ、ㄗㄨㄥ、ㄩㄢ「ㄐㄧㄤ、ㄒㄩㄝ」：

ㄑㄧㄢ、ㄕㄢ、ㄋㄧㄠ、ㄈㄟ、ㄐㄩㄝ、

ㄨㄢ、ㄐㄧㄥ、ㄖㄣ、ㄗㄨㄥ、ㄇㄧㄝ、

ㄅㄧㄢ、ㄓㄡ、ㄙㄨㄛ、ㄌㄧ、ㄨㄥ。

ㄉㄨ、ㄅㄧㄠ、ㄏㄢ、ㄐㄧㄤ、ㄒㄩㄝ。

〔例五〕：臺語發音：「大陸」，讀作「ㄅㄨㄚ、ㄌㄩ」。「極熱」，讀作「ㄐㄧ、ㄗㄨㄚ」。國語帶入聲發音：「大陸」，讀作「ㄅㄚ、ㄌㄨ」。「極熱」，讀作「ㄐㄧ、ㄖ」。臺語發音：「月亮」讀作「ㄛ、ㄋㄧㄥ」，「惡劣」讀作「ㄛ、ㄌㄧㄝ」。國語帶入聲發音：「月亮」讀作「ㄩㄝ、ㄌㄧㄤ」，「惡劣」讀作「ㄛ、ㄌㄧㄝ」。根據上文中各入聲字，國語「一、六、七、八、十、國、口、綠、雪、絕、滅、笠、獨」各字，皆不按「國語四聲」發音，而按「平、上、去、入」的入聲發音，故寫作ㄐㄧ、ㄍㄨ、ㄇㄧㄝ……。（此音按入聲短而促的音發出，我們稱爲「觸音」），它的國音調號我們用「‧」來作符記，便於與「一二三四」聲，有別。我們發音時，比照臺語的入聲讀音，發短促音，就是入聲的音了。只要讀者稍加體會，便能過目了然於心。

註：國語輕聲調號橫寫在聲母左側，直寫在頭上，與觸音位置不同。

十、國音與國際語言音標入聲字對照辨證
條例

㈠凡 p, t, k, tɕ, tʂ, ts 等六個聲母造成之陽平（第二聲）字，皆
　爲入聲。

　　〔例一〕ㄅ(p)：拔（ㄅㄚ）、薄（ㄅㄠ）、別（ㄅㄧㄝ）、
　　　　　　脖（ㄅㄜ）、駁（ㄅㄛ）、白（ㄅㄞ）等……。

　　〔例二〕ㄉ(t)：答（ㄉㄚ）、得（ㄉㄜ）、敵（ㄉㄧ），
　　　　　　毒（ㄉㄨ）、鐸（ㄉㄨㄛ）、蝶（ㄉㄧㄝ）等……。

　　〔例三〕ㄍ(k)：格（ㄍㄜ）、閣（ㄍㄜ）、革（ㄍㄜ）、
　　　　　　國（ㄍㄨㄛ）、隔（ㄍㄜ）等……。

　　〔例四〕ㄐ(tɕ)：及（ㄐㄧ）、級（ㄐㄧ）、夾（ㄐㄧㄚ）
　　　　　　、活（ㄐㄧㄝ）、節（ㄐㄧㄝ）、極（ㄐㄧ）、亟（
　　　　　　ㄐㄧ）、菊（ㄐㄩ）等……。

　　〔例五〕ㄓ(tʂ)：札（ㄓㄚ）、宅（ㄓㄞ）、擇（ㄓㄞ）、折
　　　　　　（ㄓㄜ）、哲（ㄓㄜ）、粢（ㄓㄚ）、竹（ㄓㄨ）、
　　　　　　侄（ㄓ）、着（ㄓㄨㄛ）、直（ㄓ）……等。

　　〔例六〕ㄗ(ts)：擇（ㄗㄜ）、雜（ㄗㄚ）、則（ㄗㄜ）、
　　　　　　足（ㄗㄨ）、咋（ㄗㄜ）、責（ㄗㄜ）、漬（ㄗㄜ）
　　　　　　、昨（ㄗㄨㄛ）等……。

㈡凡ㄈㄚ(fa)、ㄈㄛ(fo)二音，不論何調，皆爲入聲字。

　　〔例一〕ㄈㄚ(fa)：法（ㄈㄚ）、發（ㄈㄚ）、伐（ㄈㄚ）
　　　　　　、乏（ㄈㄚ），罰（ㄈㄚ）等……。

　　〔例二〕ㄈㄛ(fo)：佛（ㄈㄛ）、縛（ㄈㄛ）。

㈢凡 t, t′, l, ts, ts′, s 等六個聲母與ɤ（ㄜ）、（ㄨㄛ）相拼

，其字皆是入聲。（註一）

〔例一〕ㄉ (t)：得（ㄉㄜ）、德（ㄉㄜ）等……。

〔例二〕ㄊ (t′)：忒（ㄊㄜ）、特（ㄊㄜ）、忑（ㄊㄜ）、凸（ㄊㄜ）等……。

〔例三〕ㄌ (l)：勒（ㄌㄜ）、樂（ㄌㄜ）、洛（ㄌㄨㄜ）、落（ㄌㄨㄜ）、泐（ㄌㄜ）等……。

〔例四〕ㄗ (ts)：澤（ㄗㄜ）、則（ㄗㄜ）等……。

〔例五〕ㄘ (ts′)：策（ㄘㄜ）、測（ㄘㄜ）等……。

〔例六〕ㄙ (s)：塞（ㄙㄜ）、色（ㄙㄜ）等……。

㈣凡 k′, tʂ, tʂ′, ʂ, ʐ 五個聲母與 uo（ㄨㄛ）相拼不論何聲，其字皆入聲。（註二）

〔例一〕ㄎ (k′)：闊（ㄎㄨㄛ）、擴（ㄎㄨㄛ）、括（ㄎㄨㄛ又音ㄍㄨㄚ）等……。

〔例二〕ㄓ (tʂ)：卓（ㄓㄨㄛ）、捉（ㄓㄨㄛ）、濯（ㄓㄨㄛ）等……。

〔例三〕ㄔ (tʂ′)：齪（ㄔㄨㄛ）、綽（ㄔㄨㄛ）、歠（ㄔㄨㄛ）等……。

〔例四〕ㄕ (ʂ)：說（ㄕㄨㄛ）、碩（ㄕㄨㄛ）等……。

〔例五〕ㄖ (ʐ)：若（ㄖㄨㄛ）、弱（ㄖㄨㄛ）等……。

㈤凡 p, p,′ m, t, t′, n, l, 等七個聲母與 ie（ㄧㄝ）相拼、不論何聲），其字皆入聲，但「爹」字除外。（註三）

〔例一〕ㄅ (p)：別（ㄅㄧㄝ）、憋（ㄅㄧㄝ）、蹩（ㄅㄧㄝ）、瞥（ㄅㄧㄝ）等……。

〔例二〕ㄆ (p′)：撇（ㄆㄧㄝ）、瞥（ㄆㄧㄝ）等……。

〔例三〕ㄇ (m)：滅（ㄇㄧㄝ）、蔑（ㄇㄧㄝ）等……。

〔例四〕ㄉ (t)：叠（ㄉㄧㄝ）、跌（ㄉㄧㄝ）等……。（

參除外）。

〔例五〕 ㄊ（t'）：貼（ㄊㄧㄝ）、鐵（ㄊㄧㄝ）等……。

〔例六〕 ㄋ（n）：捏（ㄋㄧㄝ）、聶（ㄋㄧㄝ）等……。

〔例七〕 ㄌ（l）：列、烈、裂……（ㄌㄧㄝ）、劣
　　　　　（ㄌㄧㄝ）。

㈥凡 ye（ㄩㄝ）作爲韻母造成之字，不論何聲，其字皆入聲（
　嗟、瘸、靴三字例外。）（註四）

〔例一〕 ㄩㄝ（nye）：虐、瘧（ㄋㄩㄝ）等……。

〔例二〕 ㄩㄝ（lye）：略、掠（ㄌㄩㄝ）等……。

〔例三〕 ㄩㄝ（tçye）：絕（ㄐㄩㄝ）、角（ㄐㄩㄝ）、爵（
　　　　　ㄐㄩㄝ）覺、（ㄐㄩㄝ）等……。

〔例四〕 ㄩㄝ：tç'ye：缺（ㄑㄩㄝ）、闕（ㄑㄩㄝ）、確（
　　　　　ㄑㄩㄝ）、郤（ㄑㄩㄝ）等……。

〔例五〕 ㄩㄝ（çye）：薛（ㄒㄩㄝ）、學（ㄒㄩㄝ）、雪（
　　　　　ㄒㄩㄝ）血（ㄒㄩㄝ）等……。

〔例六〕 （ye）：曰（ㄩㄝ）、約（ㄩㄝ）、悅（ㄩㄝ）、月（
　　　　　ㄩㄝ）、樂（ㄩㄝ）等……。

㈦凡 k, k', t, x, ts, s, 六個聲母與 ei（ㄟ）相拼，不論何聲（一
　、二、三、四聲），皆是入聲字。（註五）

〔例一〕 ㄉ（tei）：得（ㄉㄟ）。

〔例二〕 ㄍ（kei）：給（ㄍㄟ）。

〔例三〕 ㄎ（k'ei）：克（ㄎㄟ）有音無字。

〔例四〕 ㄏ（xei）：黑（ㄏㄟ）。

〔例五〕 ㄗ（tsei）：賊（ㄗㄟ）。

〔例六〕 ㄙ（sei）：塞（ㄙㄟ）。

㈨文白兩讀，文言讀開尾韻（無韻尾），白話讀 i（ㄧ）韻尾，或

u（ㄨ）尾韻者，古時皆入聲。（用元音收尾——即無鼻音者——稱開尾韻。如：白、北、軸、角、藥。）

〔例一〕文言讀（ɤ）ㄜ，白話讀（ei）ㄟ者。如：黑（ㄏㄜ、ㄏㄟ）、勒（ㄌㄜ、ㄌㄟ）。

〔例二〕文言讀（o）ㄛ，白話讀（ai）ㄞ者。如：白（ㄅㄛ，ㄅㄞ）、柏（ㄅㄛ）、陌（ㄇㄛ，ㄇㄛ）。

〔例三〕文言讀（uo）ㄨㄛ，白話讀（au）ㄠ者。如：落（ㄌㄨㄛ、ㄌㄠ）、鑿（ㄗㄨㄛ、ㄗㄠ）。

〔例四〕文言讀（u）ㄨ，白話讀（ou）ㄡ者。如：軸（ㄓㄨ、ㄓㄡ）、熟（ㄕㄨ，ㄕㄡ）、肉（ㄖㄨ，ㄖㄡ）。

〔例五〕文言讀（ye）ㄩㄝ，白話讀（iau）ㄧㄠ者。如：腳（ㄐㄩㄝ、ㄐㄧㄠ），角（ㄐㄩㄝ、ㄐㄧㄠ），藥（ㄩㄝ、ㄧㄠ）。

以上八條爲辨證入聲方法，如通曉中國一種方言，便可辨明入聲字。

〔非入聲字條例〕

㈠凡（n）ㄣ、ㄢ尾韻，（ŋ）ㄥ、ㄤ尾韻，所造成之字，均非入聲字。

〔例一〕如：奔（ㄅㄣ）、貧（ㄧㄣ）、腯（ㄌㄨㄣ）、鬓（ㄅㄧㄣ）。

班（ㄅㄢ）、難（ㄋㄢ）、覽（ㄌㄢ）、還（ㄏㄨㄢ）、獻（ㄒㄧㄢ）。

〔例二〕如：峯（ㄈㄥ）、蟲（ㄔㄨㄥ）、種（ㄓㄨㄥ）、定（ㄉㄧㄥ）。

光（ㄍㄨㄤ）、忙（ㄇㄤ）、莽（ㄇㄤ）、盎（ㄤ）。

㈡凡（m）ㄇ、（n）ㄋ、（l）ㄌ、（ʐ）ㄖ、四聲母造成之字，逢陰平（第一聲），陽平（第二聲），上聲（第三聲）時，其字皆非入聲字。（但「摸、捏、捋、勒」四字例外

——皆入聲字）。

〔例一〕ㄇ母：媽（ㄇㄚ）、麻（ㄇㄚˊ）、母（ㄇㄨˇ）。

〔例二〕ㄋ母：妞（ㄋㄧㄡ）、拿（ㄋㄚˊ）、你（ㄋㄧˇ）。

〔例三〕ㄌ母：溜（ㄌㄧㄡ）、連（ㄌㄧㄢˊ）、戀（ㄌㄧㄢˋ）。

〔例四〕ㄖ母：扔（ㄖㄥ）、如（ㄖㄨˊ）、染（ㄖㄢˇ）。

㈢凡ㄗ (ts)、ㄘ (ts′)、ㄙ (s) 三聲母拼「帀 (i)」韻母時，其字皆非入聲（按：今國音中已無「帀」字）。

〔例一〕ㄗ母：資滋孳（ㄗ），紫姊子（ㄗˇ），字（ㄗˋ）。

〔例二〕ㄘ母：雌刺（ㄘ），此（ㄘˇ），次（ㄘˋ）。

〔例三〕ㄙ母：私絲（ㄙ），死（ㄙˇ），似四肆（ㄙˋ）。

㈣凡ㄨㄟ (uei) 為韻母造成之字，均非入聲字。（不分一二三四聲）。

〔例一〕如：堆（ㄉㄨㄟ）、摧（ㄘㄨㄟˊ）、魁（ㄎㄨㄟˊ），梅（ㄇㄟˊ）、隨（ㄙㄨㄟˊ）、誰（ㄕㄨㄟˊ）、軌（ㄍㄨㄟˇ）、嘴（ㄗㄨㄟˇ）、醉（ㄗㄨㄟˋ）、魏（ㄨㄟˋ）。

㈤凡ㄝ、ㄞ、ㄟ、ㄠ、ㄡ、ㄢ、ㄤ、ㄣ、ㄥ為聲母兼韻母造成之字皆非入聲字。

〔例一〕如：誒（ㄝ）。

〔例二〕如：哀（ㄞ）、矮（ㄞˇ）、愛（ㄞˋ）。

〔例三〕如：欸（ㄟ）。

〔例四〕如：凹（ㄠ）、敖（ㄠˊ）、襖（ㄠˇ）、傲（ㄠˋ）。

〔例五〕如：歐（ㄡ）、䴘（ㄡˊ）、藕（ㄡˇ）、慪（ㄡˋ）……。

〔例六〕如：安（ㄢ）、唅（ㄢˊ）、俺（ㄢˇ）、暗（ㄢˋ）……。

〔例七〕如：腌（ㄤ）、昂（ㄤˊ）、盎（ㄤˋ）……。

〔例八〕如：恩（ㄣ）、撚（ㄣˇ）……。

〔例九〕ㄥ無字有音。

㈥ ar(ㄦ)聲母兼韻母造成之字，均非入聲字。

〔例一〕如：而（ㄦˊ）、兒（ㄦˊ）、耳（ㄦˇ）、二貳（ㄦˋ）。

(七)ㄕ、ㄖ、ㄇ、ㄓ、ㄔ、ㄚ、ㄛ、ㄜ、ㄧ、ㄨ、ㄩ聲母兼韻母，
造成之字，有入聲有非入聲。

〔例一〕如：石、食、拾（ㄕ）入聲。如：施、時、使、士…
非入聲。

〔例二〕如：日、熱（ㄖ）入聲。（無非入聲）。

〔例三〕如：墨默木（ㄇ）。此字如無韻母，則皆入聲。有韻
母，則可變他聲。如ㄇㄟ、ㄇㄟ……ㄇㄡ。

〔例四〕如：隻、只、直……（ㄓ），入聲字。
如：知、止、至……非入聲。

〔例五〕如：吃、徹（ㄔ）入聲字。
如：痴、遲、恥……非入聲。

〔例六〕如：阿（ㄚ）入聲。
如：啊……非入聲。

〔例七〕如：惡（ㄜ）入聲。
如：哦……非入聲。

〔例八〕如：厄扼呃軛頟……（ㄜ）入聲。
如：俄、我、餓……非入聲。

〔例九〕如：一、抑、壹、液（ㄧ）入聲。
如：依、以、義……非入聲。

〔例十〕如…勿、屋、握（ㄨ）入聲。
如：烏、吳、伍、務……非入聲。

〔例十一〕如：欲、育、鬱（ㄩ）入聲。
如：迂、魚、雨、遇……非入聲。

*(八)ㄅ、ㄆ、ㄇ、ㄈ、万、ㄉ、ㄊ、ㄋ、ㄌ、ㄍ、ㄎ、兀、ㄏ、
ㄜ等字母，按國語發音，皆爲入聲音。

國音四十一個字母，除這十四個而外，本音均非入聲。

〔註〕：註一至註五各條，不分一、二、三、四聲（陰平、陽平、上聲、去
聲），所造字皆爲入聲。

十一、「詩韻集成」入聲十七韻例字箋聲

一屋　（同廣韻一屋）

ɔuk （註一）

屋　△居也。會意。△閩南語音 Ok. ak. △國語注音ㄨ。

剭　△重誅也，刑也（廣雅）。形聲。（註二）△閩南語音Ok. △
　　國語注音ㄨ。
　　上二字，廣韻「烏谷切」。〔R.J.〕（註三）wuk.u.〔國語
　　入聲〕ㄨ˙。

duk

讀　△籀書也。形聲。△閩南語音 Tō. Thok. tāu. thȧk. △國
　　語注音①ㄉㄨ˙②ㄉㄡ˙。

犢　△牛子也。形聲。△閩南語音 Tȯk. △國語注音ㄉㄨ˙。

牘　△書版也。形聲。△閩南語音 Tȯk. △國語注音ㄉㄨ˙。

瀆　△溝也。形聲△閩南語音 Tȯk. △國語注音ㄉㄨ。

櫝　△匱也。（同匵）。形聲。△閩南語音Tȯk. △國語注音ㄉㄨ˙。

黷　△握持垢也。形聲。△閩南語音 Tȯk. △國語注音ㄉㄨ˙。

讟　△痛怨也。謗也（方言）。形聲。△閩南語音 Tȯk. △國語
　　注音ㄉㄨ˙。

獨　△犬相得而鬪也。形聲。△閩南語音Tȯk. Tȧk.△國語注音
　　ㄉㄨ˙。

韣　△多衣也。又束也。形聲。△閩南語音 Tȯk. △國語注音
　　ㄉㄨ˙。

殰　△胎敗也。形聲。△閩南語音Tȯk.△國語注音ㄉㄨ˙。

碡　△碌碡。農器也，木製（耒耜經）。形聲。△閩南語音 Tȯk.

Tȧk. △國語注音ㄉㄨ。

髑 △髑髏，頂也。形聲。△閩南語音 Tȯk. △國語注音ㄉㄨ。
上十二字，廣韻「徒谷切」。〔R.J.〕duk. du.〔國音入聲〕ㄉㄨ。

kuk

穀 △續也。百穀之總名也。形聲。△閩南語音Kok. Kak.△國語注音ㄍㄨ。

谷 △泉出通川爲「谷」。象形。△閩南語音 Kok. △國語注音①ㄍㄨ②ㄩ（渾吐谷）。

轂 △輻所湊也。形聲。△閩南語音Kok. △國語注音ㄍㄨ。

狢 △獨狢，獸也。形聲。△閩南語音 Kok. △國語注音①ㄍㄨ②ㄩ。
上四字，廣韻「古祿切」。〔R.J.〕guk. gu.〔國音入聲〕ㄍㄨ。

ɤuk

斛 △十斗也。形聲也。△閩南語音 Hȧk. Khoȧh. △國語注音ㄏㄨ。

縠 △細縛也（絲織）。又粟也。形聲。△閩南語音 Hȯk. Kok. △國語注音ㄏㄨ。

槲 △槲樕，木名（玉篇）。形聲。△閩南語音Hȧk. △國語注音ㄏㄨ。

觳 △盛觵，大巵也，一曰射具。又簸器也。又觳觫，恐懼貌。形聲。△閩南語音Hak. Hȧk. Hȧt.△國語注音ㄏㄨ。
上四字，廣韻「胡谷切」。〔R.J.〕huk. hu.〔國音入聲〕ㄏㄨ。

k'uk

哭 △哀聲也。形聲。△閩南語音 Khok. Khau. △國語注音

丂ㄡ。

上一字，廣韻「空谷切」。〔R.J.〕kuk. ku.〔國音入聲〕
丂ㄡ。

t'uk

禿　△無髮也。象形。△閩南語音 Thut. lut. thut.△國語注音
ㄊㄨ。

訰　△訰訰，狡猾也。一曰相欺訰（集韻）。形聲。△閩南語音
Thut. △國語注音ㄊㄨ。

鵚　△鵚鶖，鳥名（集成誤作頽）（集韻）。形聲。△閩南語音
Thok.△國語注音ㄊㄨ。

上三字，廣韻「他谷切」〔R. J.〕Tuk. tu.〔國音入聲〕
ㄊㄡ。

tuk

啄　△鳥食也。形聲。△閩南語音 Tok. teh.△國語注音ㄓㄨㄛ。

豚　△臀也。肥也（廣雅）。形聲。△閩南語音 Tok.△國語注
音ㄓㄨㄛ。

上二字，廣韻「丁木切」，又「竹角切」。〔R.J.〕juok.
ʒuɔ.〔國音入聲〕ㄓㄨㄛ。

suk

速　△疾也。形聲。△閩南語音 Sok. sōa. suh.△國語注音ㄙㄡ。

蔌　△以穀萎（同餵）馬置莝中。形聲。△閩南語音 Sok. △國
語注音ㄙㄨ。

楤　△樸楤，小木也。形聲。　△閩南語音 Sok. △國語注音
ㄙㄡ。

餗　△鼎實惟葦及蒲。形聲。△閩南語音 Sok. △國語注音ㄙㄡ。

觫　△（廣韻無此字，疑爲觫或文。）集成觫下注：觳觫。廣韻
注：殑觫。懼死貌（孟子）。形聲。△閩南語音Sok.　△

國語注音ㄙㄨ。

楝　△赤楝，木名。可爲車輞（集韻）。形聲。△閩南語音Sok.
　　chhiok.　△國語注音ㄙㄨ。

涑　△澣也。河東有涑水。形聲。△閩南語音 Sek.　△國語注音
　　ㄙㄨ。
　　上七字，廣韻「桑谷切」。〔R.J.〕suk. su.〔國音入聲〕
　　ㄙㄨ。
luk

祿　△福也。形聲。△閩南語音 Lȯk.△國語注音ㄌㄨ。

鹿　△獸也。象頭角四足之形。象形。　△閩南語音 Lȯk. lȧk.△
　　國語注音ㄌㄨ。

麗　△（同麓）守山林吏也。形聲。△閩南語音 Lȯk.　△國語注
　　音ㄌㄨ。

漉　△浚也。一曰水下貌。形聲。△閩南語音 Lȯk.　△國語注音
　　ㄌㄨ。

簏　△竹高篋也。形聲。△閩南語音 Lȯk.　△國語注音ㄌㄨ。

磟　△石貌。多石貌。磟碡，農具（說文新附）。形聲 。△閩南
　　語音Lȯk. Liȯk.△國語注音ㄌㄨ。

娽　△隨從也 。形聲。△閩南語音 Lȯk.△國語注音ㄌㄨ。

琭　△玉名，又石貌（廣韻）。形聲。△閩南語音 Lȯk.　△國語
　　注音ㄌㄨ。

盝　△竭也。漉也（爾雅）。形聲。　△閩南語音Lȯk.　△國語注
　　音ㄌㄨ。

轆　△轆轤，維車也。又車軌道。又轆轆，車行貌。形聲（方言
　　）。△閩南語音 Lȯk. lak.△國語注音ㄌㄨ。

艣　△舳艣舟也（集韻）。形聲。△閩南語音 Lȯk.△國語注音
　　ㄌㄨ。

蠦　△蜦蠦，蟬屬（爾雅）。形聲。△閩南語音 Lȯk.△國語注音ㄌㄨ。

麗　△罦麗也。形聲。△閩南語音 Lȯk.△國語注音ㄌㄨ。

睩　△目睞謹也。注視謹畏也。形聲。△閩南語音 Lȯk.△國語注音ㄌㄨ。

摝　△振也，又動也（周禮）。形聲。△閩南語音Lȯk.△國語注音ㄌㄨ。

　　　上十五字，廣韻「盧谷切」。〔R.J.〕luk. lu.〔國音入聲〕ㄌㄨ。

xuk

熇　△火熱也。形聲。△閩南語音 Hȯk. ho. hok.△國語注音①ㄏㄨ②ㄎㄠ。

　　　上一字，廣韻「呼木切」。〔R.J.〕huk. hu.〔國音入聲〕ㄏㄨ。

dzuk

族　△矢鏃也。束之族族也。會意。△閩南語音 Tsȯk. tsȧk.△國語注音ㄗㄨ，

　　　上一字，廣韻「昨木切」。〔R.J.〕tzuk. dzu.〔國音入聲〕ㄗㄨ。

ts'uk

簇　△小竹。又叢聚也（集韻）。形聲。△閩南語音 Chhok. Tsȯ.△國語注音①ㄘㄨ　②ㄘㄨ。

蔟　△行蠶蓐。形聲。△閩南語音 Chhok. Tsȯ.△國語注音①ㄘㄨ②ㄘㄨ。

瘯　△瘯蠡，皮膚病也（左傳）。形聲。△閩南語音 Tsȯk.△國語注音ㄘㄨ。

　　　上三字，廣韻「千木切」。〔R.J.〕tzuk. dzu.〔國音入聲〕

ㄘㄨˊ。

tsuk

鏃　△利也。形聲。△閩南語音Tsȯk.△國語注音①ㄘㄨˊ②
　　　ㄗㄨˊ。
　　　上一字，廣韻「作木切」。〔R.J.〕tsuk. tsu.〔國音入聲
　　　〕①ㄘㄨˊ②ㄗㄨˊ。

buk

僕　△給事者。形聲。△閩南語音 Pȯk.△國語注音ㄆㄨˊ。

瀑　△疾雨也。形聲。△閩南語音。Phȯk.△國語注音ㄆㄨˊ。

暴　△晞也。會意。△閩南語音 Pō. phȯk. pāu. pô.△國語注
　　　示音①ㄅㄠˋ②ㄆㄨˊ。

樸　△木素也（又樹名）形聲。△閩南語音 Phok. phak.
　　　phoh. phȯh.△國語注音①ㄆㄨˊ②ㄅㄨˊ。
　　　上四字，廣韻「蒲木切」。〔R.J〕puk. pu.〔國語入聲
　　　〕ㄆㄨˊ（ㄆㄜˋ）。

p'uk

朴　△（亦作撲）說文無字，同撲，挨也。形聲。△閩南語音
　　　　Phok. phah.△國語注音ㄆㄨˊ。

醭　△酒上白。醋生白醭。凡物腐敗而生白花，皆曰醭（玉篇
　　　）。形聲。△閩南語音 Pȯk. phok.△國語注音ㄅㄨˊ。
　　　上二字，廣韻「普木切」。〔R.J.〕puk. pu.〔國音入聲〕
　　　ㄅㄨˊ。

puk

卜　△灼剝龜也。象炙龜之形。象形。△閩南語音 Pok. poh.
　　　△國語注音ㄅㄨˇ。

濮　△濮水出東郡濮陽南入鉅野。形聲。△閩南語音 Pȯk.
　　　phok.△國語注音ㄆㄨˊ。

纀　△常削幅謂之纀。形聲。△閩南語音 Pȯk.△國語注音ㄆㄨ。
　　上三字，廣韻「博木切」。〔R.J.〕puk. pu.〔國音入聲〕
　　ㄆㄨ。

muk

木　△冒也，冒地而生。東方之行。象（樹木）形。△閩南語音
　　Bȯk. bȧk. mȯh.△國語注音ㄇㄨ。

沐　△濯髮也。形聲△閩南語音 Bȯk.△國語注音ㄇㄨ。

鶩　△舒鳧也（野鴨）。形聲。△閩南語音 Bȯk. bū.△國語注音
　　①ㄇㄨ②ㄨ。

霂　△霢霂也。形聲。△閩南語音 Bȯk.△國語注音ㄇㄨ。

楘　△好也（方言）。又思貌。風貌。會意。△閩南語音Bȯk.
　　△國語注音ㄇㄠ（ㄇㄨ）。

軞　△車歷錄，束文也。（同楘）‧形聲。△閩南語音 Bȯk.
　　△國語注音ㄇㄨ。

　　上六字，廣韻「莫卜切」。〔R.J.〕muk. mu.〔國音入聲
　　〕①ㄇㄨ②ㄇˊ。

piuk

福　△備也。形聲。△閩南語音 Hok.△國語注音ㄈㄨ。

腹　△厚也。形聲。△閩南語言 Hok. pak.△國語注音ㄈㄨ。

幅　△布帛廣也。形聲。△閩南語音 Hok. pak.△國語注音
　　ㄈㄨ。

輻　△輪轑也。形聲。△閩南語音 Hok.△國語注音ㄈㄨ。

複　△重衣也。形聲。△閩南語音 Hok.△國語注音ㄈㄨ。

蝠　△蝙蝠也。形聲。△閩南語音 Hok.△國語注音ㄈㄨ。

楅　△（集成誤作「福」）以木有所畐束也。形聲。△閩南語音
　　Pek.△國語注音ㄅㄧ。

箙　△竹實也（竹譜）。形聲。△閩南語音　Hok.　△國語注音
ㄈㄨ。

䅵　△菖也。形聲。△閩南語音Hok.△國語注音ㄈㄨ。

偪　△偪陽，地名。又腹滿曰「偪」（方言）。形聲。△閩南語
音　Pek.　△國語注音①ㄅㄧ②ㄈㄨ。
上十字，廣韻「方六切」。〔R.J.〕fuk. fu.〔國音入聲〕
①ㄈ②ㄈㄨ。

biuk
服　△用也。形聲。△閩南語音　Hȯk.△國語注音ㄈㄨ。

伏　△司（伺）也。會意。△閩南語音　Hȯk. Hū.△國語注音
ㄈㄨ。

復　△往來也。形聲。△閩南語音　Hȯk. Koh. Hiù. hok.△
國語注音ㄈㄨ。

馥　△香氣芬馥也（說文新附）。形聲。△閩南語音　Hok.　△國
語注音ㄈㄨ。

洑　△洄流也（廣韻）。形聲。△閩南語音　Hȯk.△國語注音①
ㄈㄨ②ㄈㄨ。

鵩　△鳥名，似鴞。不祥鳥也。　形聲（文選）。　△閩南語音。
Hȯk.△國語注音ㄈㄨ。

箙　△弩矢箙也。形聲。△閩南語音　Hȯk.　△國語注音ㄈㄨ。

菔　△蘆菔，似蕪菁，實如小菽者。形聲。△閩南語音　Hȯk.
Pȯk.△國語注音①ㄈㄨ②ㄅㄛ。

匐　△伏地也。形聲。△閩南語音　Pȯk.△國注音ㄈㄨ。

輹　△車軸縛也。形聲。△閩南語音Hȯk.△國語注音ㄈㄨ。

澓　△水洄流也。姓也（集韻）。形聲。△閩南語音　Hok.
Hȯk.△國語注音ㄈㄨ。

茯 △茯苓，藥也（玉篇）。形聲。△閩南語音Hók. △國語注
音ㄈㄨ。

虑 △虎貌。形聲。△閩南語音 Hók.△國語注音ㄈㄨ。

栿 △梁也（集韻）。形聲。△閩南語音 Hók. Hū.△國語注音
ㄈㄨ。

上十三字，廣韻 「房六切」〔R.J.〕fuk. fu. 〔國音入聲
〕ㄈㄨ（ㄷ）。

siuk

縮 △亂也。一曰蹴也。形聲。△閩南語音 Siok. Kiu. Luⁿ.
△國語注音①ㄙㄨ②ㄙㄨㄛ。

謖 △起也。謖然，翕歛之貌。謖謖，峻挺貌（廣雅）。形聲。
△閩南語音 Siok.。△國語注音ㄙㄨ。

蹜 △促迫也。蹙聚貌（集韻）。形聲。△閩南語音 Siok. △國
語注音ㄙㄨㄛ。

茜 △禮，祭，束茅加于祼圭而灌鬯酒，是爲「茜」，象神歆也
。一曰榼上塞也。會意。△閩南語音 Siok. Iû. △國語
注音一ㄡ。

翺 △飛也。鳥羽聲（廣雅）。形聲。△閩南語音 Siok. △國語
注音ㄙㄨ。

上五字，廣韻「所六切」。〔R.J.〕suk. su. 〔國音入聲
〕ㄙㄨ。

liuk

陸 △高平地。形聲。△閩南語音 Lók lák. ék. △國語注音①
ㄌㄨ②ㄌㄧㄡ（水流）。

六 △易之數，陰變於六，止於九。△閩南語音Liók. lák. liúh.
△國語注音①ㄌㄧㄡ②ㄌㄨ（滿點）。

戮 △殺也。形聲。△閩南語音 Liók.△國語注音ㄌㄨ。

穋　△疾熟也。同「穆」。形聲。△閩南語音 Liȯk.△國語注音
　　ㄌㄨˊ。

僇　△辱也。同「戮」（荀子）。形聲。△閩南語音 Liȯk.△
　　國語注音ㄌㄨˊ。

蓼　△長大皃。辛菜（詩經）。形聲。△閩南語音 Liáu. liȯk.
　　ló. láu. △國語注音①ㄌㄨˊ②ㄌㄧㄠˇ。

勠　△勠力并也。形聲。△閩南語音 Liȯk.△國語注音ㄌㄨˊ。
　　上七字，廣韻「力竹切」。〔R.J.〕luk. lu. 〔國音入聲〕
　　ㄌㄨˊ。

diuk
軸　△所以持輪者也。形聲。△閩南語音 Tȧk. △國語注音①
　　ㄓㄨˊ②ㄓㄨˋ。

逐　△追也。會意。△閩南語音 Tiȯk. tȧk.△國語注音ㄓㄨˊ。

筑　△以竹曲五弦之樂也。　持而擊之也。形聲。　△閩南語音
　　Tiȯk. △國語注音ㄓㄨˊ。

舳　△舳艫也。船長方形曰「舳艫」。又漢律名，形聲。△閩南
　　語音 Tȧk. Tiȯk. △國語注音ㄓㄨˊ。

柚　△杼柚，作也（方言）。形聲。△閩南語音Iū. Tȧk. tiȯk.
　　△國語注音①ㄓㄨˊ②ㄧㄡˋ。

蓫　△惡菜也（即蓄字）。今名「羊蹄草」，入藥（詩經）。形
　　聲。△閩南語音 Tiȯk.△國語注音ㄓㄨˊ。
　　上六字，廣韻「直六切」。〔R.J.〕juk. ʒu. 〔國音入聲〕
　　ㄓㄨˊ。

kiuk
菊　△大菊，蘧麥。又花名，本作蘜，形聲。△閩南語音 Kiok.
　　kek.△國語注音ㄐㄩˊ。

掬　△兩手承取也。屈掌也（禮記）。形聲。△閩南語音 Kiok.

　　△國語注音ㄐㄩ。

鞫　△（同鞠）窮理罪人也。問也（集韻）。形聲。 △閩南語
　　音Kiok. △國語注音ㄐㄩ。

鞠　△蹋鞠也。形聲。△閩南語音 Kiok.△國語注音ㄐㄩ。

匊　△在手曰匊。會意。△閩南語音 Kiok. △國語注音ㄐㄩ。

跼　△跼躅也。踏也。亦作鞠（集韻）。形聲。△閩南語音
　　Kiok. △國語注音ㄐㄩ。

鵴　△鴶鵴，鳩名（爾雅）。形聲。△閩南語音 Kiok.△國語注
　　音ㄐㄩ。

　　上七字，廣韻「居六切」。〔R.J.〕jiuk. dʒiu.〔國音入
　　聲〕ㄐㄩ。

k'iuk

麴　△酒母也。神麴，藥也（尙書）。形聲。△閩南語音 Kiok.
　　Khiok. Khak. △國語注音ㄑㄩ。

　　上一字，廣韻「驅匊切」，又「居六切」。〔R.J.〕chiuk.
　　tʃiu.〔國音入聲〕ㄑㄩ。

dźiuk

熟　△食飪也。形聲。 △閩南語音 Siók. sek. sòk.△ 國語注音
　　①ㄕㄡ②ㄕㄨ。

淑　△清湛也。形聲。△閩南語音 Siok. △國語注音ㄕㄨ。

塾　△門側堂也。學舍也。形聲。△閩南語音 Siók.△國語注音
　　ㄕㄨ。

孰　△（集成誤作「就」）食飪也。會意。 △閩南語音 Siók.
　　△國語注音ㄕㄨ。

　　上四字，廣韻「殊六切」。〔R.J.〕shuk. ʃu.〔國音入聲
　　〕ㄕㄨ。

tśiuk

柷　△樂木椌也。所以止音爲節。形聲。　△閩南語音　Chiok.△
　　國語注音ㄔㄨ。

俶　△善也。形聲。△閩南語音 Chhiok. Siok. Thek.　△國語
　　注音①ㄔㄨ②ㄊㄧ。
　　上二字，廣韻「昌六切」。〔R.J.〕chuk. tʃu.〔國音
　　入聲〕ㄔㄨ。

oiuk

育　△養子使作善也（子倒出）也。象形。△閩南語音 Iók.io.
　　△國語注音ㄩ。

鬻　△賣也。嫁也。生也。又徤也（左傳、說文）。會意。△閩
　　南語音 Iók. Chiok.△國語注音①ㄩ②ㄓㄨ。

煜　△燿也。形聲。△閩南語音 Iók.△國語注音ㄩ。

毓　△（育或字），生也，養也。郁毓，盛多貌。會意。△閩南
　　語音 Iók.△國語注音ㄩ。

昱　△日明也。形聲。△閩南語音 Iók.△國語注音ㄩ。

淯　△淯水出宏農、盧氏山東南入沔。形聲。△閩南語音 Iók.
　　△國語注音ㄩ。
　　上六字，廣韻「余六切」。〔R. J.〕yuk. iu.〔國音入聲〕
　　ㄩ。

giuk

蹴　△蹋也。形聲。△閩南語音 Chhiok.　△國語注音ㄘㄨ。
　　上一字，廣韻「七宿切」。〔R.J.〕tsuk. tsu.〔國音入聲
　　〕ㄘㄨ。

ts'iuk

毬　△皮毛丸也（廣韻集韻）。蹴毬。△閩南語音 Kiok.△國語
　　注音ㄐㄩ。

上一字，廣韻「渠竹切」。〔R.J.〕jiuk. dʒiu.〔國音入
聲〕ㄐㄩ。

ńiuk

肉　△（同月）胾肉。象形。△閩南語音 Jiȯk. bek. hek. tsū.
△國語注音①ㄖㄨˊ②ㄖㄨˋ。

衄　△（又尼六切）鼻出血也。又縮也。形聲。△閩南語音
Jiȯk. lok. △國語注音ㄋㄧㄡˋ。

上二字，廣韻「如六切」。〔R.J.〕niuk. niu.〔國音入
聲〕①ㄋㄩ②ㄖㄨˋ。

t'siuk

粥　△饘也。糜也（廣韻）。會意。△閩南語音 Chiok. △國語
注音①ㄓㄨˋ②ㄓㄡ。

祝　△祭，主贊詞者。祈福之詞。會意。△閩南語音 Chiok.
chiù. △國語注音ㄓㄨˋ。

上二字，廣韻「之六切」。〔R.J.〕juk. ʒu.〔國音入聲〕
ㄓㄨˋ。

śiuk

叔　△拾也（拾苴）。形聲。△閩南語音 Siok. chek. △國語注
音ㄕㄨ。

菽　△（本作尗）豆也。象尗豆生之形，今爲眾豆總名。本象形
字，今形聲。△閩南語音 Siok. △國語注音ㄕㄨˊ。

倏　△犬走疾貌。形聲。△閩南語音 Siok. △國語注音ㄕㄨˊ。

鯈　△青黑繒發白色也。形聲。△閩南語音 Siok .△國語注音
ㄕㄨˊ。

上四字，廣韻「式竹切」。〔R.J.〕shuk. ʃu.〔國音入聲
〕ㄕㄨˊ。

xiuk

畜　△田畜也。會意。△閩南語音 Hiok. Thiok. chhiu^n.

thek.△國語注音①ㄒㄩ②ㄔㄨ。

蓄　△積也。形聲。△閩南語音 Hiok. tkiok.△國語注音
　　　ㄒㄩ。

慉　△起也。養也。形聲。△閩南語音　Hiok. thiok.△國語注
　　　音ㄒㄩ。

　　　上三字，廣韻「許竹切」。〔R. J.〕shiuk. ʃiu.〔國音入
　　　聲〕ㄒㄩ。

tiuk

竹　△多生草也。（下垂者箁箬也）。象形。△閩南語音　Tiok
　　　tek.　△國語注音ㄓㄨ。

築　△所以擣也。形聲。△閩南語音 Tiok. kih. tsoh.△國語
　　　注音ㄓㄨ。

竺　△厚也。形聲。閩南語音 Tiok.△國語注音ㄓㄨ。

　　　上三字，廣韻「張六切」。〔R.J.〕juk. ʒu.〔國音入聲
　　　〕ㄓㄨ。

tsiuk

蹙　△迫也。促也。痛也（說文新附）。形聲。△閩南語音
　　　Chhek. chhiok.　△國語注音ㄘㄨ。

踧　△行平易也。形聲。△閩南語音 Siok, Tek.△國語注音
　　　ㄘㄨ。

摵　△至也（廣雅）。形聲。△閩南語音 Chhiok. Sek.△國
　　　語注音①ㄘㄨ②ㄕㄜ③ㄙㄨ。

顣　△（集成誤作「顣」）顣頞，鼻頤促貌。又通蹙（廣韻）。
　　　形聲。△閩南語音 Chhek. chhiok.　△國語注音ㄘㄨ。

噈　△（同歠）。歠歒。口相就也，噉也。形聲。△閩南語音
　　　Chhiok.△國語注音ㄘㄨ。

槭　△木名。可作大車輮。形聲。△閩南語音 Chhiok. Sek.
　　△國語注音ㄗㄨˊ。

　　　上六字，廣韻「子六切」。〔R. J.〕tsuk. tsu.〔國音入
　　　聲〕ㄘㄨˊ。

tsiuk
毄　△草木盛也。齊平也。長直也（文選）。會意。△閩南語音
　　Chhiok.△國語注音ㄔㄨˊ。

齪　△謹慎也。又齒相近貌（玉篇）。　形聲。　△閩南語音
　　Chhiok. tsak, chhok. △國語注音　①ㄔㄨˊ②ㄙㄨˋ③
　　ㄉㄨㄢˇ。

　　　上二字，廣韻「初六切」。〔R. J.〕chuk. tʃu.〔國音入
　　　聲〕ㄔㄨˊ。

niuk
恧　△慚也。會意。△閩南語音 Liok. Lok. △國語注音ㄋㄩˋ。

朒　△朔而月見東方，謂之縮朒。形聲。△閩南語音Liok. lok.
　　luk. △國語注音①ㄋㄩˋ②ㄋㄚˇ。

　　　上二字，廣韻「女六切」。〔R. J.〕niuk. niu.〔國音入
　　　聲〕ㄋㄩˋ。

p'iuk
覆　△覂也。形聲。　△閩南語音 Hok. hû. phak. △國語注音
　　ㄈㄨˋ。

蝮　△蟲也。形聲。△閩南語音 Hok. △國語注音ㄈㄨˋ。

副　△判也。形聲。△閩南語音 Hòk, hù.△國語注音ㄈㄨˋ。

　　　上三字，廣韻「芳福切」。〔R.J.〕fuk. fu.〔國音入聲
　　　〕ㄈㄨˋ（ㄈ）。

ʔiuk
燠　△熱在中也。會意。△閩南語音 Hiok. ò.△國語注音ㄩˋ。

澳　△隈厓也。其內曰澳，其外曰鞫。形聲。△閩南語音 Hiok.
ò. ù. △國國語注音ㄩ。

郁　△古扶風，郁夷也。形聲。△閩南語音 Hiok. △國語注音
ㄩ。

彧　△（本作馘）有彣彰也。　又通郁。會意。　△閩南語音
Hiok.△國語注音ㄩ。

薁　△嬰薁（即山蒲桃）。形聲。△閩南語音 Hiok. ò. △國語
注音ㄩ。

膍　△鳥胃也（玉篇）。形聲。△閩南語音 Hiok. △國語注音
ㄩ。

上六字，廣韻「於六切」。〔R.J.〕yuk. iu.〔國音入聲
〕ㄩ。

siuk

宿　△止也。形聲。△閩南語音 Siok. siù. △國語注音 ①ㄙㄨ
②ㄒㄧㄡ③ㄒㄧㄡˇ。

肅　△持事振敬也。會意。△閩南語音 Siok. sok.△國語注音
ㄙㄨ。

蓿　△苜蓿，草名（本草綱目）。形聲。△閩南語音 Siok.△國
語注音ㄙㄨ。

夙　△早敬也。會意。　△閩南語音 Siok. △國語注音ㄙㄨ。

鱐　△魚名，鮀母也。一曰魚脂（集韻）。形聲。△閩南語音
Siok. △國語注音ㄙㄨ。

礋　△黑砥石也（山海經）。形聲。△閩南語音 Siok. △國語注
音ㄙㄨ。

上六字，廣韻「息逐切」〔R.J.〕suk. su.〔國音入聲〕
ㄙㄨ。

miuk

目 △人眼也。重瞳子也。象形。△閩南語音 Bȯk. bȧk.△國語
　　注音ㄇㄨ。

牧　△養牛人也。會意。△閩南語音Bȯk.　△國語注音ㄇㄨ。

穆　△禾也。又美也，敬也，和也。形聲。△閩南語音　Bȯk.
　　△國語注音ㄇㄨ。

睦　△目順也。形聲。△閩南語音　Bȯk.△國語注音ㄇㄨ。

繆　△名實不符也。繆然，深思貌。本義：枲之十絜也。麻也。
　　形聲。(此字音義多)。△閩南語音　Biū. bok. kiu. Liâu.
　　bioū.　△國語注音①ㄇㄨ②ㄇㄡ③ㄇㄧㄠ④ㄇㄧㄡ。

苜　△苜蓿，草名（本草綱目）。形聲。△閩南語音　Biȧt.
　　boȧt. lȯk.△國語注音ㄇㄨ。
　　上六字，廣韻「莫六切」。〔R. J.〕muk. mu.〔國音入
　　聲〕ㄇㄨ（ㄇㄜ）。

jiuk

囿　△苑有垣也。形聲。△閩南語音 Iū.△國語注音ㄧㄡ。
　　上一字，廣韻「于六切」。R. J.〕yuk. iu.〔國音入聲〕
　　ㄩ。

〔註一〕本書例字，採周法高教授所訂「古音」，用國際語言音標表之。

〔註二〕本書例字釋義，從說文本義。凡說文無者，則以其他典籍釋義爲義
　　　。

〔註三〕本書總結字音，以標定其國語讀音。R 代表羅馬字音。J代表萬國
　　　音標字音。凡〔R·J·〕下，分別以羅馬字及萬國音標表示讀音
　　　。羅馬字尾，收音字本用ɋ，今用k字代替促音，便於國際音標統
　　　一，k字不發音。以下各字均同。

二 沃

（含廣韻「沃」、「燭」兩韻）

ʔuok

沃　△潛灌也。形聲。△閩南語音 Ak. △國語注音①ㄨˋ②
　　ㄨㄜ。

鋈　△白金也。形聲。△閩南語音Ak. Ok.△國語注音ㄨˋ。

　　上二字，廣韻「烏酷切」。〔R. J.〕wuk. wu.〔國音入聲
　　〕ㄨˋ。

duok

毒　△厚也。害人之草，往往而生从中。形聲。△閩南語音
　　Tok. tȧk. Thāu. △國語注音ㄉㄨˊ。

纛　△翳也。舞者所持羽也。又軍中大旗也（爾雅）。形聲。△
　　閩南語音 Tō. tȯk.△國語注音①ㄉㄨˊ②ㄉㄠˋ。

　　上二字，廣韻「徒沃切」。〔R. J.〕duk. du.〔國音入聲
　　〕ㄉㄨˊ。

tuok

督　△察視也。一曰目痛也。形聲。△閩南語音 Tok. △國語
　　注音ㄉㄨ。

篤　△馬行頓遲也。形聲。△閩南語音 Tok. tauh. △國語注音
　　ㄉㄨˇ。

裻　△新衣聲。一曰背縫。形聲。△閩南語音 Tok.△國語注音
　　ㄉㄨˇ

　　上三字，廣韻「多毒切」。〔R.J.〕duk. du.〔國音入聲
　　〕ㄉㄨˇ。

k'uok

酷　△酒味厚也。形聲。△南閩語音 Khok. khò. tok.△國語
　　音注ㄎㄨ。

嚳　△急告之甚也。形聲。　△閩南語音 Khok.　△國語注音
　　ㄎㄨ。

　　上二字，廣韻「苦沃切」。〔R. J.〕kuk. ku.〔國音入聲
　　〕ㄎㄨ。

ɤuok

鵠　△黃鵠（鴻）也。形聲。△閩南語音 Gȯk.△國語注音①
　　ㄏㄨ②ㄍㄨ。

　　上一字，廣韻「胡沃切」。〔R. J.〕huk. hu.〔國語入聲
　　〕①ㄏㄨ②ㄍㄨ。

buok

僕　△（與屋韻同）給事者。形聲。△閩南語音 Pȯk.△國語注
　　音ㄆㄨ。

　　上一字，廣韻「蒲沃切」。〔R.J.〕puk. pu.〔國語入聲
　　〕①ㄆㄨ②ㄆㄨ。（此字重出）。

kuok.

梏　△手械也，所以告天。形聲。△閩南語音 Khok. khàu.　△
　　國語注音ㄍㄨ。

牿　△牛馬牢也。形聲。△閩南語音 Khok. Kiáu.△國語注音
　　ㄍㄨ。

告　△牛觸人，角箸橫木，所以告人也。會意。（本音居浩切，
　　此作謁請義）。陳也（禮記）。會意。△閩南語音 Kȯ.
　　khok.△國語注音ㄍㄨ。

　　上三字，廣韻「古沃切」。〔R. J.〕guk. gu.〔國音入聲
　　〕ㄍㄨ。

xuok

熇　△火熱也。會意。△閩南語音 Hok. ho. hoh.　△國語注音
　　①ㄏㄨˋ②ㄏㄜˋ③ㄎㄠˋ。
　　上一字，廣韻「火酷切」。〔R. J.〕huok. hu.〔國音入
　　聲〕①ㄏㄨˋ②ㄏㄜˋ③ㄏㄨㄜˋ。

nuok

褥　△衵褥也。又薦也。又作小兒衣（詩經）。形聲。△閩南語
　　音Jiòk. Liok.△國語注音ㄖㄨˋ。
　　上一字，廣韻「內沃切」。〔R. J.〕ruk. ru.〔國音入聲
　　〕ㄖㄨˋ。

puok

襮　△黼領也。詩曰：素衣朱襮。形聲。△閩南語音　Phok.　△
　　國音注音ㄅㄛˋ。
　　上一字，廣韻「博沃切」。〔R. J〕bok. bɔ.〔國音入聲
　　〕ㄅㄛˋ(ㄅ)。

tśiuok

燭　△庭燎大燭也。形聲。△閩南語音 Chiok. Chek.△國語注
　　音ㄓㄨˊ。

屬　△（又市玉切）連也。形聲。△閩南語音 Chiok. Siòk.
　　△國語注音①ㄓㄨˋ②ㄕㄨˇ。

矚　△視也。又視之甚也（華嚴經）。形聲。△閩南語音Chiok.
　　。△國語注音ㄓㄨˇ。

蜀　△（又直錄切）本作蜀，葵中蠶也。象形。此後出字，加蟲
　　傍。又豆藿中大青蟲也。△閩南語音 Chiok.　Siòk.△國
　　語注音ㄓㄨˇ。
　　上四字，廣韻「之欲切」。〔R. J.〕juk. ʒu.〔國音入聲
　　〕ㄓㄨˋ。

ngiuok

玉　△象玉之連，貫繫側視之形。象形。△閩南語音 Giȯk. gėk.
　　△國語注音ㄩ。

獄　△确也。从狀，从言，二犬所守也。會意。　△閩南語音
　　Giȯk. gėk.△國語注音ㄩ。

頊　△頭頊，謹貌。顓頊，高陽氏號。又人腦煩。形聲。△閩南
　　語音 Hiok. △國語注音ㄒㄩ。

　　上三字，廣韻「魚欲切」。又「許玉切」。〔R. J.〕yuk.
　　iu.〔國語入聲〕ㄩ（ㄒㄩ）。

xiuok

旭　△日旦出貌。形聲。△閩南語音 Hiok. △國語注音ㄒㄩ。

勖　△勉也。會意。△閩南語音 Hiok. 　△國語注音ㄒㄩ。

　　上二字，廣韻「許玉切」。〔R. J.〕shiuk. ʃiu.〔國音入
　　聲〕ㄒㄩ。

kiuok

輂　△大車駕馬者也。形聲。　△閩南語音　Khiok. △國語注音
　　ㄐㄩ。

挶　△戟持也（曲肘而持）。形聲。△閩南語音 Kiȯk.△國語注
　　音ㄐㄩ。

　　上二字，廣韻「居玉切」。〔R. J.〕jiuk. dʒiu.〔國音入
　　聲〕ㄐㄩ。

giuok

局　△促也。會意。△閩南語音 Kiȯk. kėk. △國語注音ㄐㄩ。

跼　△曲也。傴僂也。跼蹐，恐懼貌（文選）。形聲。△閩南語
　　音 Kiȯk. △國語注音ㄐㄩ。

　　上二字，廣韻「渠玉切」〔R. J.〕jiuk. dʒiu.〔國音入
　　聲〕ㄐㄩ。

dźiuok

蜀　△葵中蠶也。象形。△南語音 Siȯk. △國語注音 ㄕㄨ。

　　　上一字，廣韻「市玉切」。〔R. J.〕shuk. ʃu.〔國音
　　　入聲〕ㄕㄨ（ㄓㄨ）。

tśiuok

觸　△牴也。形聲。△閩南語音 Chhiok. chhek. chhok. tak.
　　　△國語注音 ㄔㄨ。

歜　△盛氣怒也。形聲。△閩南語音 Chiok. chhiok.△國語注
　　　音 ㄔㄨ。

　　　上二字，廣韻「尺玉切」。〔R. J.〕chuk. tʃu.〔國音入
　　　聲〕ㄔㄨ。

ńiuok

辱　△恥也。會意。△閩南語音 Jiȯk. △國語注音 ①ㄖㄨ②
　　　ㄖㄨˇ。

縟　△緐采飾也。形聲。△閩南語音 Jiȯk.△國語注音ㄖㄨ。

蓐　△陳草復生也。形聲。△閩南語音 Jiȯk. △國語注音ㄖㄨ
　　　。

溽　△溽暑，濕暑也。形聲。△閩南語音 Jiȯk. △國語注音
　　　ㄖㄨ。

鄏　△郟鄏，河南縣直城門，官陌（路）地也。形聲。△閩南語
　　　音 Jiȯk.△國語注音ㄖㄨ。

　　　上五字，廣韻「而蜀切」。〔R. J.〕ruk. ru.〔國音入聲〕
　　　ㄖㄨˇ。

śiuok

束　△縛也。會意。△閩南語音 Sok. △國語注音ㄕㄨ。

　　　上一字，廣韻「書玉切」〔R. J.〕suk. su.〔國音入聲〕
　　　ㄕㄨ（ㄙㄨˇ）。

oiuok

欲　△貪欲也。形聲。△閩南語音Iȯk. △國語注音ㄩ。

浴　△洒身也。形聲。△閩南語音 Iȯk. ȧk. △國語注音ㄩ。

慾　△（本作欲）多情慾心也（周禮）。形聲。△閩南語音Iȯk.
　　△國語注音ㄩ。

鵒　△鴝鵒也，穴居之鳥。形聲。△閩南語音 Iȯk △國語注音
　　ㄩ。

狢　△（亦入屋韻，古祿切）獨狢，獸也。形聲。△閩南語音
　　Kok. Iȯk.△國語注音①ㄩ②ㄍㄨ。

　　　上五字，廣韻「余蜀切」。〔R. J.〕yuk. iu.〔國音入聲
　　　〕ㄩ。

diuok

躅　△蹢躅也。形聲。△閩南語音 Chiok. Tȯk. △國語注音
　　ㄓㄨ。

　　　上一字，廣韻「直錄切」。〔R. J.〕juk. ʒu.〔國音入聲〕
　　　ㄓㄨ。

liuok

錄　△金色也。形聲。 △閩南語音 Liȯk. lȧk. △國語注音
　　ㄌㄨ。

籙　△籖也。籍也。圖籙，天神策命也（集韻）。形聲。△閩南
　　語音 Liȯk.△國語注音ㄌㄨ。

綠　△帛青黃色也。形聲。△閩南語音 Liȧk. Lȧk. △國語注音
　　①ㄌㄨ②ㄌㄩ。

醁　△美酒（集韻）。形聲。 △閩南語音 Liȯk. △國語注音
　　ㄌㄨ。

淥　△（又入屋韻，盧谷切）浚也。同漉。形聲。 △閩南語音
　　Lȯk. △國語注音ㄌㄨ。

逯　△行謹逯逯。形聲。△閩南語音 Liók.△國語注音ㄌㄨˋ。

騄　△騄耳，駿馬也（玉篇）。形聲。△閩南語音 Lók.△國語
　　注音ㄌㄨˋ。
　　上七字，廣韻「力玉切」。〔R. J.〕luk. lu.〔國音入聲
　　ㄌㄨˋ。

k'iuok
曲　△象器曲（竹器），受物之形也。象形。△閩南語音
　　Khiok. khok. khiau. khiàu.△國語注音①ㄑㄩ②
　　ㄑㄩ。

茁　△蠶簿也。形聲。△閩南語音 Khiok.△國語注音ㄑㄩ。
　　上二字，廣韻「丘玉切」。〔R.J.〕chiuk. tʃiu.〔國音
　　入聲〕ㄑㄩ。

tiuok
劚　△（廣韻作「斸」，字同也。）斫也。誅也。形聲。△閩南
　　語音 Chiok.△國語注音ㄓㄨˇ。

瘃　△中寒腫覈（實）。形聲。△閩南語音 Chiok.△國語注音
　　ㄓㄨˇ。
　　上二字，廣韻「陟玉切」。〔R.J.〕juk. ʒu.〔國音入聲
　　〕ㄓㄨˇ。

tsiuok
足　△人之足也，在體下。會意。△閩南語音 Chiok. Tsù.△
　　國語注音①ㄗㄨˊ②ㄐㄩ。
　　上一字，廣韻「即玉切」。〔R.J.〕tzuk. dzu.〔國音入
　　聲〕ㄗㄨˊ。

ziuok
贖　△貿也。形聲。△閩南語音 Siók △國語注音ㄕㄨˊ。
　　上一字，廣韻「神屬切」。〔R. J.〕shuk. ʃu.〔國音入
　　聲〕ㄕㄨˊ。

biuok

幞　△帊也。（幞頭）頭巾也。形聲。△閩南語音 Pȯk. △國語
　　注音ㄆㄨ。

　　　　上一字，廣韻「房玉切」。〔R.J.〕puk. pu.〔國音入聲
　　　　〕ㄆㄨˊ（ㄆ）

ts'iuok

促　△迫也。形聲。△閩南語音 Chhiok. chhek. △國語注音
　　ㄘㄨˋ。

　　　　上一字，廣韻「七玉切」。〔R.J.〕tsuk. tsu.〔國音入
　　　　聲〕ㄘㄨˋ。

ziuok

俗　習也。形聲。△閩南語音 Siok. siȯk.△國語注音ㄙㄨˊ。

續　△連也。形聲。△閩南語音 Siȯk. sòa. △國語注音ㄒㄩˋ。

　　　　上二字，廣韻「似足切」。〔R.J.〕suk. su.〔國音入聲
　　　　〕ㄙㄨˊ。

siuok

粟　△嘉穀實也。象形。△閩南語音 Siok. chhek. sek. △國語
　　注音ㄙㄨˋ。

　　　　上一字，廣韻「相玉切」。〔R. J.〕suk. su.〔國音入聲
　　　　〕ㄙㄨˋ。

三　覺

（同廣韻覺韻）

kok

覺 △寤也。一曰發也。形聲△閩南語音 Kak.△國語注音① ㄐㄩㄝ②ㄐㄧㄠ③ㄐㄧㄠ。

角 △獸角也。象形。△閩南語音 Kak.△國語注音①ㄐㄧㄠ② ㄐㄩㄝ③「ㄌㄨ」。

桷 △榱（椽之方者）也。形聲。△閩南語音 Kak.△國語注音 ㄐㄩㄝ。

捔 △（又五角切）擠也（廣韻）。形聲。△閩南語音 Kak.△ 國語注音ㄐㄩㄝ。

珏 △二玉相合爲一珏。會意。△閩南語音 Kak.△國語注音 ㄐㄩㄝ。

較 △車輢上曲鉤也。形聲。△閩南語音 Kak. kàu. kah. khah.△國語注音①ㄐㄩㄝ②ㄐㄧㄠ③ㄐㄧㄠ。

榷 △水上橫木，所以渡者。形聲。△閩南語音 Kak. khak.△ 國語注音ㄑㄩㄝ。

搉 △敲擊也。引也。形聲 △閩南語音 Khak.△國語注音 ㄑㄩㄝ。

上八字，廣韻「古岳切」，〔R.J.〕jiuk. dʒiue〔國語入 聲〕ㄐㄩㄝ（ㄑㄩㄝ）。

ngok

嶽 △東岱、南霍、西華、北恒，王之所以巡狩所至。形聲。△ 閩南語音 Gàk.△國語注音ㄩㄝ。

樂 △五聲八音總名。象鼓鞞。木虡也。象形。△閩南語音

　　　Gȧk. Lȯk. Ngàu. lòh. △國語注音①ㄩㄝ②ㄌㄜ③ㄌㄠ
　　④一ㄠ。

鷻　△鸑鸒，鳳屬。神鳥也。似鳧而大，赤目。形聲。△閩南語
　　音Gȧk。△國語注音ㄩㄝ。

　　　上三字，廣韻「五角切」。〔R.J.〕yuek. iue.〔國音入
　　聲〕ㄩㄝ。

dzok

浞　△小濡貌。形聲。△閩南語音 Chhiok。△國語注音ㄓㄨㄛ

灟　△水之小聲也。形聲。△閩南語音　Chhiok. 國語注音①
　　ㄓㄨㄛ②ㄐㄧㄠ。

汋　△激水聲也。形聲。△閩南語音 Chiok. chhiok. △國語注
　　音ㄓㄨㄛ。

鸀　△鸑鳥也。形聲。△閩南語音 Tsȯk。△國語注音ㄓㄨㄛ。

鋜　△足鎖也。又鋤也（集韻）。形聲。△閩南語音 Chhiok.
　　△國語注音ㄓㄨㄛ。

　　　上五字，廣韻「士角切」。〔R.J.〕juok. ʒuɔ.〔國音入
　　聲〕ㄓㄨㄛ。

tsok

捉　△搤也。形聲。△閩南語音 Chhiok。△國語注音ㄓㄨㄛ。

穛　△稻處種麥。小也。早熊也（玉篇）。形聲。△閩南語音
　　Chiok. Chhiok。△國語注音ㄓㄨㄛ。

穱　△（糕或字）早取穀也（集韻）。形聲。△閩南語音 Chiok.
　　△國語注音ㄓㄨㄛ。

斲　△斬也。形聲。△閩南語音 Chhiok. Chhek。△國語注音
　　ㄓㄨㄛ。

　　　上四字，廣韻「側角切」。〔R.J.〕jouk. ʒuɔ.〔國音入

聲〕ㄓㄨㄛ。

sok
朔　△月一日，始蘇也。　形聲。△閩南語音 Sok.△國語注音
　　ㄕㄨㄛ。

數　△（又所矩切）計也。頻也。迫也。細密也。會意。△閩南
　　語音 Chhiok. Sòi. Sok. Siàu. △國語注音①ㄕㄨㄛ②
　　ㄕㄨ③ㄕㄨ④ㄘㄨ⑤ㄙㄨ。

矟　△矛也（說文新附）。形聲。△閩南語音 Sok.△國語注音
　　ㄕㄨㄛ。

箾　△以竿擊人也。虞舜樂曰箾韶。形聲。　△閩南語音 Siau△
　　國語注音ㄕㄨㄛ。

欶　△吮也。形聲。△閩南語音 Sò. sok.△國語注音ㄕㄨㄛ。
　　上五字，廣韻「所角切」。〔R. J.〕shuok. ʃuɔ.〔國音
　　入聲〕ㄕㄨㄛ。

tok
斲　△斫也。△閩南語音 Tok.△國語注音ㄓㄨㄛ。

卓　△高也。會意。△閩南語音 Tok. toh.△國語注音①ㄓㄨㄛ
　　②ㄓㄨㄛ。

諑　△愬也。楚以南謂之諑。又譖也。毀也（方言）。形聲。△
　　閩南語音 Tok. △國語注音ㄓㄨㄛ。

涿　△流下滴也。形聲。△閩南語音 Tok.△國語注音ㄓㄨㄛ。

啅　△（本作啄）噪也（說文）。鳥生子能自食也（爾雅）。
　　形聲。△閩南語音 Tiù. Tò. Tok.國語注音①ㄓㄨㄛ②
　　ㄓㄨ。

倬　△箸大也。形聲。△閩南語音 Tok.△國語注音ㄓㄨㄛ。

椓　△（集成作「椓」誤植）擊也。推也（廣韻）。形聲。△閩

南語音 Tok.△國語注音ㄓㄨㄛ。

琢　△治玉也。會意。△閩南語音 Tok.△國語注音ㄓㄨㄛ。

上八字，廣韻「竹角切」〔R.J.〕juok. ʒuɔ.〔國音入聲〕ㄓㄨㄛ。

pok

剝　△裂也。形聲。△閩南語音 Pak. phok. △國語注音①ㄅㄛ②ㄅㄠ。

趵　△擊也。足擊聲（集韻）。形聲。△閩南語音 Chiok.△國語注音①ㄅㄛ②ㄅㄠ。

爆　△（又比教切）灼也。形聲。△閩南語音 Phòk piàk. phiàk. △國語注音①ㄅㄛ②ㄅㄠ。

駮　△駮，獸。如馬倨牙，食虎豹。形聲。△閩南語音 Pak. △國語注音ㄅㄛ。

駁　△馬色不純。形聲。△閩南語音Pak. poh. pok.△國語聲音ㄅㄛ。

膊　△肉胅起也。皮破起也（廣韻）。形聲。△閩南語音 Phàuh.△國語注音①ㄅㄠ②ㄅㄛ。

上六字，廣韻「北角切」。〔R.J.〕bok. bɔ.〔國音入聲〕ㄅㄛ。

mok

邈　△遠也。離也。本作𨗿。又同皃（說文新附）。形聲。△閩南語音 Biàu. △國語注音ㄇㄧㄠ。

瞀　△氏目謹視也。形聲。△閩南語音 Bō˙. bȯk.△國語注音ㄇㄠ。

皃　△（集成作「兒」誤植）音貌。莫教切。頌儀也。象形兼會意。△閩南語音 Māu.△國語注音ㄇㄠ。

眊　△眊眊，思也。又目不明也（廣韻）。形聲。△閩南語音

Mōu.　△國語注音ㄇㄡ。

上四字，廣韻「莫角切」。〔R.J.〕　mok. mɔ.〔國音入聲〕ㄇㄛ（ㄛ）。（此字多異讀）。

bok

雹　△雨冰也。又跑也，合也，薄也。形聲。　△閩南語音 Phȧuh.△國語注音①ㄅㄛ②ㄅㄠ。

撲　△同撲。挨也。形聲。△閩南語音 Phok. phah.△國語注音ㄆㄨ。

雸　△大呼自寃也。形聲。△閩南語音 Pâu. phok.△國語注音ㄅㄛ。

㦥　△悶也（爾雅）。形聲。△閩南語音 Phȧuh. phok.△國語注音ㄅㄛ。

鰒　△（同鰒）海魚也。形聲。　△閩南語音 Hȯk.△國語注音ㄈㄨ。

瓝　△小瓜。又草名（爾雅）。形聲。△閩南語音　Phȧuh. phok.△國語注音①ㄅㄛ②ㄆㄨ。

駁　△馬，牛尾白身，一角，音如虎（文選）。形聲。△閩南語音Phȯuh.△國語注音①ㄅㄛ②ㄅㄠ。

骲　△骨鏃也。擊也。骲箭（集韻）。形聲。△閩南語音 phok.。△國語注音ㄅㄛ。

豰　△小豚也。又豕聲。形聲。△閩南語音 Phȧuh.　△國語注音①ㄅㄛ②ㄏㄨ。

上九字，廣韻「蒲角切」。〔R.J.〕　bok. bɔ.〔國音入聲〕ㄅㄛ。

p'ok

璞　△玉未治者。又玉素也（玉篇）。形聲。△閩南聲音 Phok.△國語注音ㄆㄨ。

樸　△木素也。形聲。△閩南語音 Phok. phak. phoh. phòh.
　　△國語注音ㄆㄨ。

墣　△塊也。形聲。△閩南語音 Phok. △國語注音ㄆㄨ。

飀　△飀飀。眾多貌。飛擊聲。又物自空墮貌。又風聲（集韻）
　　。形聲。△閩南語音 Pâu. phiau. △國語注音①ㄆㄨ②
　　ㄆㄠ。

　　上四字，廣韻「匹角切」〔R.J.〕puk. pu.〔國音入聲〕
　　ㄆㄨ（ㄆ）。

k'ok
彀　△（廣韻作「㲉」）從上擊下。形聲。△閩南語音 Khak.
　　Khok.△國語注音①ㄑㄩㄝ②ㄑㄧㄠ③ㄎㄜ。

確　△堅也。剛也。詳確，精審不誣也（易經）。形聲。△閩南
　　語音 Khak. △國語注音ㄑㄩㄝ。

愨　△廣韻作「㱿」）謹也。形聲。△閩南語音 khak. △國語
　　注音ㄑㄩㄝ。

埆　△獄也（集韻）。形聲。△閩南語音 Kak. khak. △ 國語注
　　音ㄑㄩㄝ。

瘠　△盛脂器也。又無潤也，節儉也（廣韻）。形聲。△閩南語
　　音 Hak. hȧk. hȧt.△國語注音ㄏㄨ。

殼　△鳥卵也。又卵已孚也（集韻）。會意。△閩南語音 Khak
　　。△國語注音ㄑㄩㄝ。

碻　△石聲。形聲。△閩南語音 Khak. khȯk. khok. △國語注
　　音ㄑㄩㄝ。

　　上七字，廣韻「苦角切」。〔R.J.〕Chiuek. tʃiue.〔國
　　音入聲〕①ㄑㄩㄝ②ㄎㄨㄛ③ㄎㄜ。

dǫk

濁　△濁水，出齊郡。形聲。△閩南語音 Tȯk. Tsȯk. lô. tȧk.
　　△國語注音ㄓㄨㄛ。

擢　△引也。形聲。△閩南 語音 Tsȯk.△國語注音ㄓㄨㄛ。

鸏　△鸏雉，白雉也。又同鸀，山雉也（爾雅）。形聲。△閩南
　　語音 Tok. tsāu. toh.△國語注音ㄓㄠ。

鐲　△鉦也（行軍之金屬鳴樂）。形聲。△閩南語音 Tsāu.△國
　　語音ㄓㄨㄛ。

櫂　△（廣韻作「檡」又敕角切）。樹枝直上貌（集韻）。形聲
　　。△閩南語音 Tsāu. △國語注音ㄓㄠ。

鸀　（又音狄）本字同鸏。雉名，長尾山雉。又青鸀，異鳥（爾
　　雅）。形聲。 △閩南語音 Tėk. △國語注音 ①ㄓㄨㄛ②
　　ㄊㄥˊ。

濯　△澣也。形聲。△閩南語音 Tsȯk.△國語注音ㄓㄨㄛ。
　　上七字，廣韻「直角切」，〔R. J.〕 juok. ʒuɔ.〔國語
　　入聲〕ㄓㄨㄛ。

ʔok

幄　△帳也（周禮）。形聲。△閩南語音 Ak. △國語注音ㄨㄛ，

黿　△（剭或字）刑也（集韻）。形聲。△閩南語音 Ok.△國語
　　注音ㄨ。

喔　△鷄聲也。形聲。△閩南語音 Ak. Ok. △國語注音①ㄨㄛ
　　②ㄨ③ㄜ。

偓　△偓佺，古仙人名也。形聲。△閩南語音 Ak.△國語注音
　　ㄨㄛ。

楃　△木帳。形聲。△閩南語音 Ak. Ok.△國語注音ㄨㄛ。

葯　△（又於略切）白芷葉也。又纏也（玉篇）。形聲。△閩南

　　　　語音 Iok.　△國語注音①ㄩㄝ②一ㄠ。

握　△搤持也。形聲。△閩南語音 Ak. Ok.△國語注音ㄨㄛ

渥　△霑也。形聲。△閩南語韻 Ak.△國語注音ㄨㄛ。

　　　　上八字，廣韻「於角切」。〔R.J.〕uok. uɔ.〔國音入聲
　　　　〕ㄨˋ（ㄨㄛ）。

nok

搦　△（又女白切）按也。形聲。△閩南語音 Jiok. Lek.△國語
　　　注音ㄋㄨㄛ。

　　　　上一字，廣韻「女角切」。〔R. J.〕nuok. nuɔ.〔國
　　　音入聲〕ㄋㄨㄛ（ㄋㄛ）。

t'ok

踔　△踶也。形聲。　△閩南語音 Chhiok. Tàu.　△國語注音
　　　ㄓㄨㄛ。

晫　△（集成誤植作「晫」）明盛貌（玉篇）。形聲。△閩南語音
　　　Chhiok.△國語注音ㄓㄨㄛ。

逴　△遠也。形聲。△閩南語音　Chhiok.　△國語注音ㄔㄨㄛ。

歡　△授也。剌也。舂也（廣韻‧集韻）。形聲。△閩南語音
　　　Chhiok.　△國語注音ㄓㄨㄛ。

　　　　上四字，廣韻「敕角切」〔R. J.〕juok. ʒuɔ.「國音入聲
　　　〕ㄓㄨㄛ。

lok

犖　△駁牛也。形聲。△閩南語音 Lok.　△國語注音ㄌㄨㄛ。

　　　　上一字，廣韻「呂角切」。〔R.J.〕luok. luɔ,〔國音入
　　　聲〕ㄌㄨㄛ。

ɤok

翯　△鳥羽肥澤。形聲。△閩南語音 Hak.　△國語注音ㄏㄛ。

嶨　△山多大石也。形聲。　△閩南語音 Hak.　△國語注音

ㄒㄩㄝˊ。

學　△覺悟也。同斆。形聲。閩南語音 Hȧk. ȯh. △國語注音①ㄒㄩㄝˊ②ㄒㄧㄠ。

鷽　△馬腹下聲也。形聲。△閩南語音 Ak.△國語注音ㄒㄩㄝˊ。

上四字，廣韻「胡覺切」。〔R.J.〕 shiuek. ʃiue〔國語入聲〕ㄒㄩㄝ˙（ㄏㄜ˙）。

xok

㺉　△（應作狗）豕聲（廣韻）。形聲。△閩南語音 Hak. Hó͘.
狗音 Kō͘.△國語注音①ㄒㄩㄝ②ㄑㄩㄝ③ㄒㄧㄠ。

上一字，廣韻「許角切」。〔R.J.〕 shiuek. ʃiue〔國音入聲〕ㄒㄩㄝ˙。

tsʽok

娖　△辯也。謹也　。一曰善也　（玉篇）。形聲。△閩南語音 Chhiok. △國語注音ㄔㄨㄛ。

䃉　△石也。䃉礫，盤石（集韻）。形聲。△閩南語音 Pak. phok.△國語注音①ㄅㄛ②ㄘㄨ。

齱　△（齪或字）開孔具。又齷齪，齒細密也。又小節也（集韻）。形聲。△閩南語音 Chhiok. Tso͘. △國語注音ㄔㄨㄛ。

上三字，廣韻「測角切」。〔R.J.〕 chuok. tʃuɔ.〔國音入聲〕①ㄔㄨㄛ②ㄅㄛ。

四　質

（含廣韻「質」「術」「節」三韻）

tśiıt
質 △以物相贅。會意。△閩南語音 Chi. chit.△國語注音①
　　ㄓ②ㄓ。

蛭 △（又丁悉切，廣韻質韻二出）蟣也，即水蛭。又蟻也。蚰
　　蜓也。形聲。△閩南語音 Chek. Thek. △國語注音ㄓ。

騭 △牡馬也。形聲。△閩南語音 Chek. Thek.△國語注音
　　ㄓ。

鑕 △椹也，斬要之形。形聲（後漢書）。△閩南語音 Chit.
　　△國語注音ㄓ。

礩 △柱下石也。礎也（說文新附）。形聲。△閩南語音 Chit.
　　。△國語注音ㄓ。

郅 △北地郁郅縣。形聲。△閩南語音 Chit. △國語注音ㄓ。

桎 △足械也。形聲。△閩南語音 Chek. Chit. △國語注音ㄓ。

銍 △（廣韻二出，又涉栗切）穫禾短鎌也。形聲。△閩南語音
　　Chek. Chit.△國語注音ㄓ。

晊 △大也。明也（爾雅）。形聲。△閩南語音 Chit. △國語
　　注音ㄓ。

櫍 △柎也。又椹也。又斫楎也（類篇）。形聲。△閩南語音
　　Chi. Chit.△國語注音ㄓ。
　　上十字，廣韻「之日切」。〔R.J.〕 jek. ʒə. 〔國音入聲
　　〕ㄓ（ㄓㄜ）。

ńiıt
日 △實也。太陽之精不虧也。象形。△閩南語音 Jit.△國語

注音卪。

馹　△傳也。形聲。△閩南語音 Jit. △國語注音①卪②ㄩ。

衵　△日日所常衣也。形聲。閩南語音 Jit. Lek. lėk.△國語注音ㄖㄧ。

上三字，廣韻「人質切」。〔R.J.〕 ryk. rə.〔國音入聲〕卪。

ź̇iⁱt
實　△富也。形聲。△閩南語音 Tit. tsȧt. △國語注音ㄕ。

上一字，廣韻「神質切」。〔R.J.〕 shyk. ʃə.〔國音入聲〕ㄕ。

ḍiⁱt
秩　△積也。形聲。△閩南語音 Tiȧt. △國語注音ㄓ。

帙　△書衣也。形聲。△閩南語音 Ėk. Tiȧt. iȧh △國語注音ㄓ。

姪　△女子謂兄弟之子也。形聲。△閩南語音 Tit. △國語注音ㄓ。

袟　△縫也。形聲。△閩南語音 Tiȧt. Thiat. thi.ⁿ△國語注音ㄓ。

柣　△闑也（爾雅）。形聲。△閩南語音 Tiȧt. Ėk.△國語注音①ㄓ②ㄉㄧㄝ。

上五字，廣韻「直一切」。〔R.J.〕 jyk.ʒə.〔國語入聲〕ㄓ。

siⁱt
膝　△（本作厀）脛頭節也，又膝蓋，臏也。形聲。△閩南語音 Chhek. Sek.△國語注音ㄒㄧ。

悉　△詳盡也。會意。△閩南語音 Sek.△國語注音ㄒㄧ。

上二字，廣韻「息七切」。〔R. J.〕 shik. ʃi.〔國音入聲〕ㄒㄧ。

ʔiⁱt

一　△惟仰太極，道立於一，造分天地，化爲萬物。指事。△閩
　　南語音 It. chit.△國語注音ㄧ。

壹　△嫥壹也。形聲。△閩南語音 It.△國語注音ㄧ。

　　　　上二字，廣韻「於悉切」。〔R.J.〕yik. i.〔國音入聲〕
　　　　ㄧˋ。

ts'iⁱt

漆　△漆水出右扶風、杜陵、歧山，東入渭。形聲。△閩南語音
　　Chhat.△國語注音①ㄑㄧ②ㄑㄩ。

桼　△（集成課植作「㭵」）木汁，可以鬃物。象形。△閩南語
　　音 Chhek. chhip.△國語注音ㄑㄧ。

七　△陽之正也。象形。△閩南聲音 Chhit.△國語注音ㄑㄧ。

　　　　上三字，廣韻「親吉切」。〔R.J.〕chik. tʃi「國音入
　　　　聲〕ㄑㄧˋ。

p'iⁱt

匹　△四丈也。八揲一匹，一揲五尺。形聲。△閩南語音 Bȯk.
　　Phit.△國語注音①ㄆㄧ②ㄆㄧˇ。

　　　　上一字，廣韻「譬吉切」。〔R.J.〕pik. pi.〔國音入聲〕
　　　　ㄆㄧˇ。

kiⁱt

吉　△喜也。會意。△閩南語音 kiat. Khiat. ka.△國語注音
　　ㄐㄧˊ。

拮　△口手共有所作也。形聲。△閩南語音 Khiat.△國語注音
　　ㄐㄧㄝ。

　　　　上二字，廣韻「居質切」。〔R.J.〕jik. dʒi.〔國音入聲〕
　　　　ㄐㄧˊ。

n_iıt

暱　△（昵）日近也。形聲。△閩南語音 Lek. lèk.△國語注音
ㄋ一。

上一字，廣韻「尼質切」。〔R.J.〕nik. ni.〔國音入聲
〕ㄋ一。

o_iıt

逸　△失也。免謾訑善逃也。會意。△閩南語音 Èk. Iàt.△國語
注音一。

佚　△佚民也。形聲。△閩南語音 Èk. Tiàt.△國語注音一。

溢　△器滿也。形聲。△閩南語音 Ek. △國語注音一。

軼　△車相出也。形聲。△閩南語音 Èk. Iàt. Tiàt.△國語注音
一。

鎰　△二十兩也，又黃金一斤爲鎰。豪以一鎰爲一金（孟子）。
形聲。△閩南語音 Ek.△國語注音一。

佾　△舞行列也。　會意。△閩有語音Èk.△國語注音一。

泆　△水所蕩泆也。形聲。　△閩南語音 Èk. Tiàt. △國語注音
一。

上七字，廣韻「夷質切」。〔R.J.〕yik. i.〔國語注音〕
一。

k'iıt

詰　△問也。形聲。△閩南語音 Khiat. △國語注音ㄐ一ㄝ。

蛣　△蛣蚰，蝎也。形聲。△閩南語音 Kiat. khiap.△國語注音
ㄐ一ㄝ。

上二字，廣韻「去吉切」。〔R. J.〕jiek. dʒie.〔國音入
聲〕ㄐ一ㄝ。

t'iıt

挟　△笞擊也。形聲。　△閩南語音 Sek. Thek.△國語注音

亍。

咥　△大笑也。形聲。△閩南語音 Hì.　△國語注音 ①ㄒㄧˋ②
　　　ㄉㄧㄝˋ。
　　　上二字，廣韻「丑栗切」。〔R.J.〕　diek. die.
　　　〔國音入聲〕ㄉㄧㄝˋ。

liit
栗　△栗木也。象形（兼會意）。△閩南語音 Lek.　△國語注音
　　　ㄌㄧˋ。

慄　△懼也。形聲。△閩南語音 Lek. làk.△國 語注音ㄌㄧˋ。

篥　△竹名，勁利，削爲矛，又簥篥，笳管也（吳錄）。形聲。
　　　△閩南語音 Lek.△國語注音ㄌㄧˋ。

鷅　△鳥少美，長醜，爲鶹鷅（爾雅）。形聲。△閩南語音 Lek.
　　　△國語注音ㄌㄧˋ。

麜　△牝麔也（爾雅）。 形聲。 △閩南語音 Lek. △國語注音
　　　ㄌㄧˋ。

溧　△溧列，寒貌。形聲。△閩南語音 Lek.△國語注音ㄌㄧˋ。

飀　△風雨暴疾也。形聲。△閩南語音 Lek. △國語注音ㄌㄧˋ。

嘌　△嘍嘌，言不了也（廣韻）。形聲。 △閩南語音 Lek.△國
　　　語注音ㄌㄧˋ。

溧　△溧水縣，在宣州（廣韻）。形聲。（按集成佚此字）。△
　　　閩南語音 Lek.△國語注音ㄌㄧˋ。
　　　上九字，廣韻「力質切」〔R.J.〕　lik. li.
　　　〔國音入聲〕ㄌㄧˋ。

ṭiliṭ
窒　塞也。形聲。△閩南語音 Chek.　△國語注音ㄓˋ。

庢　△礙止也。形聲。△閩南語音 Chek.△國語注音ㄓˋ。

挃　△撞挃。形聲。△閩南語音 Chek.△國語注音ㄓˋ。

稑　△獲禾聲也（集韻）。形聲。△閩南語音 Chek.△國語注音
　　ㄓㄨ。
　　　上四字，廣韻「陟栗切」。〔R.J.〕jyk. ɜə.〔國音入聲
　　　〕ㄓㄨ。

dziit
疾　△病也。形聲。△閩南語音 Chit. chek.△國語注音
　　ㄐㄧ。

嫉　△妒也。一曰毒也。形聲。△閩南語音 Chek. chit.△國語
　　注音ㄐㄧ。

蒺　△蒺藜，草名。有刺（爾雅）。形聲。△閩南語音 Chek.
　　chit. △國語注音ㄐㄧ。
　　　上三字，廣韻「秦悉切」。〔R.J.〕jik. dʒi.
　　　〔國音入聲〕ㄐㄧ。

tsʼiit
諃　△諂諃，私言（類篇）。形聲。△閩南語音 Chhek. Sek.
　　△國語注音①ㄒㄧ②ㄔ③ㄓㄨ。
　　　上一字，廣韻「初栗切」。〔R.J.〕Chik. tʃi.〔國音入
　　　聲〕ㄑㄧ。

śiit
室　△實也。形聲。△閩南語音 Sek.△國語注音ㄕ。

失　△縱也。形聲。△閩南語音 Sit. △國語注音ㄕ。

鞏　△刀鞏，刀鞘之內室（玉篇）。形聲。△閩南語音 Sek. △
　　國語注音①ㄕ②ㄕ。
　　　上三字，廣韻「式質切」。〔R.J.〕shyk. ʃə.〔國音入聲
　　　〕ㄕ（ㄜ）。

tsiit
喞　△衆鬧聲。喞喞，竊語聲（亦歎聲）。（蒼頡篇）。形聲。

△閩南語音 Chek.△國語注音ㄐㄧˊ。

堲　△（又入職韻，「疾質、秦力二切」）說文：古「垐」字，以土增大道上。又疾也。燒土爲磚也（禮記）。形聲。△閩南語音 Chek.△國語注音ㄐㄧˊ。

上二字，廣韻「資悉切」。〔R.J.〕jik.dʒi〔國音入聲〕ㄐㄧˊ。

miıt
蜜　△（蠠或字）今通作蜂「蜜」。甘飴也。即蜂釀之蜜。形聲。△閩南語音 Bît.　△國語注音ㄇㄧˋ。

謐　△靜語也。形聲。△閩南語音 Bėk.　△國語注音ㄇㄧˋ。

上二字，廣韻「彌畢切」。〔R.J.〕mik. mi.〔國音入聲〕ㄇㄧˋ

piıt
畢　△田网也。田獵之具。象形。△閩南語音 Pit.△國語注音ㄅㄧˋ。

蹕　△足偏任也。（又趯或字）止行也（集韻）。形聲。△閩南語音 Pit.△國語注音ㄅㄧˋ。

必　△分極也。形聲。△閩南語音 Pit.　△國語注音ㄅㄧˋ。

篳　△藩落也（即籬落）。柴門曰「篳門」。柴車曰「篳路」。形聲。△閩南語音 Pit.△國語注音ㄅㄧˋ。

珌　△佩刀下飾，天子以玉。形聲。△閩南語音 Pit.△國語注音ㄅㄧˋ。

韠　△韍也。所以蔽前，以韋。下廣二尺，上廣一尺，其頭五寸。一命縕韠，再命赤韠。形聲。△閩南語音 Pit.△國語注音ㄅㄧˋ。

罼　△同畢。田罔也。會意。△閩南語音 Pit.△國語注音ㄅㄧˋ。

煏△（熚）火貌。形聲。△閩南語音 Pit. pih. pit.　△國語注音

ㄅㄧ。

櫸　△木也。形聲。△閩南語音 Pit. △國語注音ㄅㄧ。

觱　（本鬻字）。羌人吹角，以驚馬也。形聲。△閩南語音Pit.
　　　△國語注音ㄧ。

饆　△饆饠，餅屬（玉篇）。形聲。△閩南語音 Pit.△國語注音
　　　ㄅㄧ。

潷　△（說文有潷。潷泌，風寒也。無潷字）。泉出水貌。又泉
　　　沸也（玉篇）。形聲。△閩南語音 Pit.△國語注音ㄅㄧ。
　　　上十二字，廣韻「卑即切」。〔R.J.〕bik. bi〔國音入聲
　　　〕ㄅㄧ。

giit
佶　△正也。形聲。△閩南語音 Kiat.△國語注音ㄐㄧ。

姞　△黃帝之後，伯魚攸之姓。后稷妃家。形聲。△閩南語音
　　　Kiat. khiap.　△國語注音ㄐㄧ。
　　　上二字，廣韻「亙乙切」。〔R.J.〕jik. dʒi〔國音入聲〕
　　　ㄐㄧ。

biit
泌　△（廣韻質韻二出）俠流也。形聲。△閩南語音 Pì.△國語
　　　注音ㄅㄧ。

苾　△馨香也。形聲。△閩南語音 Bìt. Pìt. pìt.　△國語注音
　　　ㄅㄧ。

佖　△（廣韻質韻二出）威儀也。形聲。△閩南語音 Pìt. Pit.
　　　△國語注音ㄅㄧ。

駜　△（廣韻質韻二出）馬飽也。形聲。△閩南語音 pit. Pīt.
　　　△國語注音ㄅㄧ。

馝　△食之香也。形聲。△閩南語音 Pit. pìt.△國語注音ㄅㄧ。
　　　上五字，廣韻「毗必切」。〔R.J.〕bik. bi.〔國音入聲〕

ㄅ一。

jiet.
颭 △大風也。形聲。△閩南語音 Iit. Ut. △國語注音ㄧ。

汨 △水流也（與「古勿切、眞狄切」音不同）。亦曰治水也。
形聲。（說文書作「㶊」）。 △閩南語音 Bèt. Kùt.
(Iit. Oat.) △國語注音①ㄇ一②ㄩ。

抶 △撞抶，擊也。投也（集韻）。形聲。△閩南語音 Ùt.△國
語注音ㄩ。
上三字，廣韻「于筆切」。〔R.J.〕yik. i.〔國音入聲〕
①一②ㄩ。

siult
率 △捕鳥畢也。象形。△閩南語音 Sut. △國語注音①ㄕㄨㄞ
②ㄕㄨㄜ。

蟀 △（本作𧉦）悉𧉦，蟋蟀也。形聲。△閩南語音 Sut. △國
語注音①ㄕㄨㄞ②ㄕㄨㄜ。

帥 △佩巾也。形聲。 △閩南語音 Sòe. Sut. △國語注音①
ㄕㄨㄞ②ㄕㄨㄜ。
上三字，廣韻「所律切」。〔R.J.〕suk. su.〔國音入聲
〕ㄙㄨ（ㄕㄨㄜ）

tś'iit
叱 △訶也。形聲。△閩南語音 Thek. △國語注音ㄔ。
上一字，廣韻「昌栗切」。〔R.J.〕Chyk. tʃə.〔國音入
聲〕ㄔ。

miet
密 △山如堂者。形聲。△閩南語音 Bit. bā. bàt. bàk. △國語
注音ㄇㄧ。

泌 △酒藏也。塵濁也（史記）。形聲。△閩南語音 Bìt. bùt.

△國語注音　①ㄇㄧ②ㄨ。

蜜　△扶渠本。形聲。△閩南語 Bit。△國語注音 ㄇㄧ。
　　上三字，廣韻「美筆切」。〔R.J.〕mik. mi.〔國語入聲〕ㄇㄧ。

biek
弼　△輔也。正弓之器，以竹若木爲之。會意。△閩南語音 Pit.
　　pih.△國語注音ㄅㄧ。
　　上一字，廣韻「房密切」。〔R.J.〕bik. bi.〔國音入聲〕ㄅㄧ。

piet
乙　△象春草木冤曲而出，陰氣尚强，其出乙也；乙承甲，象人
　　頸。象形。△閩南語音 It. △國語注音ㄧ。

鳦　△（說文乙或字）鳥名，玄鳥也。乞乞，難出貌。形聲。
　　△閩南語音 It. △國語注音ㄧ。
　　上二字，廣韻「於筆切」〔R.J.〕yik.i.〔國音入聲〕ㄧ。

ngiet
耴　△聱耴，衆聲也。又魚鳥狀也（文選）。形聲。△閩南語音
　　Git. △國語注音ㄍㄜ。
　　上一字，廣韻「魚乙切」。〔R.J.〕yik. i.〔國語入聲〕
　　ㄧ（ㄍㄜ）。

piet
筆　△（應作聿）所以書也。秦謂之筆，楚謂之聿，吳謂之不律
　　，燕謂之弗，今加竹首。成爲形聲字。△閩南語音 Pit.
　　△國語注音ㄅㄧ。

鉍　△（秘或字）戈柄也。一曰偶也（今又爲化學原素）。（集
　　韻）。形聲。△閩南語音 Pì. pit.，△國語注音ㄅㄧ。
　　上二字，廣韻「鄙密切」。〔R.J.〕bik. bi.〔國音入聲〕
　　ㄅㄧ。

tiuıt

茁　△草初出地貌，會意。△閩南語音　Tsoat.　△國語注音
ㄓㄨㄜ。

　　　上一字，廣韻「徵筆切」，又「側律切」〔R.J.〕juok.
tʃuɔ.〔國音入聲〕ㄓㄨㄜ。

xiet

胅　△（通物韻）胅瞁，布也。佛胅，人名。又振也。形聲。△
閩南語音　Hek.，△國語注音ㄒㄧ。

　　　上一字，廣韻「羲一切」。〔R.J.〕shik. ʃi.〔國音入聲
〕ㄒㄧ。

xiuıt

獝　△狂也，獸走貌（玉篇）。形聲。△閩南語音Khiat. khiát.
△國語注音ㄒㄩ。

　　　上一字，廣韻「況必切」。〔R.J.〕yuk. iuk.〔國音入聲
〕ㄒㄩ（ㄩ）

źiuıt

術　△邑中道也。形聲。　△閩南語音　Sūi. Sùt.　△國語注音
ㄕㄨ。

述　△循也。形聲。△閩南語音　Sùt.△國語注音ㄕㄨ。

秫　△稷之粘者，形聲。△閩南語音　Tsùt △國語注音ㄕㄨ。

潏　△涌出也。一曰潏水，出京兆杜陵。　形聲。　△閩南語音
Kiat. Khiat. △國語注音①ㄐㄩㄝ②ㄌㄩ。

驈　△（廣韻術韻二出，此音術）驪馬白跨也。形聲。△閩南語
音　Lùt. Ùt.△國語注音ㄩ。

　　　上五字，廣韻「食聿切」。〔R.J.〕shuk. ʃu.〔國音入聲
〕ㄕㄨ。

kiuıt

橘　△果也。江南出。形聲。　△閩南語音　Kiat. kiok.　△國語

注音ㄐㄩ。

繘　△（廣韻術韻二出，又音橘）綆也。形聲。△閩南語音
　　　Súi. Ůt.△國語注音①ㄩ②ㄐㄩ。
　　　上二字，廣韻「居聿切」。〔R.J.〕jiuk. dʒiu.〔國音入
　　　聲〕ㄐㄩ。

dziuɪt
崒　△危高也。形聲。△閩南語音 Chhùi. Tsùi. Tsủt.△國語
　　　注音①ㄗㄨ②ㄘㄨ③ㄘㄟ。

踤　△觸也。形聲。△閩南語音 Tsut.△國語注音①ㄗㄨ②ㄘㄨ
　　　③ㄘㄟ。
　　　上二字，廣韻「慈卹切」。〔R.J.〕tzuk. dzu.〔國音入
　　　聲〕ㄗㄨ（ㄘㄨ）

oiuɪt
遹　△回辟也。形聲。△閩南語音 Sủt. Ůt.△國語注音ㄩ。

鷸　△知天將雨鳥也。形聲。△閩南語音 Lủt. Ůt. △國語注音
　　　ㄩ。

聿　△所以書也，古筆字。會意。△閩南語音 Ůt. △國語注音
　　　ㄩ。

霱　。△霱雲，瑞雲也。卿雲謂之霱（廣韻）。形聲。△閩南語
　　　音 Ůt.△國語注音ㄩ。

矞　△鷸飛也。又鳥飛迅疾也，亦作鷸。形聲。△閩南語音 Ůt.
　　　△國語注音ㄩ。
　　　上五字，廣韻「餘律切」。〔R.J.〕yuk. iu.〔國音入聲
　　　〕ㄩ。

tsiuɪt
卒　△隸人給事者爲卒，有染衣題識。會意兼象形。△閩南語音
　　　Tsut. tsủt.△國語注音ㄗㄨ。

上一字，廣韻「子聿切」。〔R.J.〕 Tzut. dzu.〔國音入聲〕ㄗㄨ。

siuɪt

恤　△憂也，收也。形聲。△閩南語音 Sut. △國語注音ㄒㄩ。

䘏　△憂也。形聲。△閩南語音 Sut.△國語注音ㄒㄩ。

戌　△威也。九月陽氣微，萬物畢成，陽氣入地也。會意。△閩南語音 Sut.△國語注音ㄒㄩ。

上三字，廣韻「辛聿切」。〔R. J.〕 shiuk. ʃu.〔國音入聲〕ㄒㄩ。

liuɪt

律　△均布也。形聲。△閩南語音 Lùt. △國語注音ㄌㄩ。

繂　△ (本作「綷」) 索屬。又竹索也。形聲。△閩南語音 Lùt △國語注音ㄌㄩ。

上二字，廣韻「呂䘏切」。〔R.J.〕 liuk. liu.〔國音入聲〕ㄌㄩ。

t'iuɪt

黜　△貶下也。形聲。△閩南語音 Thut. Iut.△國語注音ㄔㄨ。

怵　△恐也。形聲。△閩南語音 Thut.，△國語注音ㄔㄨ。

上二字，廣韻「丑律切」。〔R.J.〕 Chuk. tʃu.〔國音入聲〕ㄔㄨ。

ḍiuɪt

朮　△稷之粘者。象形。△閩南語音 Sùt. Tsùt.△國語注音ㄓㄨ。

上一字，廣韻「直律切」.〔R.J.〕 jùk. ʒu.〔國音入聲〕ㄓㄨ。

t͡siuɪt

出　△進也。象草木益玆上出達也。象形。△閩南語音 Chhut.

Kut.△國語注音ィㄨ。

上一字，廣韻「赤律切」，〔R.J.〕chuk. tʃu.〔國音入聲〕ィㄨ。

tset
櫛　△梳比（疏密）之總名也。形聲。　△閩南語音 Chhiat.△國語注音ㄐ一ㄝ。

稭　△（稭或字）秫稭，禾重生貌（集韻）。形聲。△閩南語音 Chhiat.△國語注音ㄐ一ㄝ。

上二字，廣韻「阻瑟切」，〔R. J.〕jiek. dʒie.〔國音入聲〕ㄐ一ㄝ。

set
瑟　△庖犧所作弦樂也。形聲。△閩南語音 Sek. △國語注音ㄙㄜ。

蝨　△齧人蟲。形聲。△閩南語音 Sek. sat. △國語注音ㄕ。

璱　△玉英華相帶，如瑟弦也。即玉之橫紋也。形聲。△閩南語音 Sat.△國語注音ㄙㄜ。

上三字，廣韻「所櫛切」。〔R.J.〕sek. sə.〔國音入聲〕ㄙㄜ。

nit
尼　△從後近之。形聲。△閩南語音 Lē. Lek. Nî. lî.△國語注音①ㄋ一②ㄋ一。

上一字，廣韻無。疑後增。女乙切。〔R.J.〕nik. ni.〔國音入聲〕ㄋ一。

五　物

（含廣韻「物、迄」二韻）

miuət

物　△萬物也。牛爲大物。形聲。△閩南語音 Bùt. mih.△國語
注音ㄨ。

勿　△州里所建旗，象其柄有三游。象形。△閩南語音 Bùt. △
國語注音ㄨ。

沕　△（說文無字）沕穆，深微貌（集韻）。形聲。△閩南語音
Bìt. Bùt.△國語注音ㄨ。

芴　△菲也。形聲。△閩南語音 Bùt. △國語片音ㄨ。

岉　△崛岉，高貌（文選）。形聲。△閩南語音 Bùt. △國語注
音ㄨ。
　　上五字，廣韻「文弗切」，〔R. J.〕wuk. wu.〔國音入
聲〕ㄨ。

piuət

紱　△綬也，所以繫印者。又祭服也（漢書）。形聲。△閩南語
音 Hut.△國語注音ㄈㄨ。

黻　△黑與青相次文。形聲。△閩南語音 Hut. △國語注音
ㄈㄨ。

韍　△（本作市）韠也。上古衣蔽前而已。象形。今新字形聲。
△閩南語音 Hut.△國語注音ㄈㄨ。

綍　△（亦作紼）舉棺索也。又綸綍，王言也。又大索（禮記）
。形聲。△閩南語音 Hut.△國語注音①ㄈㄨ②ㄈㄟ。

弗　△矯也。象形。△閩南語音 Hut.△國語注音ㄈㄨ。

不　△鳥飛上翔，不下來也。象形。又弗也，無也。△閩南語音

　　　　Put. bōe. m.△國語注音①ㄅㄨ②ㄅㄨˋ③ㄈㄡˋ④ㄈㄡ。

髴　（廣韻重出，又敷勿切）若似也。又婦人飾也。形聲。△閩
　　南語音 Hùi. Hut.△國語注音ㄈㄨ。

泲　△寒也，又渫也。通流也（玉篇）。形聲。△閩南語音
　　Hoat.△國語注音①ㄈㄨˊ②ㄈㄚ。
　　　上八字，廣韻「分勿切」。〔R. J.〕fuk. fu.〔國音入聲
　　〕ㄈㄨˊ（ㄈˊ）。

鬱　△木叢生者。形聲。△閩南語音 Ut. èh.△國語注音ㄩ。

熨　△火展帛也。以物熨貼也（廣韻）。形聲。△閩南語音Ùi.
　　Ut.△國語注音①ㄩ②ㄩㄣ。

尉　△（又於胃切）火斗曰「尉」（風俗通）。會意。△閩南語
　　音 Ùi. Ut.△國語注音①ㄩ②ㄨㄟˋ。

蔚　△（又於胃切）草名，牡蒿也。形聲。△閩南語音 Ùt.△國
　　語注音①ㄩ②ㄨㄟˋ。

黦　△玄黃也。又黑也。形聲。△閩南語音 Iat. Ut.△國語注
　　音ㄩ。

菀　△（又音苑，說文茈菀，出漢中齊陵）。茂木也。又茂盛貌
　　（詩經）。形聲。△閩南語音 Oan. oáⁿ. Ut.△國語注音
　　①ㄩ②ㄩㄢ。
　　　上六字，廣韻「紆物切」。〔R.J.〕yuk. iu.〔國語入聲
　　〕ㄩ。

厥　△突厥，匈奴族也，音刷。形聲。△閩南語音 Khoat
　　△國語注音ㄐㄩㄝ。

刷　△刮刷也。形聲。△閩南語音 Khoat.△國語注音ㄐㄩㄝ。
　　　上二字，廣韻「九勿切」。〔R. J.〕jiuek. dʒiue.〔國音

入聲〕ㄐㄩㄝ̇。

k'iuət

屈 △（廣韻二出，又九勿切）無尾也。曲其尾也。形聲。△閩南語音 Kkut. khû. Ut. △國語注音ㄑㄩ。

詘 △詰詘也（屈曲）。形聲。△閩南語音 Khut. Thut. △國語注音ㄑㄩ。

上二字，廣韻「區勿切」。〔R.J.〕chiuk. tʅiu. 國音入聲ㄑㄩ̇。

giuət

掘 △搰也。形聲。△閩南語音 Kủt. khut.△國語注音ㄐㄩㄝˊ。

崛 △短而高也。形聲。△閩南語音 Kủt. △國語注音ㄐㄩㄝ。

裾 △裗裾也。衣襤褸也。又衣短也（集韻）。形聲。△閩南語音 Kủt.△國語注音ㄐㄩㄝˊ。

倔 △倔强，梗戾貌。（隋書）形聲。△閩南語音 Kủt.△國語注音①ㄐㄩㄝˊ，②ㄐㄩㄝˋ。

上四字，廣韻「衢物切」。〔R.J.〕jiuek. dʒiue.〔國音入聲〕ㄐㄩㄝ̇。

佛 △仿佛也。形聲。△閩南語音 Hùt. Hủt. Pit. put.△國語注音ㄈㄛˊ。

怫 △鬱也。形聲。△閩南語音Hùi. Hut.△國語注音① ㄈㄟˋ ②ㄈㄨˊ。

刜 △（廣韻物韻二出，又敷勿切）擊也。形聲。△閩南語音 Hut. phut. △國語注音ㄈㄨˊ。

咈 △違也。形聲。△閩南語音 Hut.△國語注音 ①ㄈㄨˊ② ㄅㄧˋ。

坲 △（此字集成誤植作「拂」）坲埻，塵起貌（集韻）。形聲

。△閩南語音 Hut.△國語注音①ㄈㄨ②ㄅㄧㄝ。

岪　△山脅道也。形聲。△閩南語音 Hut. △國語注音ㄈㄨ。

上六字，廣韻「符弗切」。〔R. J.〕fuk. fu.〔國音入聲〕ㄷ（ㄈㄨ）。

xiuət

欻　△有所吹起。今同「忽」。形聲。 △閩南語音 Hut.△國語注音①ㄏㄨ②ㄔㄨㄚ③ㄒㄩ。

㰻　△氣也（玉篇）。形聲。△閩南語音 Hut. △國語注音ㄏㄨ。

上二字，廣韻「許勿切」。〔R.J.〕huk. hu.〔國音入聲〕ㄏㄨ。

p'iuət

拂　△過擊也。形聲。△閩南語音 Hut. Pı̍t. pōaⁿ.△國語注音ㄈㄨ。

茀　△草多也。說文：道多草，不可行。形聲。 △閩南語音 Hut. Pı̍t. △國語注音ㄈㄨ。

祓　△除惡祭也。形聲。△閩南語音 Hut. △國語注音ㄈㄨ。

髴　△色，髴如也。形聲。△閩南語音 Hut. Pu̍t. △國語注音ㄈㄨ。

上四字，廣韻「敷勿切」〔R.J.〕fuk. fu.〔國音入聲〕ㄷ（ㄈㄨ）。

xiət

仡　△勇壯也。形聲。△閩南語音 Git. gut.△國語注音ㄧˋ。

釳　△（本作釳）乘輿馬頭上方釳，插以翟尾鐵翮，象角，所以防網羅。形聲。△閩南語音 Git. △國語注音 ①ㄑㄧˋ②ㄍㄜ。

迄　△至也。竟也（說文新附）。形聲。△閩南語音 Git. gut.

　　△國語注音ㄑㄧ。

汔　△水涸也。形聲。△閩南語音 Git. △國語注音ㄑㄧ。

肸　△（又通質韻，許乙切）肸蠁，布也。振也。形聲。△閩南
　　語音Hek.△國語注音①ㄒㄧ②ㄅㄧ。

　　上五字，廣韻「許訖切」。〔R.J.〕chik. tʃi〔國音入聲
　　〕ㄑㄧ（ㄧ）。

kiət
訖　△止也。形聲。△閩南語音 Gut.△國語注音ㄑㄧ。

吃　△言謇難也。形聲。△閩南語音 Gut. Khek. khit. △國語
　　注音①ㄔ②ㄐㄧ。

　　上二字，廣韻「居乙切」。〔R. J.〕chik. tʃi.〔國音入
　　聲〕ㄑㄧ。

ngiət
屹　△屹峷，山貌。又山獨立壯武貌（集韻）。形聲。△閩南語
　　音Git. gut. △國語注音ㄧ。

　　上一字，廣韻「魚迄切」。〔R. J.〕yik. i.〔國音入聲〕
　　ㄧ。

k'iət
乞　△求也（禮記）。形聲。△閩南語音 Khit.△國語注音①
　　ㄑㄧ②ㄑㄧ。

　　上一字，廣韻「去訖切」〔R.J.〕 chik. tʃi.〔國音入聲
　　〕ㄑㄧ。

六　月

（含廣韻「月、沒」二韻）

ngiɑt

月　△月，闕也。太陰之精。象形。△閩南語音 Goȧt. gėh.△
　　國語注音ㄩㄝ。

刖　△絕也。形聲。△閩南語音 Goȧt.△國語注音ㄩㄝ。

軏　△（又五忽切，廣韻二出）車轅端持衡者（論語）。形聲。
　　△閩南語音 Goȧt.△國語注音ㄩㄝ。

捐　△折也。形聲。△閩南語音 Goȧt△國語注音ㄩㄝ。

扤　△（又五忽切）動也，搖也。形聲。△閩南語音 Gut. gùt.
　　△國語注音①ㄨ②ㄩㄝ。
　　上五字，廣韻「魚厥切」，〔R.J.〕yuek. iue.〔國音入
　　聲〕ㄩㄝ。

biɑt

伐　△擊也。一曰敗，亦伇也。會意。△閩南語音 Hoȧt.△國語
　　注音ㄈㄚ。

罰　△（本作罰）犯法之小者。又殺也，伐也。會意。△閩南語
　　音 Hoȧt.△國語注音ㄈㄚ。

筏　△（同橃）海中大船，又編竹渡水曰筏。形聲。△閩南語音
　　Hoȧt.△國語注音ㄈㄚ。

閥　△閥閱，自序也，又門限也。功狀也（說文新附）。形聲。
　　△閩南語音 Hoȧt.△國語注音ㄈㄚ。

瞂　△盾也。形聲。△閩南語音 Hoȧt.△國語注音ㄈㄚ。

垈　△耕起土。又同伐（說文通訓定聲）。形聲。△閩南語音
　　Hoȧt.△國語注音ㄈㄚ。

市 △（集成誤植爲「帇」）舂也（廣雅）。形聲。△閩南語音 Hoa̍t.△國語注音①ㄈㄚˊ②ㄈㄟˊ。

上七字，廣韻「房越切」。〔R.J.〕fak. fʌ.〔國音入聲〕ㄈㄚˊ。

jiuat

越 △度也。形聲。△閩南語音 Oa̍t.△國語注音ㄩㄝˋ。

鉞 △車鑾聲也。形聲。△閩南語音 Oa̍t. △國語注音ㄩㄝˋ。

粵 △ㄎ也，審愼之詞也。會意。△閩南語音 Oa̍t. △國語注音ㄩㄝˋ。

樾 △兩樹交蔭之下曰樾（玉篇），形聲。△閩南語音 Oa̍t. 國語注音ㄩㄝˋ。

蚎 △蟞蚎，水蟲。似蟹而小（集韻）。形聲。△閩南語音Oa̍t.△國語注音ㄩㄝˋ。

蚎 △蛛蚎，蚌也（魏書）。形聲。△閩南語音 Oa̍t. 國語注音ㄩㄝˋ。

曰 △詞也。指事。△閩南語音 Oa̍t.△國語注音ㄩㄝˋ。

上七字，廣韻「王伐切」。〔R. J.〕yuek. iue.〔國音入聲〕ㄩㄝˋ。

kiuat

蹶 △僵也，一曰跳也。又躓也，頓也。又音劂。形聲。△閩南語音 Kòe. khoa̍t. khòe. khoái.△國語注音①ㄐㄩㄝˊ②ㄐㄩㄝˊ③ㄍㄨㄟˋ。

厥 △（與物韻之「厥」義異）發石也。 形聲。 △閩南語音 khoat.△國語注音ㄐㄩㄝˊ。

蕨 △鼈草。形聲。△閩南語音 Khoat. keh. khòe. △國語注音ㄐㄩㄝˊ。

厥　△弋也。形聲。　△閩南語音 Kòat. khoat. △國語注音
　　ㄐㄩㄝ。

刷　△刀也（廣雅）。　形聲。　△閩南語音 Khoat. △國語注音
　　ㄐㄩㄝ。

蟨　△鼠也。一曰西方有獸，前足短與蛩蛩比，其名曰蟨。形聲
　　。△閩南語音 Koat. khoat.△國語注音ㄐㄩㄝ。

撅　△以手有所杷也。形聲。　△閩南語音 Khoat. △國語注音
　　ㄐㄩㄝ。

鱖　△小魚也（爾雅）。又音劂。說文：鱖魚也。形聲。△閩南
　　語音 Kòe.△國語注音①ㄐㄩㄝ②ㄍㄨㄟ。

　　　上八字，廣韻「居月切」。〔R.J.〕 jiuek. dʒiue.〔國
　　　音入聲〕ㄐㄩㄝ。

giuat
掘　△搰也。　形聲。　△閩南語音 Kùt. khut. △國語注音
　　ㄐㄩㄝ。

鷢　△白鷢，王雎也。鷹屬。白鵠子。形聲。△閩南語音 Kùt.
　　khoat. △國語注音ㄐㄩㄝ。

　　　上二字，廣韻「其月切」，〔R.J.〕 jiuek. dʒiue.〔國音
　　　入聲〕ㄐㄩㄝ。

k'iuat
闕　△門觀也。形聲。　△閩南語音 Khoat.△國語注音①ㄑㄩㄝ
　　②ㄑㄩㄝ。

　　　上一字，廣韻「去月切」。〔R.J.〕 chiuek. tʃiue.〔國
　　　音入聲〕ㄑㄩㄝ。

piat
髮　△頭上毛也。形聲。△閩南語音 Hoat.△ 國語注音ㄈㄚ。

發　△射發也。形聲。△閩南語音 Hoat. pauh. puh. òa. △國

語注音ㄈㄚ。

上二字，廣韻「方伐切」。〔R.J.〕fak. fʌ.〔國音入聲〕ㄈㄚˋ。

miɑt

韤　△（同「襪」）足衣也。形聲。△閩南語音 Biȧt. beh.△國語注音ㄨㄚˋ。

上一字，廣韻「望發切」。〔R.J.〕wak. wuʌ.〔國音入聲〕ㄨㄚˋ。

xiuɑt

狖　△飛走貌（文選）。形聲。　△閩南語音 Hut. Ủt.△國語注音①ㄩ②ㄩㄝ。

狘　△獸走貌。形聲。　△閩南語音 Hoat. Oȧt.　△國語注音①ㄒㄩㄝ②ㄩㄝ。

上二字，廣韻「許月切」。〔R. J.〕yuek. iue.〔國音入聲〕ㄩㄝ（ㄒㄩㄝ）。

ʔiɑt

謁　△白也。形聲。△閩南語音 Iat.△國語注音ㄧㄝ。

暍　△傷暑也。形聲。△閩南語音 Hat.　△國語注音 ①ㄧㄝ②ㄏㄜ。

閼　△遮擁也。形聲。　△閩南語音 At.　△國語注音 ①ㄜ②ㄧㄢ。

上三字，廣韻「於歇切」〔R.J.〕yek. ie.〔國音入聲〕ㄧㄝ（閼ㄜ）。

xiɑt

歇　△息也。一曰氣越泄。形聲。△閩南語音 Hat. Hiat. hioh.△國語注音ㄒㄧㄝ。

蠍　△蠸蠤也（同蝎）。形聲。△閩南語音 Iat. giat.△國語

注音ㄒㄧㄝ。

猲　△猲獢，短喙犬也。形聲。△閩南語音　Hiat.△國語注音①
　　ㄒㄧㄝ②ㄏㄜ。
　　　上三字，廣韻「許竭切」〔R. J〕shiek. ʃie.〔國音入聲
　　　〕ㄒㄧㄝ。

kiɑt
羯　△羊羖犗也。殺羊。形聲。△閩南語音　Kiat. kiàt. khè.
　　khiat.△國語注音ㄐㄧㄝ。

訐　△面相斥罪，告訐也。形聲。△閩南語音　Khiat.△國語注
　　音ㄐㄧㄝ。
　　　上二字，廣韻「居竭切」。〔R. J.〕jiek. dʒie.〔國音入
　　　聲〕ㄐㄧㄝ。

giɑt
竭　△負舉也。形聲。△閩南語音　kiàt.△國語注音ㄐㄧㄝ。

碣　△（同下「揭」）碣擖也（廣韻）。形聲。△閩南語音Kiat.
　　kiàt.△國語注音①ㄐㄧㄝ②ㄑㄧ。

碣　△特立之石也。形聲。△閩南語音　Kiàt，△國語注音
　　ㄐㄧㄝ。

楬　△楬櫫也。形聲。△閩南語音　Kiàt.△國語注音①　ㄐㄧㄝ
　　②ㄑㄧㄚˊ。

揭　△（集成誤作「撍」）高舉也。形聲。△閩南語音　Kiat.
　　kiàt. khè. khiat.△國語注音①ㄐㄧㄝ②ㄑㄧ。
　　　上五字，廣韻「其謁切」。〔R.J.〕jiek. dʒie.〔國音入
　　　聲〕ㄐㄧㄝ。

ngiɑt
钀　△鑣也。馬勒旁鐵。（說文同轙）。車軏上環（爾雅）。形
　　聲。△閩南語音　Gí. Giàt.　Ap.　△國語注音ㄋㄧㄝ。

上一字，廣韻「語許切」。〔R.J.〕niek. nie.〔國音入
聲〕ㄋㄧㄝˋ。

muət

沒 △沉也。滅也。形聲。△閩南語音 Bùt. △國語注音①ㄇㄛˊ
②ㄇㄟˊ。

歿 △殟歿，舒緩貌。又同殁（文選）。會意。△閩南語音Bùt˙
△國語注音ㄇㄛˋ。

上二字，廣韻「莫勃切」。〔R.J.〕mok. mɔ.〔國音入聲
」①ㄇㄨˋ②ㄇㄛˋ③ㄇㄛˋ。

kuət

骨 △肉之覈也。象形。△閩南語音 Kut. △國語注音①ㄍㄨˇ②
ㄍㄨˇ③ㄍㄨ。

鶻 △鶻鵃，小種鴻也。形聲。△閩南語音 Kut. kùt.△國語注
音①ㄍㄨˇ②ㄏㄨˊ。

汨 △（與屋韻汩異）沒也。汨汨，波浪聲（文選）。形聲。△
閩南語音 It. Oat.△國語注音①ㄍㄨˇ②ㄩˋ。

滑 △（又戶骨切、戶八切）亂也，治也（國語）。形聲。△閩
南語音 Kùt.△國語注音①ㄍㄨˇ②ㄏㄨㄚˊ。

淈 △濁也。一曰淈汲。水出貌。形聲。△閩南語音 Khut.△
國語注音ㄍㄨˇ。

榾 △枸榾，木中箭笴（玉篇）。形聲。△閩南語音 Kut.△國
語注音ㄍㄨˇ。

扢 △摩也（漢書）。形聲。△閩南語音 Git. gut. Hut .Kut.
△國語注音ㄍㄨˇ。

愲 △心亂也（漢書）。形聲。△閩南語音 Kut.△國語注音
ㄍㄨˇ。

上八字，廣韻「古忽切」。〔R.J.〕guk. gu.〔國音入聲〕ㄍㄨ。

buət

勃　△排也。形聲。△閩南語音 Pu̍t.△國語注音ㄅㄜ。

悖　△（誖異文）亂也。形聲。△閩南語音 Pōe.△國語注音①ㄅㄜ②ㄅㄟ。

渤　△水貌，又海名（集韻）。形聲。△閩南語音 Pu̍t.△國語注音ㄅㄜ。

孛　△孛㬽（星名）也。會意。△閩南語音 Pōe. pu̍t.△國語注音①ㄅㄜ②ㄅㄟ。

浡　△（說文無字）作也。盛也（廣雅）。形聲。△閩南語音 Pu̍t. 國語注音ㄅㄜ。

餑　△麯餑，麵食。又饆饠。又長貌，茶上浮漚也（廣韻）。形聲。△閩南語音 Pu̍t.△國語注音ㄅㄛ。

馞　△大香，香盛也（集韻）。形聲。△閩南語音 Pu̍t. phut.△國語注音ㄅㄜ。

㶴　△煙起貌（集韻）。形聲。△閩南語音 Pu̍t.△國語注音ㄅㄜ。

敦　△同勃字。

誖　△亂也。形聲。△閩南語音 Pōe. Pu̍t.△國語注音①ㄅㄜ②ㄅㄟ。

艴　△（通屋韻）色，艴如也。形聲。△閩南語音 Pu̍t. Hut.△國語注音ㄈㄨ。

上十一字，廣韻「蒲沒切」。〔R.J.〕bok. bɔ.〔國音入聲〕ㄅ（ㄅㄜ）。

tuət

咄　△相謂也。相語先驚之謂。形聲。△閩南語音 Tu̍t.△國語

注音ㄉㄨㄛ。

柮 △檮柮也。形聲。△閩南語音 Lu̇t, Tu̇t. △國語注音ㄉㄨㄛ。

鶻 △鳥鳴預知吉凶。又同窟（玉篇）。形聲。△閩南語音 Tu̇t. △國語注音①ㄉㄨㄛ②ㄎㄨ。

上三字，廣韻「當沒切」。〔R.J.〕 duok. duɔ.〔國音入聲〕ㄉㄨㄛ。

t'uət

棁 △（又音拙）木杖也。形聲。△閩南語音 Thoat. tsoat.△國語注音ㄓㄨㄛ。

上一字，廣韻「他骨切」。〔R.J.〕 juok. ʒuɔ.〔國音入聲〕ㄓㄨㄛ。

duət

突 △犬從穴中暫出也。會意。△閩南語音 Tu̇t. △國語注音ㄊㄨ。

凸 △高起貌（蒼頡篇）。象形兼會意。△閩南語音 Tu̇t. phok. △國語注音①ㄊㄨ②ㄉㄧㄝ③ㄍㄨ。

腯 △牛羊曰肥。豕曰腯。又盛也。形聲。△閩南語音 Tu̇t.△國語注音①ㄘㄨ②ㄉㄨㄣ。

揬 △衝突也。揩也。搪揬也（玉篇）。形聲。△閩南語音 Tu̇t.△國語注音ㄊㄨ。

上四字，廣韻「陀骨切」。〔R.J.〕tuk. tu. 〔國音入聲〕ㄊㄨ。

ʔuət.

泏 △水出聲（廣韻）。形聲。△閩南語音 Hut. △國語注音ㄏㄨ。

嗢 △咽也。形聲。△閩南語音 Oȧt.△國語注音ㄨ。

上二字，廣韻「烏沒切」。〔R. J.〕wak. wʌ.〔國音入聲〕ㄨˊ（ㄏㄨˋ）。

xuət

笏　△公及士所搢也。又佩玉也。所以記事也（說文新附）。形聲。△閩南語音 Hut.△國語注音ㄏㄨˋ。

忽　△忘也。形聲。△閩南語音 Hut.國語注音ㄏㄨˋ。

惚　△惚恍，未分之貌。恍惚，微妙不測貌。心志憫惘貌（文選）。形聲。△閩南語音 Hut.△國語注音ㄏㄨˋ。

上三字，廣韻「呼骨切」。〔R. J.〕huk. hu.〔國語入聲〕ㄏㄨˋ。

nguət

兀　△高而上平也。从一在几上。會意。又無知貌。△閩南語音 Gut. gut.△國語注音ㄨˋ。

硊　△危也。或作㕟（易困）。形聲。△閩南語音 Gut. △國語注音ㄨˋ。

杌　△木無枝也。木短出貌。杌隉，不安貌（玉篇）。形聲。△閩南語音 Gut.△國語注音ㄨˋ。

矹　△硉矹，不穩貌。石竦立貌。又山崖（集韻）。形聲。△閩南語音 Gut.△國語注音ㄨˋ。

屼　△屼嵲，山禿貌（元結詩）。形聲。△閩南語音 Gut. △國語注音ㄨˋ。

上五字，廣韻「五忽切」。〔R.J.〕uuk. wu.(ə).〔國語入聲〕ㄨˋ（ㄜ）。

luət

硉　△硉矹，危石也。又不平也（玉篇）。形聲。△閩南語音 Liòk. lut.△國語注音ㄌㄨˋ。

上一字，廣韻「勒沒切」。〔R.J.〕luk. lu.〔國語入音

　　　〕ㄌㄨ˙。

k'uət

窟　△穴也，掘地爲室也（玉篇）。形聲。△閩南語音 Khut.
　　　△國語注音ㄎㄨ。

硈　△石也。又硈硈，健作貌（集韻）。形聲。　△閩南語音
　　　Gut.△國語注音ㄎㄨ˙。

淈　△水定也（集韻）。　水貌（說文）。形聲。　△閩南語音
　　　Khut. Tút. Thut. tsoah.△國語注音①ㄎㄨ②ㄓㄨ˙。

堀　△突也。形聲。△閩南語音 Kút. khut.△國語注音ㄎㄨ。

腳　△臀也。曲脚也（廣韻）。形聲。△閩南語音 Khut.△國語
　　　注音ㄎㄨ。

崫　△　（此字疑爲廣韻「沒韻」「嶱」字異文）嶱屼，山貌。一
　　　作崛嵼，堆壟不平也（史記）。形聲。△閩南語音 Kút.
　　　△國語注音①ㄎㄨ①ㄑㄩ。

　　　上六字，廣韻「苦骨切」。〔R.J.〕kúk. ku.〔國音入聲
　　　〕ㄎㄨ˙。

nuət

訥　△言難也。形聲。△閩南語音 Lút.△國語注音　①ㄋㄚˋ②
　　　ㄋㄜˋ。

　　　上一字，廣韻「內骨切」。〔R. J.〕nat. nʌ.〔國音入聲
　　　〕ㄋㄚˊ（ㄋㄜˋ）。

suət

窣　△從穴中卒出。形聲。△閩南語音 Sut. Túh.△國語注音
　　　ㄙㄨ˙。

　　　上一字，廣韻「蘇骨切」。〔R.J.〕suk. su.〔國音入聲
　　　〕ㄙㄨ˙。

ts'uət

卒　△（義「倉卒」之卒）暴也。急也（漢書）。會意。△閩南

語音 Tsút. △國語注音ㄘㄨ。

猝　△犬從草暴出逐人也。形聲。　△閩南語音 Tsut.　△國語注
音ㄘㄨ。
上二字，廣韻「倉沒切」。〔R.J.〕tsuk. tsu.〔國語
入聲〕ㄘㄨ。

dzuət

捽　△捽擦，行草聲（集韻）。形聲。△閩南語音 Sut. Tsut.
△國語注音①ㄗㄨ②ㄗㄨㄜ。

崒　△（通質韻）危高也。形聲。△閩南語音 Chhùi. Tsùi.
Tsut.△國語注音①ㄘㄨ②ㄘㄨㄟ。

椊　△柱頭柄也。又椊杚，以柄內孔（集韻）。形聲。△閩南語
音 Tsūi. Tsút.△國語注音ㄗㄨ。
上三字，廣韻「昨沒切」。〔R.J.〕tzuk. dzu.〔國音入
聲〕ㄗㄨ。

ɣət

齕　△（本作齕）齧也。形聲。　△閩南語音 Hek.△國語注音
ㄏㄜ。

紇　△絲下也。形聲。△閩南語音 Git. Hút.　△國語注音①
ㄏㄜ②ㄍㄜ。

麧　△（本作麧）堅麥也。即麥麩皮。形聲。△閩南語音Hek.
△國語注音ㄏㄜ。
上三字，廣韻「下沒切」。〔R.J.〕hek. hə.〔國音入聲
〕ㄏㄜ（ㄏ）。

ɣuat

核　△（廣韻作「䅏」，出「聲譜」）子中有核人（爾雅）。
形聲。△閩南語音 Hek, húk. hát.　△國語注音①ㄍㄨ②
ㄏㄨ③ㄏㄜ。

搰 掘也。形聲。△閩南語音 Hut. Khut.△國語注音ㄍㄨˇ。

抇 △穿也。牽物轉動也。裂也（荀子，集韻）。形聲。△閩南
語音Hut. △國語注音ㄍㄨˇ。

上三字，廣韻「戶骨切」。〔R.J.〕guk. gu.〔國音入聲
〕ㄍㄨˇ（核ㄏㄨˊ）。

tsuət

卒 △（義「戍卒」）隸人給事者爲卒。古以染衣爲題識（又終
也）。會意。△閩南語音 Tsut. Tsŭt.△國語注音ㄗㄨˊ。

稡 △秚稡，禾秀不成。又莠也（集韻）。形聲。△閩南語音
Tsut. △國語注音①ㄗㄨˊ②ㄙㄨˋ。

上二字，廣韻「臧沒切」，又「將聿切」。〔R.J.〕tzuk.
dzu.〔國音入聲〕ㄗㄨˊ。

七　曷

（含廣韻「曷、末」二韻）

ɣɑt

曷 △（集成誤作「易」）何也。形聲。△閩南語音 At. Hat. △國語注音ㄏㄜ。

褐 △編枲韈。一曰粗衣。形聲。 △閩南語音 Hat.△國語注音 ㄏㄜ。

鞨 △履也。靺鞨，夷人，在高麗之北。又寶石也（廣雅）。形 聲。△閩南語音 Hat. △國語注音ㄏㄜ。

鶡 △似雉，出上黨。即鶡鷄。形聲。△閩南語 Hat. △國語注 音ㄏㄜ。

毼 △罽也，又「毛布」。氀毼，性劣也（廣韻）。形聲。△閩 南語音 At.△國語注音ㄏㄜ。

餲 △（又烏葛切，義「食傷臭」），飯餲（變味）也。又餅名 。△閩南語音 Ái.△國語注音①ㄞ②ㄜ。

上六字，廣韻「胡葛切」。〔R.J.〕hek. hə. 〔國音入聲 〕ㄏㄜ（ㄏ）。

xɑt

喝 △㵣也。形聲。△閩南語音 Hat. △國語注音①ㄏㄜ②ㄏㄜ ③一ㄝ。

暍 △熱也。又傷暑也（集韻）。形聲。△閩南語音 Hat. △國 語注音①ㄏㄜ②一ㄝ。

猲 △猲獢，短喙犬也。形聲。△閩南語音 Hiat.△國語注音① ㄒ一ㄝ②ㄏㄜ。

上三字，廣韻「許葛切」。〔R.J.〕hek. hə.〔國音入聲〕ㄏㄜ。

tɑt

怛　△憯也。傷也。驚也。形聲。△閩南語音 Tàn. Tat. thán.
　　△國語注音ㄉㄚ。

笪　△笞也。又粗竹席也。形聲。△閩南語音 Tàn.△國語注音
　　ㄉㄚ。

呾　△相呼也。相呵也（集韻）。形聲。△閩南語音 Tàn. tùⁿ.
　　△國語注音①ㄉㄚ②ㄉㄚ。

　　上三存，廣韻「當割切」。〔R.J.〕dak. dʌ.〔國音入聲〕ㄉㄚ。

t'ɑt

達　（同達）行不相遇也。又，通也。徹也。形聲。△閩南語音
　　Tàt.△國語注音①ㄊㄚ②ㄉㄚ。

闥　△門也。門內也。又拒門木（說文新附）。形聲△閩南語音
　　That.△國語注音ㄊㄚ。

撻　△鄉飲酒罰不敬，撻其背。形聲。△閩南語音 That.△國語
　　注音ㄊㄚ。

獺　△水狗也。形聲。△閩南語音 That. thoah.△國語注音
　　①ㄊㄚ②ㄊㄚ。

澾　△（說文無字）滑也（玉篇）。形聲。△閩南語音 That.
　　△國語注音ㄊㄚ。

羍　△小羊也。又美也。生也。會意。△閩南語音 That.△國語
　　注音ㄊㄚ。

汏　△（集成誤植作「汱」）浙淅（淘去沙礫）也。形聲。△閩
　　南語音 tāi. That. thoah.△國語注音ㄉㄚ。

　　上七字，廣韻「他達切」。〔R. J.〕tak. tʌ.〔國音入聲〕

〕ㄊㄚˋ。

ʔat

遏　△微止也。絕也。止也。形聲。△閩南語音　At.
　　　　　　　　　　　　　　　△國語注音ㄜˋ。

閼　△（與月韻義異）遮攔也。塞也。止也。又通達、姓氏。形
　　聲。△閩南語音　At.△國語注音①ㄜˋ②一ㄢ。

頞　△鼻莖也。又蹙頞。愁貌。形聲。　△閩南語音　At. Oaⁿ.
　　　　　　　　　　　　　　　△國語注音ㄜˋ。

堨　△壁間隙也。形聲。△閩南語音　At.△國語注音①ㄜˋ②ㄞˇ。
　　上四字，廣韻「烏葛切」。〔R.J.〕ek. ə.〔國音入聲〕
　　ㄜˋ。

lat

剌　△君殺大夫曰剌。剌，直傷也。形聲。△閩南語音　Làt.
　　△國語注音①ㄌㄚˋ②ㄌㄚˊ③ㄌㄚ。

辢　△（俗作辣）辛甚曰辢。辛也（聲類）。形聲。△閩南語音
　　Làt. Loàt. loàh.△國語注音ㄌㄚˋ。

糲　△（又音利）䊡糲也。粗也。糲米不碎（玉篇）。會意。△
　　閩南語音　Lē.　△國語注音ㄌㄧˋ。

　　上三字，廣韻「盧達切」。〔R.J.〕lak. lʌ.〔國音入聲〕
　　ㄌㄚˋ。

k'at

渴　△盡也。形聲。△閩南語音 Khat. khoah.　△國語注音　①
　　ㄎㄜˋ②ㄏㄜˋ③ㄐㄧㄝˋ。
　　上一字，廣韻「苦曷切」。〔R. J.〕kek. kə.〔國音入聲
　　〕ㄎㄜˋ（ㄎ）。

dat

達　△通達也，又姓氏。形聲。△閩南語音　Tàt.　△國語注音①

ㄅㄚ②ㄊㄚ。

上一字，廣韻「唐割（音ㄍㄚ）切」。〔R.J.〕dak. dʌ.
〔國音入聲〕ㄅㄚ。

dzɑt

嶜　△嘈嶜聲也。聲多也（集韻）。會意。△閩南語音 Tsàn.
Tsat.△國語注音ㄗㄢ。

上一字，廣韻「才割切」。〔R.J.〕tzak. dzʌ.〔國音入
聲〕ㄗㄚ。

ngɑt

枿　△（義同「屑」）餘也。或作蘖（爾雅）。形聲。△閩南語
音 Giȧt.△國語注音①ㄋㄧㄝ②ㄒㄩㄝ。

嶭　△嶻嶭，山也。形聲。△閩南語音 Giȧt. △國語注音①
ㄋㄧㄝ。

轍　△車載高貌。形聲。△閩南語音 Ap. Giȧt. △國語注音
ㄋㄧㄝ。

齾　△缺齒也。器缺也。形聲。△閩南語音 Ap. Giȧt.△國語注
音ㄋㄧㄝ。

上四字，廣韻「五割切」。又「五結切」。〔R.J.〕niek.
nie.〔國音入聲〕ㄋㄧㄝ。

kɑt

割　△剝也。形聲。△閩南語音 Kat. kan. koah. △國語注音
ㄍㄜ。

葛　△絺綌草也。形聲。△閩南語音 Kat. koah.△國語注音①
ㄍㄜ②ㄍㄜ。

輵　△轇輵，戟形也。又驅馳貌。車聲（集韻）。形聲。△閩南
語音 At. kat.△國語注音①ㄍㄜ②ㄜ。

漧　△（說文無字）水名。又廣深之貌。清也（集韻）。形聲。
　　△閩南語音 Kat. △國語注音ㄍㄜ。
　　上四字。廣韻「古達切」。〔R.J.〕gek. gə.〔國音入聲
　　〕ㄍㄜ。

sɑt
薩　△（廣韻書作「蓙」）濟也。又姓也（廣韻）。會意。△閩
　　南語音 Sat.△國語注音ㄙㄚ。

躠　△跋躠，行貌。又行不正也（廣韻）。形聲。△閩南語音
　　Siat.△國語注音ㄙㄚ。

摋　△側手擊也。揮散也。摩也（公羊、廣韻）。形聲。△閩南
　　語音 Sat. △國語注音①ㄙㄚ②ㄕㄚ。

樧　△樧殺，散之也。形聲。△閩南語音Sat.△國語注音ㄙㄚ。
　　上四字，廣韻「桑割切」。〔R. J.〕sak. sʌ.〔國音入聲
　　〕ㄙㄚ。

ts'ɑt
擦　△（又同「擦」）足動草聲。摩也（廣韻）。形聲。△閩南
　　語音 Chhat. Sat.△國語注音①ㄙㄚ②ㄘㄚ。
　　上一字，廣韻「七曷切」，又「桑割切」。〔R.J.〕tsak.
　　tsʌ.〔國音入聲〕ㄙㄚ。

muɑt
末　△木上曰末。指事。△閩南語音 Boat. boah. boa̍h. but.
　　△國語注音ㄇㄛ。

沫　△沫水出濁，西南徼外，東南入江。形聲。　△閩南語音
　　Mūi. Hòe.△國語注音ㄇㄛ。

抹　△塗也。亂曰塗。長曰抹。刷也。抹殺，滅也（字林）。形
　　聲。△閩南語音 Boat. boa̍h.
　　　　△國語注音①ㄇㄛ②ㄇㄛ。

秣　△穀馬也。養也。粟也（左傳）。形聲。△閩南語音 Biát.
　　Bōe.△國語注音ㄇㄛ。

袜　△所以束衣也。同韤（玉篇）。形聲。△閩南語音 Boát.
　　Boat.△國語注音①ㄇㄛ②ㄨㄚ。

　　上五字，廣韻「莫割切」。〔R.J.〕 mok. mɔ.〔國音入
　　聲〕ㄇㄛ。

puat
鉢　△（盋或字）盂屬。又瓶鉢，僧家食器也。衣鉢，佛家世受
　　之物（說文新附）。會意。△閩南語音 Poat. poan.△國
　　語注音ㄅㄛ。

撥　△治也。形聲。△閩南語音 Poat. phoat. poah. △國語注
　　音ㄅㄛ。

茇　△草根也。形聲。△閩南語音ˊPoát.△國語注音ㄅㄚ。

鱍　△尾長貌。同鮁（玉篇）。形聲。△閩南語音 Poat.△國語
　　注音ㄅㄛ。

襏　△三尺衣也。襏襫，簑蓑也（一切經音義）。形聲。△閩南
　　語音 Poat.△國語注音ㄅㄛ。

　　上五字，廣韻「北末切」。〔R. J.〕 bok. bɔ.〔國音入聲
　　〕ㄅㄛ。

tsat
捽　△（集成書作「稡」）逼也。捽指，酷刑也（正字通）。會
　　意。△閩南語音 Soàn.△國語注音①ㄗㄢ②ㄗㄚ。

　　上一字，廣韻「姊末切」。〔R.J.〕 tzak. dzʌ.〔國音入
　　聲〕ㄗㄚ。

kuat
活　△水流聲也。形聲。△閩南語音 Koat. Hoát. △國語注音

①ㄍㄨㄚ②ㄏㄨㄛ。

括　△絜也。形聲。△閩南語音 Koat.△國語注音 ①ㄍㄨㄚ ②
ㄎㄨㄛ。

䁜　△目暗也。又怒視貌（類篇）。形聲。△閩南語音 Koat.△
國語注音ㄍㄨㄚ。

栝　△（一曰檃也。一曰檃弦處。）炊竈木。形聲。△閩南語音
Koat. Thiam. thiám.△國語注音ㄍㄨㄚ。

筈　△通栝。箭末曰栝。栝、會也，與弦相會也。又通括（集韻
）。形聲。△閩南語音 Koat.△國語注音ㄍㄨㄚ。

鴰　△麋鴰，似雁而黑。形聲。△閩南語音 Koat.△國語注音
ㄍㄨㄚ。

适　△（又疾也，苦栝切）疾也。本作透。形聲。△閩南語音
Koat.△國語注音ㄍㄨㄚ。

佸　△會也。形聲。△閩南語音 Hoat. Koat.△國語注音①
ㄍㄨㄚ②ㄏㄨㄛ。

萿　△（本蓏字）果蓏之實，栝樓（瓜蔞）也。形聲。△閩南語
音 Koat.△國語注音ㄎㄨㄛ。
　　　　上九字，廣韻「古活切」。〔R.J.〕guak. guʌ.〔國音入
　　　　聲〕ㄍㄨㄚ˙。

k'uat
闊　△疏也，遠也，廣也。形聲。△閩南語音 Khoat. khoàh.
△國語注音ㄎㄨㄛ。
　　　　上一字，廣韻「苦栝切」。〔R.J.〕Kuok. kuɔ.〔國音入
　　　　聲〕ㄎㄨㄛ。

ɤuat
活　△物之生也。形聲（詩經）。△閩南語音 Hoat. Oàh.△國
語注音ㄏㄨㄛ。

越　△（與月韻「越」字音義均異）。草蒲也，又瑟虛也（左傳
　　）。說文：本義「度」也。形聲。△閩南語音 Oa̍t.△國
　　語注音ㄩㄝ。
　　　上二字，廣韻「戶括切」。〔R.J.〕huok. huɔ.〔國音入
　　聲〕ㄏㄨㄛ（ㄨㄛ）

duɑt
脫　△（又他括切，義同）消肉臞也。瘦太甚。又剝皮也，解也
　　。形聲。△閩南語音 Thoa̍t. thiat. thòaⁿ. thoah. △國
　　語注音①ㄊㄨㄛ②ㄊㄨㄜ③ㄉㄨㄛ。

奪　△手持隹，失之也。又取也。會意。△閩南語音　Toa̍t.
　　te̍h.△國語注音ㄉㄨㄛ。

莌　△（又他括切，義同）同芲。活莌，俗名「通草」（集韻）
　　。形聲。△閩南語音 Toa̍t.·thok.△國語注音ㄊㄨㄛ。
　　　上三字，廣韻「徒活切」。〔R.J.〕duok. duɔ.〔國音入
　　聲〕ㄉㄨㄛ。

xuɑt
豁　△通谷也。形聲。閩南語音 Hat.△國語注音 ①ㄏㄨㄛ②
　　ㄏㄨㄜ③ㄏㄜ④ㄏㄨㄚ。

濊　△礙流也。形聲。△閩南語音 Hoat. óe. △國語注音①
　　ㄏㄨㄛ②ㄏㄨㄟ③ㄨㄟ。

泧　△潏泧也。形聲。△閩南語音 Hat. △國語注音①ㄩㄝ②
　　ㄏㄨㄛ③ㄙㄚ。

𥊑　△視高貌。形聲。△閩南語音 Hat. △國語注音①ㄏㄨㄛ②
　　ㄍㄨㄛ。
　　　上四字，廣韻「呼括切」。〔R.J.〕huok. huɔ.〔國音入
　　聲〕ㄏㄨㄛ。

ɔuɑt

斡 △蠡（勺）柄也。又車輻輪幹也。形聲。△閩南語音 Koán
Oat. △國語注音①ㄨㄛ②ㄍㄨㄢ。

上一字，廣韻「烏括切」。〔R. J.〕uok. uɔ.〔國音入聲
〕ㄨㄛ。

tsuɑt

撮 △（又倉括切）四圭也（計量單位）。形聲。△閩南語音
Chhoat. Tsoat. chheh. chhok. △國語注音 ①ㄘㄨㄛ
②ㄘㄨㄛ③ㄗㄨㄛ。

上一字，廣韻「子括切」。〔R.J.〕tsuok, tsuɔ.〔國音
入聲ㄘㄨㄛ。

p'uɑt

潑 △（廣韻作「潊」）水漏也，灑也（玉篇）。形聲。△閩南
語音 Phoat. phoā. phoah.△國語注音ㄆㄛ。

上一字，廣韻「若撥切」。〔R. J.〕pok. pɔ.〔國音入聲
〕ㄆㄛ

luɑt

捋 △取易也。采也。形聲。△閩南語音 Loat. Loa̍t. loan.
loa̍h. △國語注音①ㄌㄜ②ㄌㄩ③ㄌㄨㄛ。

上一字，廣韻「郎括切」。〔R.J.〕lek. lə.〔國音入聲
〕ㄌㄜ。

tuɑt

掇 △拾取也。形聲。　△閩南語音 Toat. toah. △國語注音
ㄉㄨㄛ。

剟 △刊也。形聲。閩南語音 Toat. Tsoat.△國語注音ㄉㄨㄛ。

鴰 △鳩也，沙漠鳥，又名「突厥雀」。　形聲。　△閩南語音
Toat.△國語注音ㄉㄨㄛ。

呐　△相謂也。形聲。△閩南語音 Tùt.△國語注音ㄉㄨㄛ。
　　上四字，廣韻「丁括切」。〔R.J.〕duok. duɔ.〔國音入
　　聲〕ㄉㄨㄛ。

buat
拔　△擢也。形聲。△閩南語音 Poȧt. poȧh. púih. phoȧh.
　　△國語注音①ㄅㄚ②ㄅㄚˇ。

跋　△蹎也。即顛沛也。形聲。△閩南語音 poȧt.△國語注音
　　ㄅㄚˊ。

魃　△旱鬼也。形聲。△閩南語音 Poȧt.△國語注音ㄅㄚˊ。

鈸　△鈴屬，又鐃鈸，所以節樂者也（集韻）。形聲。△閩南語
　　音 Poȧt. poah. poȧh. pút.△國語注音①ㄅㄚˊ②ㄅㄛ。

軷　△出將有事於道，必先告其神，立壇四通，封茅以依神，為
　　「軷」。形聲。△閩南語音 poȧt.△國語注音ㄅㄛ。

馛　△香也（廣韻）。形聲。△閩南語音 Poȧt △國語注音①
　　ㄅㄛ②ㄆㄧㄝ。

犮　△犬走貌。會意。△閩南語音 Poȧt.△國語注音ㄅㄛ。

妭　△美婦也。形聲。△閩南語音 Poȧt.△國語注音①ㄅㄚˊ②
　　ㄅㄛ。
　　上八字，廣韻「蒲撥切」。〔R.J.〕bak. bʌ.〔國音入聲
　　〕ㄅㄛ（ㄅㄚˊ）。

八　黠

（含廣韻「黠、鎋」二韻）

ɣat
黠　△堅黑也。形聲。△閩南語音 Hat.△國語注音ㄒㄧㄚ。
　　上一字，廣韻「胡八切」。〔R.J.〕 shiak ʃiʌ.〔國音入
　　聲〕ㄒㄧㄚ。

tsat
札　△牒也(同扎)。形聲。△閩南語音 Tsat.△國語注音ㄓㄚ。

蚻　△蜥易也。形聲。△閩南語音 Tsat.△國語注音ㄓㄚ。
　　上二字，廣韻「側八切」。〔R.J〕. juk. ʒʌ.〔國音入聲
　　〕ㄓㄚ。

bat
拔　△(義與曷韻同) 擢也。形聲。△閩南語音 Poa̍t. poa̍h.
　　pu̍ih. phoa̍h.△國語注音①ㄅㄚ②ㄅㄚˇ。

菝　△菝葜，草名。楚人謂鐵菱角 (集韻)。形聲。△閩南語音
　　Pat. poa̍t.△國語注音ㄅㄚ。
　　上二字，廣韻「蒲八切」。〔R.J.〕 bak. bʌ.〔國音入聲
　　〕ㄅㄚ。

k'at.
戛　△勁也 (集韻)。形聲。△閩南語音 Khiat. △國語注音①
　　ㄐㄧㄚ②ㄐㄧㄝ。

劼　△慎也。形聲。△閩南語音 Kiat. khiat.△國語注音①
　　ㄐㄧㄝ②ㄐㄧㄚ。

刮　△剝面也。形聲。△閩南語音 Khat. khiat.△國語注音①
　　ㄍㄧㄚ②ㄐㄧㄚ。

擖　△刮也。形聲。△閩南語音 Kat.△國語注音ㄍㄨㄚ。
　　上四字，廣韻「恪八切」。〔R. J.〕jiek. dʒie.〔國音入
　　聲〕ㄐㄧㄝ（ㄐㄧㄚ）。

ɤat

猾　△亂也。擾也。黠也。亦獸名（玉篇）。形聲。△閩南語音
　　Kút. kut.△國語注音ㄏㄨㄚ́。

鶻　△鶻鳩也，小種鳩。形聲。△閩南語音 Kut. kút.△國語注
　　音①ㄍㄨ̌②ㄏㄨ̀。

鯝　△魚名，如蛇，四足，食魚（山海經）。形聲。△閩南語音
　　Kut. kút.△國語注音①ㄏㄨㄚ́②ㄍㄨ̌。

蝟　△蝟蠌，螺屬。似蟹而小（爾雅）。 形聲。 △閩南語音
　　Kut. kút.△國語注音①ㄏㄨㄚ́②ㄍㄨ̌。

滑　△（與月韻義異）利也。形聲。△閩南語音 Kút.△國語注
　　音①ㄏㄨㄚ́②ㄍㄨ̌。
　　上五字，廣韻「戶八切」。 〔R.J.〕Huak. huʌ.〔國音
　　入聲〕ㄏㄨㄚ́。

pat

八　△別也。指事。△閩南語音 Pat. poeh.△國語注音ㄅㄚ。
　　上一字，廣韻「博拔切」。〔R.J.〕bak. bʌ.〔國音入聲
　　〕ㄅㄚ́。

tuat

窡　△穴中見也。形聲。△閩南語音 Toat.△國語注音①ㄨㄚ②
　　ㄉㄨㄛ。

鷞　△（廣韻鎋韻重出，又「丁刮切」）鷞鳩也（同前字義）。
　　形聲。△閩南語音 Toat.△國語注音ㄉㄨㄛ。
　　上二字，廣韻「丁滑切」。〔R.J.〕duok. duɔ.〔國音入聲
　　〕ㄉㄨㄛ。

ɔuat

嘪　△飯食，唊嚌聲（廣韻）。形聲。△閩南語音 Koat.△國語
　　注音①ㄨㄚ②ㄍㄨㄚ。

　　上一字，廣韻「烏八切」。〔R.J.〕guak. guʌ.〔國音入
　　聲〕ㄍㄨㄚ̇（ㄨㄚ̇）

nuat

豽　△（同狪）獸，無前足。海狗也。形聲。△閩南語音 Lút.
　　△國語注音ㄋㄚ。

肭　△（集成誤植作「胐肉」）獸名，膃肭，海狗也。形聲。△閩
　　南語音 Lut.△國語注音ㄋㄚ。

　　上二字，廣韻「女滑切」。〔R.J.〕nak. nʌ.〔國音入聲
　　〕ㄋㄚ。

tsʼat

察　△覆審也。形聲。△閩南語音 Chhat.△國語注音ㄔㄚ。

齴　△（廣韻書作「齴」）齒利也。一曰磢也（集韻）。形聲
　　。△閩南語音 Chhat.△國語注音ㄔㄚ。

蔡　△草名，有毒，殺魚。又草芥也（集韻）。形聲。△閩南語
　　音 Chhat.△國語注音ㄔㄚ。

　　上三字，廣韻「初八切」。〕R.J.〕chak. tʃʌ.〔國音入
　　聲〕ㄔㄚ̇。

kat

戛　△戟也。會意。△閩南語音 Khiat.△國語注音ㄐㄧㄚ。

秸　△（稭或字）禾，稿去其皮，祭天以爲席也。形聲。△閩南
　　語音 Khiat.△國語注音ㄐㄧㄚ。

嘠　△鳥聲（廣韻）。形聲。△閩南語音 Khiat.△國語注音①
　　ㄍㄚ̇②ㄍㄚ。

扴　△刮也。形聲。△閩南語音 Khiat.△國語注音ㄐㄧㄚ。

𥑮 △碣𥑮，搖目吐舌也。又盛怒也（玉篇）。形聲。△閩南語音Khiat.△國語注音ㄐㄧㄚˊ。

圿 △塵垢也。形聲。△閩南語音 Khiat. △國語注音ㄐㄧㄚˊ。

砎 △礣砎，小石。一曰磨也（集韻）形聲。△閩南語音 Kài. △國語注音ㄐㄧㄝ。

頡 △直項也。形聲。△閩南語音 Khiat.△國語注音①ㄐㄧㄚˊ ②ㄒㄧㄝˊ③ㄐㄧㄝˊ。

上八字，廣韻「古黠切」。〔R.J.〕 jiak. dʒiʌ.〔國音入聲〕ㄐㄧㄚ̇。

ʔat

軋 △輾ㄖ。形聲。△閩南語音 At. Ut. △國語注音①ㄍㄚˊ② ㄧㄚˋ。

圠 △（集成誤作「北」）土密凝也。坱圠，不測貌（方言）。形聲。△閩南語音 At. △國語注音ㄧㄚˋ。

揠 △拔也。形聲。△閩南語音 At. △國語注音ㄧㄚˋ。

猰 △猰貐，獸名。類貙，虎爪，食人，迅走（爾雅）。形聲。△閩南語音At. △國語注音ㄧㄚˋ。

上四字，廣韻「烏黠切」。〔R. J.〕 yak. iʌ.〔國音入聲〕ㄧㄚ̇。

s̥at

殺 △戮也。形聲。△閩聯語音 Sài. Sat. Thài. thâi.△國語注音ㄕㄚ②ㄕㄞ。

蔱 △蔱藷，草名。又名莖莢。又椒也（爾雅）。形聲。△閩南語音 Sat.△國語注音ㄕㄚ。

榝 △似茱萸，出淮南。形聲。△閩南語音 Sat. △國語注音ㄕㄚ。

鎩 △鈹有鐔也。鐔，劍鼻也。鈹有不爲鼻者，刀裝之則否。又

長刄矛也。殘也。形聲。△閩南語音 Sat. △國語注音①ㄕㄚ②ㄕㄞ。

上四字，廣韻「所八切」。〔R.J.〕shak. ʃʌ.〔國音入聲〕ㄕㄚ̇。

mat

眡　△（集成誤植爲「耶」）直視也。形聲。△閩南語音 Pì. △國語注音①ㄒㄧˋ②ㄇㄧˋ③ㄅㄧˋ④ㄇㄚˋ。

上一字，廣韻「莫八切」〔R.J.〕 mak. mʌ.〔國音入聲〕ㄇㄚ̇。

xuat

傄　△傛傄，健貌。無憚也。（廣韻）會意。△閩南語音 Hat. △國語注音①ㄍㄨㄚ②ㄒㄧㄚ。

上一字，廣韻「呼八切」。〔R.J.〕guak. guʌ.〔國音入聲〕ㄍㄨㄚ̇（ㄒㄧㄚ̇）。

n̥at

疒　△瘡痛也。形聲。△閩南語音 Ap. △國語注音ㄋㄧㄝ。

上一字，廣韻「女黠切」。〔R.J.〕niek. nie.〔國音入聲〕ㄋㄧㄝ̇。

nguat

鼿　△（同䠎）䠎鼿不安貌。又危也（易經）。屈也。形聲。△閩南 Giat.△國語注音ㄋㄧㄝ。

上一字，廣韻「五滑切」。〔R. J.〕niek. nie.〔國音入聲〕ㄋㄧㄝ̇。

p'at

汃　△西極之水也。又聲也。澎汃、湍聲也。水光也（文選）。形聲。△閩南語音 Pin. phat. △國語注音ㄆㄚ。

上一字，廣韻「普八切」。〔R.J.〕pak. pʌ.〔國音入聲

〕ㄆㄚˊ。

tsuat
茁　△草初生地貌。形聲。　△閩南語音 Tsoat. △國語注音面ㄓ
　　ㄨㄛ。

　　上一字，廣韻「鄒滑切」。〔R.J.〕chuok. tʃuɔ.〔國音
　　入聲〕ㄓㄨㄛ。

ɤæt
舝　△車軸端鍵也。形聲。△閩南語音 Hat. △國語注音ㄒㄧㄚˊ。
　　上一字，廣韻「胡瞎切」。〔R.J.〕shiak. ʃiʌ.〔國音入
　　聲〕ㄒㄧㄚˊ。

ʔæt
圓　△駝鳴也。形聲。△閩南語音 Ap.△國語注音ㄐㄧㄝˊ。

鷑　△鷑鳩，似伯勞而小，鳥屬（爾雅）。形聲。△閩南語音
　　At. △國語注音ㄐㄧㄝˊ。

　　上二字，廣韻「乙鎋切」。〔R .J.〕jiek. dʒie.〔國音入
　　聲〕ㄐㄧㄝˊ。

ngæt
齾　△缺齒也。形聲。△閩南語音 Ap.△國語注音①ㄋㄧㄝˊ②
　　ㄧㄚˊ。

　　上一字，廣韻「五鎋切」。〔R.J.〕yak iʌ.〔國音入聲
　　〕ㄧㄚˊ（ㄐㄧㄚˊ）。

tʂ'æt
刹　○△柱也。土也。僧寺也（華嚴經）。形聲。△閩南語音
　　Chhat.△國語注音ㄔㄚˊ。

　　上一字，廣韻「初鎋切」。〔R.J.〕chak. tʃʌ.〔國音入
　　聲〕ㄔㄚˊ。

k'æt
楬　△楬櫫也。形聲。△閩南語音 Kiat.△國語注音ㄑㄧㄚˊ。

上一字，廣韻「枯鎋切」。〔R.J.〕 chiak. tʃiʌ.〔國音
入聲〕くーＹ̇。

xæt

瞎 △（廣韻作「鬜」）鬢禿也。形聲。△閩南語音 Hat. △國
語注音ㄒㄧㄚ。

瞎 △一目合也。又目盲也（篇海）。形聲。△閩南語音 Hat.
△國語注音ㄒㄧㄚ。

上二字，廣韻「許鎋切」。〔R.J.〕 shiak. ʃiʌ.〔國音入
聲〕ㄒㄧＹ̇。

t'æt

獺 △（通曷韻）水狗也，形聲。△閩南語音 Thoah. △國語注
音①ㄊㄚ②ㄊㄚ̇。

上一字，廣韻他鎋切。〔R.J.〕 tak. tʌ.〔國音入聲〕ㄊＹ̇。

kæt

鴰 △鴰鶬，鳳皇屬也（廣雅）。形聲。△閩南語音 Koat.
△國語注音ㄍㄨㄚ。

刮 △掊杷也。形聲。△閩南語音 Koat. huih.△國語注音①
ㄍㄨㄚ②ㄎㄚ。

上二字，廣韻「古頒切」。〔R.J.〕 guak. guʌ〔國音入
聲〕ㄍㄨＹ̇。

tͦuæt

錣 △（同墊）策端有鍼，以刺馬也。又箠也（淮南子）。形聲
。△閩南語音 Toat.△國語注音①ㄓㄨㄟ②ㄓㄨㄜ。

上一字，廣韻「丁刮切」。〔R.J.〕 juok. ʒuɔ.〔國音入
聲〕ㄓㄨㄜ。

suæt

刷 △刮也。形聲。△閩南語音 Soat. seh. chhòe. △國語注音
①ㄕㄨㄚ②ㄕㄨㄚ̇。

上一字，廣韻「數刮切」。〔R.J.〕shuak. ∫uʌ. 〔國音入聲〕ㄕㄨㄚˊ。

nguæt

刖　△（本音月）絕也。形聲。△閩南語音 Goåt.△國語注音①ㄩㄝ②ㄕㄨㄚˊ。

上一字，廣韻「五刮切」。〔R. J.〕yuek. iue. 〔國音入聲〕ㄩㄝ（ㄨㄚˊ）。

mæt

帕　△額際首飾（玉篇）。形聲。△閩南語音 Phà. phè.△國語注音ㄆㄚˋ。

帓　△巾也（玉篇）。形聲。△閩南語音Boåt.△國語注音ㄇㄛˋ。

上二字，廣韻「莫鎋切」。〔R.J.〕mak. mʌ. 〔國音入聲〕ㄇㄚˋ（ㄆㄚˋ）

nuæt

妠　△娶也。婠妠，小兒肥貌（集韻）。形聲。△閩南語音 Låp.△國語注音ㄋㄚˋ。

上一字，廣韻「女刮切」。〔R.J〕nak. nʌ. 〔國音入聲〕ㄋㄚˋ。

kæt

鶃　△鷊薛鳥也。鳧屬。形聲。△閩南語 Ap. △國語注音ㄋㄧㄝˋ。

上一字廣韻「五鎋切」。〔R.J.〕niek. nie. 〔國音入聲〕）ㄋㄧㄝˋ。

tæt

晰　△（晹或字）鳥聲（集韻）。形聲。△閩南語音Sek. Tiåt.△國語注音ㄒㄧ。

上一字，廣韻「陟鎋切」。〔R.J.〕shik. ∫i. 〔音入聲〕ㄒㄧ。

九　屑

（含廣韻「屑、薛」二韻）

siɛt

屑　△（本作屑）動作切切也。形聲。△閩南語音 Siat. sap.
seh. sut.△國語注音ㄒㄧㄝ。

楔　△櫼子（即楔子）。形聲。△閩南語音 Siat.△國語注音①
ㄒㄧㄝ②ㄒㄧㄝ。

蹀　△蹩蹀，旋行貌（集韻）。形聲。△閩南語音 Siat.△國語
注音ㄙㄚ。
上三字，廣韻「先結切」。〔R.J.〕shiek. ʃie. 〔國音入
聲〕ㄒㄧㄝ。

ts'iɛt

切　△刌也。割也。斷也。形聲。△閩南語音 Chhè. chhiat.
△國語注音ㄑㄧㄝ。

竊　△盜自中出曰竊。形聲。△閩南語音 Chhiap. chhoah.　△
國語注音ㄑㄧㄝ。
上二字，廣韻「千結切」。〔R.J.〕chiek. tʃie 〔國音入
聲〕ㄑㄧㄝ。

kiɛt

結　△締也。形聲。△閩南語音 Kiat. kat.△國語注音ㄐㄧㄝ。

潔　△瀞也。白也。形聲。△閩南語音 Kiat. koeh.△國語注音
ㄐㄧㄝ。

蛣　△（廣韻作「蟜」，疑古寫）蝎也。形聲。△閩南語音
Kiat. khiap.△國語注音ㄐㄧㄝ。

拮　△口手共有所作也。又作拮據。形聲。△閩南語音 Khiat.

△國語注音ㄐㄧㄝ。

上四字，廣韻「吉屑切」。〔R.J.〕jiek. dʒie.〔國音入聲〕ㄐㄧㄝ。

tsiɛt
節 △約也（竹節）。形聲。△閩南語音 Chiat. Tsat. tsoeh. △國語注音ㄐㄧㄝ。

癤 △瘍之小者，血氣不通而生。又結也（正字通）。形聲。△閩南語音 Chiat.△國語注音①ㄐㄧㄝ②ㄐㄧㄝ。

榤 △（本作「楷」）櫳櫨也。柱上櫳也（即柱上雕飾）。會意。△閩南語音 Chiat.△國語注音ㄐㄧㄝ。

上三字，廣韻「子結切」。〔R.J.〕jiek. dʒie.〔國音入聲〕ㄐㄧㄝ。

xiuɛt
血 △祭所薦牲血也。象形。△閩南語音 Hiat. hiuh.△國語注音①ㄒㄩㄝ②ㄒㄧㄝ。

窢 △空貌。形聲。△閩南語音 Hiat. khiat.△國語注音①ㄙ②ㄒㄩㄝ。

瞲 △驚視貌。又目深貌（類篇）。形聲。△閩南語音 Hiat. Hit. Khiat. khiak.△國語注音①ㄙ②ㄒㄙ③ㄐㄩㄝ。

泬 △水從孔穴疾出也。形聲。△閩南語音 Hiat. Hiat.△國語注音ㄒㄩㄝ。

上四字，廣韻「呼決切」。〔R.J.〕shiuek. ʃiue.〔國音入聲〕ㄒㄩㄝ。

k'iuɛt
缺 △（又傾雪切）器破也。形聲。△閩南語音 Khoat. khat. kheh. khih.△國語注音ㄑㄩㄝ。

闋　△事已閉門也。　形聲。　△閩南語音 Khoat.　△國語注音
　　ㄑㄩㄝ。

　　上二字，廣韻「苦穴切」。〔R.J.〕 chiuek. tʃiue. 〔國
　　音入聲〕ㄑㄩㄝ。

kiuɛt

決　△（集成作「决」）下流也。形聲。△閩南語音 Koat.△國
　　語注音ㄐㄩㄝ。

訣　△訣別也。一曰法也。死別也。辭也（說文新附）。形聲。
　　△閩南語音 Koat.△國語注音ㄐㄩㄝ。

譎　△權詐也。益、梁（州）曰欺。欺天下曰譎。形聲。△閩南
　　語音 Khiat.△國語注音ㄐㄩㄝ。

玦　△玉佩也。形聲。△閩南語音 Koat.△國語注音ㄐㄩㄝ。

鴂　△寧鴂（子規）也。形聲。△閩南語音 Kiat.△國語注音①
　　ㄐㄩㄝ②ㄐㄩ。

觼　△（同鐍）環之有舌者。形聲。△閩南語音 Koat.　△國語
　　注音ㄐㄩㄝ。

鐍　△（與觼同）環之有舌者。形聲。△閩南語音 Koat.△國語
　　注音①ㄐㄩㄝ。

趹　△馬行貌。形聲。△閩南語音Koat.△國語注音ㄐㄩㄝ。

蚗　△（集成課植作「蚗」）蚥蚗，蛁蟟也。形聲。△閩南語音
　　Koat.△國語注音ㄐㄩㄝ。

觖　△缺也。望也。缺望，猶「怨望」。　形聲。△閩南語音
　　Koat. khoat.△國語注音ㄐㄩㄝ。

　　上十字，廣韻「古穴切」。〔R.J.〕jiuek. dʒiue. 〔國音
　　入聲〕ㄐㄩㄝ。

ɣiuɛt

穴　△土室也。形聲。△閩南認音 Hiat. △國語注音①ㄒㄩㄝ

②ㄒㄩㄝ。

上一字，廣韻「胡決切」。〔R.J.〕shiuek. siue.〔國音入聲〕ㄒㄩㄝ。

ʔiuɐt

抉　△挑也。形聲。△閩南語音 Koat.　△國語注音ㄐㄩㄝ。

上一字，廣韻「於決切」。〔R.J.〕jiuek. dʒiue.〔國音入聲〕ㄐㄩㄝ。

diɛt

昳　△日昃也。形聲。△閩南語音 Tiȧt.△國語注音ㄉㄧㄝ。

耋　△年八十曰耋。形聲。　△閩南語音 Tiȧt.　△國語注音ㄉㄧㄝ。

瓞　△胲（小瓜）也。形聲。　△閩南語音 Tiȧt.△國語注音ㄉㄧㄝ。

絰　△喪首戴也。形聲。△閩南語音 Tiȧt.△國語注音ㄉㄧㄝ。

跌　△踢也。形聲。　△閩南語音 Tiȧt. poȧh.　△國語注音ㄉㄧㄝ。

垤　△螘封也。形聲。△閩南語音 Tiȧt.△國語注音ㄉㄧㄝ。

凸　△高起貌（又音突）。象形兼指事。△閩南語音 Phok.△國語注音①ㄉㄧㄝ②ㄊㄨ。

軼　△（又音逸）車相出也。形聲。△閩南語音 Ėk. Iȧk. Tiȧt.△國語注音①一②ㄉㄧㄝ。

迭　△更迭也。形聲。　△閩南語音 Ėk. Tiȧt.　△國語注音ㄉㄧㄝ。

姪　△（又音質，通質韻）女子謂兄弟之子也。形聲。△閩南語音 Tit.△國語注音①ㄓ②ㄉㄧㄝ。

咥　△（通質韻）大笑也。笑貌。形聲。△閩南語音 Hì.△國語注音ㄉㄧㄝ。

上十一字，廣韻「徒結切」。〔R.J.〕diek. die.〔國語入聲〕ㄉㄧㄝ。

t'iɛt

鐵　△黑金也。形聲。△閩南語音 Thiat. thih.△國語注音ㄊㄧㄝ。

飻　△（同飻）貪也。形聲。　△閩南語音 Thiat.△國語注音ㄊㄧㄝ。

上二字，廣韻「他結切」。〔R.J.〕tiek. tie.〔國語入聲〕ㄊㄧㄝ。

ɣiɛt

纈　△綵纈也。又擊也。病目空花也（玉篇）。形聲。△閩南語音 Khiat.△國語注音ㄒㄧㄝ。

襭　△以衣衽扱物謂之襭。形聲。△閩南語音 Khiat.△國語注音ㄒㄧㄝ。

齕　△（集成誤植作「齕」）齧也。形聲。△閩南語音 Hek.△國語注音①ㄏㄜ②ㄒㄧㄝ。

頡　△（義與黠韻異）直項也。又猶大也。頡頏，上下不足也。又飛而上曰頡，下曰頏。形聲。△閩南語音 Khiat.△國語注音ㄒㄧㄝ。

擷　△（義同上襭字）扱衽也。又採取也。形聲。△閩南語音 Kkiat.△國語注音①ㄒㄧㄝ②ㄐㄧㄝ。

覈　△實也，又邀也。形聲。　△閩南語音 Hek. Hut.△國語注音①ㄏㄜ②ㄒㄧㄝ。

絜　△麻一耑（一束）也。又清也，明也。又度也，約束也，提也。形聲。△閩南語音 Hiat. Hiat. kiat. khiat.△國語注音①ㄒㄧㄝ②ㄐㄧㄝ。

上七字，廣韻「胡結切」。〔R.J.〕shiek. ʃie.〔國語入聲〕ㄒㄧㄝˋ。

niɛt

捏　△捺也，搦也（字林）。形聲。△閩南語音 Gé. Gí. Liap. liȧp.△國語注音ㄋㄧㄝ。

篞　△樂器也。大管謂之籟，其中謂之「篞」（爾雅）。形聲。△閩南語音 Liap.△國語注音ㄋㄧㄝ。

涅　△黑土在水中者也。形聲。△閩南語音 Liap.△國語注音ㄋㄧㄝ。

苶　△（又如列切）疲貌。一曰止也（集韻）。形聲。△閩南語音 Liap.△國語注音ㄋㄧㄝ。

上四字，廣韻「奴結切」。〔R.J.〕niek. nie.〔國語入聲ㄋㄧㄝ。

dziɛt

截　△（又作裁）斷也。形聲。△閩南語音 Chiȧt. tsȧh. tsoėh.△國語注音ㄐㄧㄝ。

岊　△（集成作「屵」）陬隅，高山之卪也。會意。△閩南語音 Chiȧt.△國語注音ㄐㄧㄝ。

嶻　△嶻嶭，山也。在左馮翊池陽。形聲。△閩南語音 Chiȧt. Tsai. tsat.△國語注音ㄐㄧㄝ。

上三字，廣韻「昨結切」。〔R.J.〕jiek. dʒie.〔國語入聲〕ㄐㄧㄝ。

ngiɛt

齧　△噬也。缺也。形聲。△閩南語音 Giat.△國語注音ㄋㄧㄝ。

臬　△射臬（牆上之射靶），的也。形聲。△閩南語音 Giat.

giȧt. △國語注音ㄋㄧㄝ。

闃　△門梱也。梱，門橜也。形聲。　△閩南語音 Giat. giȧt.
△國語注音ㄋㄧㄝ。

齧　△齘𩫩，不安貌。危也。　形聲。△閩南語音 Giat. △國語
注音ㄋㄧㄝ。

嶭　△山中絕貌。屼貌，山貌（集韻）。形聲。　△閩南語音
Giat.△國語注音ㄋㄧㄝ。

嶭　△嵽嶭，山高貌（集韻）。形聲。△閩南語音 Giet. △國語
注音ㄋㄧㄝ。

陧　△危也。形聲。△閩南語音 Giat.△國語注音ㄋㄧㄝ。

蛪　△寒蜩也（寒蟬）。形聲。△閩南語音 Gê. △國語注音①
ㄋㄧˋ②ㄋㄧㄝ。

辥　△辠（罪）也。形聲。　△閩南語音 Giat. △國語注音
ㄋㄧㄝ。

　　上九字，廣韻「五結切」。〔R.J.〕 niek. nie.〔國語入
聲〕ㄋㄧㄝ。

miɛt

衊　△汙血也。形聲。△閩南語音 Biȧt.△國語注音ㄇㄧㄝ。

蔑　△勞目無精也，人勞則然。又削也，滅也。形聲。△閩南語
音 Biȧt. △國語注音ㄇㄧㄝ。

篾　△析竹也。又竹皮。小貌（集韻）。形聲。　△閩南語音
Biȧt. bih.△國語注音ㄇㄧㄝ。

瀎　△瀎泧，飾滅也。形聲。　△閩南語音 Biȧt. △國語注音
ㄇㄧㄝ。

　　上四字，廣韻「莫結切」。〔R.J.〕miek. mie.〔國語入
聲〕ㄇㄧㄝ。

pìɛt

閉　△（音驚）闔門也。塞也。會意。△閩南語音 Pì．△國語注
①音ㄅㄧㄝˋ②ㄅㄧˋ。
　　上一字廣韻「方結切」。〔R.J.〕biek. bie. 〔國語入聲
〕ㄅㄧㄝˋ。

ʔìɛt

咽　△嗌也。形聲。△閩南語音 Ián. iàn. iat.△國語注音①
ㄧㄝ②ㄧㄢ③ㄧㄢˋ。

噎　△飯窒也。形聲。△閩南語音 It.△國語注音ㄧㄝ。
　　上二字，廣韻「烏結切」。〔R.J〕yek. ie.〔國語入聲〕
ㄧㄝ。

k'ìɛt

鍥　△「又古屑切」鎌也。形曲如鈎，用以刈穀。又刻也。形聲
。△閩南語音 Khiat. keh. koeh.△國語注音ㄑㄧㄝ。

挈　△縣持也。會意。△閩南語音 Khiat. 。△國語注音①ㄑㄧˋ
②ㄑㄧㄝ。

契　△（又苦計切）契濶。勤苦也。遠隔也。又戲也（集韻）。
會意。△閩南語音 Khè. khiat. Siat. khòe.△國語注音
①ㄑㄧˋ②ㄑㄧㄝ。
　　上二字，廣韻「古結切」〔R.J.〕chiek. tʃie〔國語入聲
〕ㄑㄧㄝ。

p'ìɛt

瞥　△過目也。又目翳也。形聲。△閩南語音 Pè. piat. phiat.
△國語注音ㄆㄧㄝ。

撆　△別也。一曰擊也。形聲。△閩南語音 Piat. phiat. pih.
phoat.△國語注音ㄆㄧㄝ。
　　上二字，廣韻「普蔑切」。〔R.J.〕Piek. pie.〔國語入

聲〕ㄆㄧㄝ。

bizt

㢝　△踶（小踢）也。形聲。△閩南語音 Piat. Phiat.△國語注
音ㄅㄧㄝ。

批　△（廣韻作「挩」，義反擊也。批之擊義，疑後出，通齊韻
。）音㢝。擊也，推也。排也（左傳）。形聲。△閩南語
音 Phi. phoe.△國語注音ㄆㄧ。
　　上二字，廣韻「蒲結切」。〔R.J.〕biek. bie. 〔國語入
聲〕ㄅㄧㄝ。

tizt

蛭　△（通質廣，又音質）蟣也。形聲。△閩南語音　Chit.
Tiát.國語注音①ㄓ②ㄅㄧㄝ。
　　上一字，廣韻「丁結切」。〔R.J.〕diek. die.〔國語入聲
〕ㄅㄧㄝ（ㄓ）。

lizt

捩　△拗也，抗也。形聲。　△閩南語音 Lē. liát.△國語注音
ㄌㄧㄝ。
　　上一字，廣韻「練結切」。〔R.J.〕liek. lie.△國語注音
ㄌㄧㄝ。

sizt

泄　△泄水，受九江、博安，洵波北入氏。形聲。△閩南語音
È. Siat.△國語注音①ㄒㄧㄝ②ㄧ。

媟　△嬻也。形聲。△閩南語音 Siat.△國語注音ㄒㄧㄝ。

褻　△私服。形聲。△閩南語音 Siat.　△國語注音ㄒㄧㄝ。

齛　△羊粻也（即羊食，吐後復嚼之。反芻也。）形聲。△閩南
語音 Sè.　△國語注音ㄒㄧㄝ。

薛　△草也。形聲。△閩南語音 Siat. sih.△國語注音ㄒㄩㄝ。

紲 △犬系也。形聲。△閩南語音。△國語注音 Siat. △國語注
　　音ㄒㄧㄝ。

渫 △除去也。形聲。△閩南語音 Tiàp.△國語注音ㄒㄧㄝ。
　　上七字，廣韻「私列切」。〔R.J.〕shiek. ʃie.〔國語入
　　聲〕ㄒㄧㄝ。

liæt

列 △ 分解也。會意。△閩南語音 Liàt.△國語注音ㄌㄧㄝ。

烈 △火猛也。形聲。△閩南語音 Liàt.△國語注音ㄌㄧㄝ

裂 △繒餘也。形聲。△閩南語音 Liàt. leh. lih.△國語注音
　　ㄌㄧㄝ。

茢 △芳（茖）也。木名，可掃不祥。形聲。△閩南語音 Liàt.
　　△國語注音ㄌㄧㄝ。

蛚 △蜻蛚也（即蜻蜓）。形聲。△閩南語音 Liàt. △國語注音
　　ㄌㄧㄝ。

洌 △水清也。形聲。 △閩南語音 Lē. Liàt. △國語注音
　　ㄌㄧㄝ。

冽 △ （集成誤植爲「冽」） 凓冽也。形聲。 △閩南語音
　　 Liàt. △國語注音ㄌㄧㄝ。

颲 △颲颲也。形聲。 △閩南語音 Liàt. △國語注音ㄌㄧㄝ。
　　上八字，廣韻〔良辥切〕。〔R.J.〕liek. lie.〔國語入聲
　　〕ㄌㄧㄝ。

ţiæt

哲 △知也。形聲。△閩南語音 Tiàt.△國語注音ㄓㄜ。
　　上一字，廣韻「陟列切」。〔R.J.〕 jek. ʒə.〔國語入聲
　　〕ㄓㄜ

giat

傑 △傲也。秀出也。形聲。△閩南語音 Kiàt.。△國語注音

ㄐㄧㄝ。

碣　△特立之石也。形聲。△閩南語音　Kiàt.　△國語注音
　　ㄐㄧㄝ。

竭　△負舉也。形聲。△閩南語音　Kiàt.△國語注音ㄐㄧㄝ。

揭　△（又丘謁切）高舉也。形聲。△閩南語音　Kiat. kiàt.
　　khè. khiat.△國語注音①ㄐㄧㄝ②ㄑㄧ。

偈　△武貌。健也。族也（集韻）。形聲。△閩南語音　Kiat.
　　kiàt. khi.△國語注音①ㄐㄧㄝ②ㄐㄧ。

楬　△（與月韻同義）楬櫫也。形聲。△閩南語音　Kiàt.△國語
　　注音①ㄐㄧㄝ②ㄑㄧㄚ。

桀　△磔也。會意。△閩南語音　Kiàt.△國語注音ㄐㄧㄝ。
　　上七字，廣韻「渠列切」。〔R.J.〕jiek. dʒie.〔國語入
　　聲〕ㄐㄧㄝ。

n'iæt

熱　△溫也。形聲。△閩南語音　Jiàt. joaàh.△國語注音ㄖㄜ。
　　上一字，廣韻「如列切」〔R.J.〕rek. rə.〔國語入聲〕
　　ㄖㄜ（白）。

tśiæt

折　△（又常列切）斷也，从斤斷草。會意。△閩南語音Chiat.
　　chih.△國語注音ㄓㄜ。

浙　△江水東至會稽山陰，爲浙江。形聲。△閩南語音　Chiat.
　　△國語注音ㄓㄜ。

晢　△（集成誤植作「晣」）昭晢，明也。形聲。△閩南語音
　　Chè. Chiat.△國語注音ㄓㄜ。
　　上三字，廣韻「旨熱切」。〔R.J.〕jek. ʒə.〔國語入聲〕
　　ㄓㄜ。

źiæt

舌　△在口所以別味者也。會意。△閩南語音 Siat. chih. △國
　　語注音ㄕㄜ。

撲　△閱持也。形聲。△閩南語音 Siap. Tiáp. △國語注音
　　ㄕㄜ。

　　上二字，廣韻「食列切」。〔R.J.〕shek. ʃə.〔國語入聲
　　〕ㄕㄜ。

dźiæt

折　△（音舌）斷也。形聲。△閩南語音 Chiat. chih.△國語注
　　音①ㄕㄜ②ㄓㄜ③ㄓㄜ。

　　上一字，廣韻「常列切」。〔R.J〕shek. ʃə.〔國語入聲
　　〕ㄕㄜ。

ngiat

藝　△衣服、歌謠、草木之怪，謂之祅。禽獸，蟲蝗之怪，謂之
　　蠥。形聲。△閩南語音 Giát △國語注音ㄋㄧㄝ。

讞　△讞之言白也。又請也。平也。平議也（禮記）。形聲。△
　　閩南語音 Giát. Hiàn.△國語注音①ㄋㄧㄝ②ㄧㄢ。

孽　△庶子也。形聲。△閩南語音 Giát. giáp. △國語注音
　　ㄋㄧㄝ。

櫱　△（曷韻同）櫱或字。伐木餘也。又絕也。形聲。△閩南語
　　音Giát. △國語注音ㄋㄧㄝ。

蘗　△（集成誤也作「蘗」）生牙（芽）米也。又麴蘗也。形聲
　　。△閩南語音 Giát.△國語注音ㄋㄧㄝ。

　　上五字，廣韻「魚列切」。〔R.J.〕niek. nie.〔國語入聲〕
　　ㄋㄧㄝ。

miæt

滅　△盡也。形聲。△閩南語音 Biát. △國語注音ㄇㄧㄝ。

上一字，廣韻「亡列切」。〔R.J.〕miek. mie.〔國語入聲〕ㄇㄧㄝ。

piæt

蠽　△甲蟲也。形聲。△閩南語音 Piat. pih.△國語注音ㄅㄧㄝ。

鷩　△赤雉也。形聲。△閩南語音 Chhióng.△國語注音ㄅㄧˋ。

上二字，廣韻「並列切」。〔R.J.〕biek. bie、〔國語入聲〕ㄅㄧㄝ。

dziuæt

絕　△斷絲也。形聲 △閩南語音 Tsoat. Chèh.△國語注音ㄐㄩㄝ。

上一字，廣韻「情雪切」。〔R.J.〕jiuek. dʒiue.〔國語入聲〕ㄐㄩㄝ。

tsiuæt

蕝　△朝會束茅，表坐位曰蕝。又同蕞。形聲。△閩南語音 Chhoat.△國語注音ㄐㄩㄝ。

上一字，廣韻「子悅切」。〔R.J.〕jiuek. dʒiue〔國語入聲〕ㄐㄩㄝ。

siuæt

雪　△（本作䨮）冰雨說物者也。又洗也，除也。會意。（甲文象形）。△閩南語音 Soat. sap. sat. seh.△國語注音①ㄒㄩㄝ②ㄒㄩㄝ。

上一字，廣韻「相絕切」。〔R.J.〕shiuek. ʃiue.〔國語入聲〕ㄒㄩㄝ。

oiuæt

說　△（同悅）喜悅也。形聲。△閩南語音 Iat.△國語注音①ㄩㄝ②ㄕㄨㄛ③ㄕㄨㄟ。

悅　△（同兌）悅爲後起字。喜悅也。形聲。△閩南語音 Iȧt.
　　△國語注音ㄩㄝ。

閱　△具數於門中也。形聲。△閩南語音 lȧt.△國語注音ㄩㄝ。

梲　△（同棳）梁上楹也。亦音拙。形聲。△閩南語音 Thoat.
　　Tsoat. △國語注音ㄓㄨㄛ。

　　　上四字，廣韻「弋雪切」。〔R.J.〕yuek. iue.〔國語入
　　　聲〕ㄩㄝ。

ń'iuæt
爇　△燒也。形聲。△閩南語音 Jiȧt. joȧt. Siat. △國語注音①
　　ㄖㄨㄛ②ㄖㄜ。

　　　上一字，廣韻「如列切」。〔R.J.〕ruok. ruɔ.〔國音入
　　　聲〕ㄖㄨㄛ。

śiuæt
說　△（言說之說）釋也。形聲。△閩南語音 Soat. Iȧt. Sòe.
　　seh. △國語注音ㄕㄨㄛ。

　　　上一字，廣韻「失爇切」。〔R.J.〕　shuok. ʃuɔ.〔國音
　　　入聲〕ㄕㄨㄛ。

ts'iuæt
拙　△不巧也。形聲。△閩南語音 Tsoat.△國語注語ㄓㄨㄛ。

準　△（又章允切」音拙，鼻也。頯權準也。形聲。△閩南語音
　　Tsún.△國語注音①ㄓㄨㄛ②ㄓㄨㄣ。

　　　上二字，廣韻「職悅切」。〔R.J.〕　juok. ʒuɔ.〔國音入
　　　聲〕ㄓㄨㄛ。

tś'iuæt
啜　△嘗也。形聲。△閩南語音 Chhoat. Toat. Tsoat. chheh.
　　△國語注音ㄔㄨㄛ。

歠　△啜也（飲也）。形聲。△閩南語音 Chhoat. △國語注音

ㄔㄨㄜ。

上二字，廣韻「昌悅切」。〔R.J.〕chuok. tʃuɔ.〔國語入聲〕ㄔㄨㄜ。

tiuæt

綴　△拘也。止也（禮記）。形聲。△閩南語音 Toat. Tsòe. △國語注音①ㄓㄨㄟ②ㄔㄨㄜ。

醊　△連祭也。又酹（祭）謂之醊（集韻）。形聲。△閩南語音 Toat.△國語注音ㄔㄨㄜ。

輟　△車小缺而復合者也。形聲。△閩南語音 Toat.△國語注音ㄔㄨㄜ。

惙　△憂也。形聲。△閩南語音 Toat.△國語注音ㄔㄨㄜ。

掇　△侵掠也。短也。形聲。△閩南語音 Toat. toah. △國語注音①ㄔㄨㄜ②ㄉㄨㄛ。

畷　△兩陌間道也。廣六尺。形聲。△閩南語音 To at. tsoat. tsòe. tsoa.△國語注音①ㄓㄨㄛ②ㄔㄨㄜ。

剟　△刊也。形聲。△閩南語音 Toat. toah.△國語注音①ㄉㄨㄛ②ㄔㄨㄜ。

上七字，廣韻「陟劣切」。〔R.J.〕chuok. tʃuɔ.〔國語入聲〕ㄔㄨㄜ。

liuæt

劣　△弱也。形聲。△閩南語音 Loat.△國語注音①ㄌㄧㄝ②ㄌㄜ。

埒　△庳垣也。形聲。△閩南語音 Loat. loát. loăh.△國語注音ㄌㄜ。

鋝　△十一銖二十五分之十三也。形聲。△閩南語音 Loat.△國語注音ㄌㄜ。

上三字，廣韻「力輟切」。〔R.J.〕lek. lə.〔國音入聲〕
ㄌㄜ（劣ㄌ一ㄝ）

p'iuæt

澈　△於水中擊絮也。潎冽，流輕疾也（史記）。形聲。△閩南
　　語音 Piat. phiat. △國語注音ㄆ一ㄝ。

　　　　上一字，廣韻「芳滅切」。〔R.J.〕piek. pie〔國音入聲
　　　　〕ㄆ一ㄝ。

biat

別　△離也。又山名。會意。△閩南語音 Piat. Piȧt. pȧt. △國
　　語注音△ㄅ一ㄝ。

　　　　上一字，廣韻「皮列切」。〔R.J.〕biek. bie〔國音入聲
　　　　〕ㄅ一ㄝ。

diæt

轍　△車迹也（說文新附）。形聲。△閩南語音 Tiȧt. △國語注
　　音ㄔㄜ。

徹　△通也。形聲。△閩南語音 Thiat. △國語注音 ㄔㄜ。

撤　△剝也。除也（玉篇）。形聲。△閩南語音 Thiat. △國語
　　注音 ㄔㄜ。

澈　△水澄也。同徹。形聲。△閩南語音 Thiat .△國語注音
　　ㄔㄜ。

　　　　上四字，廣韻「直列切」。〔R.J.〕chek. tʃə.〔國音入
　　　　聲〕ㄔㄜ。

piat

別　△（本作𠛮）分解也，決也。辯也。會意。△閩南語音Pȧt.
　　△國語注音ㄅ一ㄝ。

𥸤　△種稬移蒔也。別也（玉篇）。形聲。△閩南語音 Pȧt.
　　△國語注音 ㄅ一ㄝ。

上二字，廣韻「方別切」。〔R.J.〕biek. bie. 〔國音入聲〕ㄅㄧㄝˋ。

siuæt

刷 △飾也。會意。△閩南語音 Soat. △國語注音ㄕㄨㄚ。

上一字，廣韻「所劣切」。〔R.J〕shuak. ʃuʌ.〔國音入聲〕ㄕㄨㄚˇ。

kiæt

訐 △（通月韻）面相斥罪，告訐也。形聲。△閩南語音Khiat. △國語注音ㄐㄧㄝˋ。

孑 △無右臂也。又遺也，後也。指事。△閩南語音 Khiat.△國語注音ㄐㄧㄝˊ。

上二字，廠韻「居列切」。〔R.J.〕jiek. dʒie〔國音入聲〕ㄐㄧㄝˋ。

śiæt

設 △施陳也。會意。△閩南語音 Siat.△國語注音ㄕㄜˋ。

上一字，廣韻「職列切」。〔R.J.〕shek. ʃə.〔國音入聲〕ㄕㄜˋ。

niuæt

呐 △言難也。呐喍，樂也（禮記）。形聲。△閩南語音 Lùt. tùh.△國語注音①ㄋㄚˋ②ㄋㄜˋ。

上一字，廣韻「女列切」。〔R.J.〕nak. nʌ.〔國音入聲〕ㄋㄚˋ。

xiuæt

威 △滅也。會意。△閩南語音 Biat. △國語注音①ㄇㄧㄝˋ②ㄅㄧㄝˋ③ㄒㄩㄝˋ。

吷 △小聲也。又飲也（莊子）。形聲。△閩南語音 Koat.△國語注音①ㄒㄩㄝˋ②ㄐㄩㄝˋ③ㄔㄨㄛˋ。

上二字，廣韻「許劣切」〔R.J.〕shiuek. ʃiue.〔國音入聲〕ㄒㄩㄝ。

ts̬iuæt

苗　△草初生地貌。形聲。△閩南語音 Tsoat.△國語注音ㄓㄨㄛ。

上一字，廣韻「側劣切」。〔R.J.〕juok. ʒuɔ.〔國音入聲〕ㄓㄨㄛ。

ts'iæt

掣　△拔也。挽也。揭也（廣韻）。形聲。△閩南語音 Che.△國語注音ㄔㄜ。

上一字，廣韻「昌列切」。〔R. J.〕chek. tʃə.〔國音入聲〕ㄔㄜ。

tsiuæt

橇　△（通蕭韻，音敲。出集韻，本作「毳」。音蕝。子悅切。）泥行所乘。形聲。△閩南語音 Khiau.△國語注音①ㄑㄧㄠ②ㄘㄨㄟ。

上一字，廣韻（本韻）未載。疑爲後增。〔R.J.〕jiuek. dʒiue.〔國音入聲〕ㄐㄩㄝ。

十　藥

（含廣韻「藥、鐸」二韻）

oiak

藥　△治病草。形聲。△閩南語音 Iȯk. iȯk.△國語注音①ㄩㄝ
　　②一ㄠ。

躍　△（又音要）迅也，又跳也。形聲。△閩南語音 Iȯk. △國
　　語注音①一ㄠ②ㄩㄝ。

鑰　△同鑰，關下牡也（即鑰匙）。形聲。△閩南語音 Iȯk. iȯh
　　△國語注音ㄩㄝ。

籥　△書僮竹笘也。又籥或曰「籥」。若笛，短有三孔。又管籥
　　。形聲。△閩南語音 Iȯk. △國語注音ㄩㄝ。

爚　△內（納）肉及菜湯中薄（迫）出之。此字通「爚、瀹、汋
　　」，義「煮」也。形聲。△閩南語音 Iȯk. △國語注音
　　ㄩㄝ。

爚　△火光也。一曰爇也。形聲。△閩南語音 Iȯk. △國語注音
　　①ㄩㄝ②一ㄠ。

龠　△樂之竹管三孔，以和衆聲也。从品侖。侖，理也。會意。
　　△閩南語音 Iȯk. △國語注音ㄩㄝ。

礿　△夏祭也。又祭之薄者。形聲。△閩南語音 Iȯk. △國語注
　　音ㄩㄝ。

瀹　△水名。水動貌。又同瀳、藥（水經、集韻）。形聲。△閩
　　南語音 Iȯk.△國語注音①ㄩㄝ②一ㄠ。

蠩　△蛞蠩，螢也（類篇）。形聲。△閩南語音 Iȯk. △國語注
　　音ㄩㄝ。

敫　△光景流也。會意。△閩南語音 Kek. △國語注音ㄐㄧㄠ。

鸒　△天鸒，告天鳥也（爾雅）。形聲。△閩南語音 Iȯk.△國
　　語注音ㄩㄝ。

　　上十二字，廣韻「以灼切」。〔R.J.〕yuk. iue.〔國音入
　　聲〕ㄩㄝ。

liɑk

略　△經略土地也。又界也。智略也。形聲。△閩南語音 Liȯk.
　　liȧh. liȯh. liȗh.△國語注音ㄌㄩㄝ。

掠　△奪取也。笞也（說文新附、禮記）。會意。△閩南語音
　　Liȯk. lâ. lȧk. liȧh.△國語注音ㄌㄩㄝ。

掠　△磨刀。又利也（集韻）。形聲。△閩南語音 Liȯk.△國語
　　注音ㄌㄩㄝ。

蟟　△也蠡蟟。一日蜉蟟，朝生暮死。形聲。△閩南語音 Liȯk.
　　△國語注音ㄌㄩㄝ。

　　上四字，廣韻「離灼切」。〔R.J.〕liuek. liue.〔國音入
　　聲〕ㄌㄩㄝ。

kiɑk.

脚　△脛也。膝下踝上，兼脛、胕、腓之總名。又卻也。物之低
　　處曰脚。形聲。△閩南語音 Kiok. khiok.△國語注音①
　　ㄐㄧㄠ②ㄐㄩㄝ。

蹻　△履也，輕便可遠行之履。形聲。△閩南語音 Kiok. kiȯk.
　　△國語注音ㄐㄩㄝ。

蹻　△（又其虐切）舉足小高也。形聲。△閩南語音 Kiáu.
　　Kiok. khiau.△國語注音①ㄐㄧㄠ②ㄑㄧㄠ。

　　上三字，廣韻「居勺切」。〔R.J.〕jiuek. dʒiue.〔國音
　　入聲〕ㄐㄩㄝ。

tśiak.

酹　△冠，娶禮祭也。形聲。△閩南語音 Chiok. △國語注音
　　　ㄓㄨㄜ。

灼　△灸也。形聲。△閩南語音 Chiok. △國語注音ㄓㄨㄜ。

繳　△絲繩繫弋射鳥也。結繳於矢，謂之矰繳。音灼（玉篇）。
　　　形聲。△閩南語音 Chiok. Hėk. Kiáu. △國語注音①
　　　ㄓㄨㄜ②ㄐㄧㄠ。

彴　△獨梁也。徛渡也。橫木渡水也（廣雅）。形聲。△閩南語
　　　音Chiok.△國語注音ㄓㄨㄜ。

斫　△擊也。形聲。△閩南語音 Chiok. chhiok. chioh. △國語
　　　注音ㄓㄨㄜ。

焯　△明也。形聲。△閩南語音 Chiok. chhiok. Tok.△國語注
　　　音①ㄓㄨㄜ②ㄔㄨㄜ。

禚　△（集成誤植作「禚」）齊地名（春秋）。會意。△閩南
　　　語音Chiok. △國語注音ㄓㄨㄜ。
　　　上七字，廣韻「之若切」。〔R. J.〕juok. ʒuɔ.〔國音入
　　　聲〕ㄓㄨㄜ。

śiak

爍　△灼爍，光也。亦熱也。消也（說文新附）。形聲。△閩南
　　　語音 Lek. lȯk. Siok. lėk. △國語注音ㄕㄨㄜ。

鑠　△銷金也。毀也。形聲。△閩南語音 Lek. Liok. Siok.
　　　siak. △國語注音ㄕㄨㄜ。
　　　上二字，廣韻「書藥切」〔R.J.〕shuok. ʃuɔ.〔國音入
　　　聲〕ㄕㄨㄜ。

ńiak

弱　△橈也。曲木。象形。△閩南語音 Jiȯk. jiȯh. Chiá.^{n} lám.
　　　△國語注音ㄖㄨㄜ。

若　△擇菜也。一曰杜若，香草也。會意。△閩南語音 Jiók
　　jōa. lōa. nā.△國語注音①ㄖㄨㄛ②ㄖㄛ。

篛　△楚謂竹皮曰「篛」。形聲。△閩南語音 Jiók. Ló·.△國語
　　注音ㄖㄨㄛ。

蒻　△蒲子，可以爲平席。形聲。△閩南語音 Jiók. △國語注音
　　ㄖㄨㄛ

郚　△國名（左傳）。形聲。△閩南語音 Jiók. △國語注音
　　ㄖㄨㄛ。

嫋　△（廣韻本韻無此字，義與篠韻異）娉也。弱長貌。形聲。
　　△閩南語音 Liáu.△國語注音ㄋㄧㄠ。

　　　上六字，廣韻「而灼切」。〔R.J.〕ruok. ruɔ.〔國音入
　　　聲〕ㄖㄨㄛ。

tśiak

綽　△（婥或字）緩也。又柔弱貌。又仁於施舍也。諡名（綽號
　　）。形聲。△閩南語音 Chhiok. △國語注音ㄔㄨㄛ。

　　　上一字，廣韻「昌約切」。〔R.J.〕chuok. tʃuɔ.〔國音
　　　入聲〕ㄔㄨㄛ。

ʔiak

約　△纏束也。形聲。△閩南語音 Iok. ioh.△國語注音ㄩㄝ。

葯　△白芷葉也。又薄也。形聲。△閩南語音 Iok. △國語注音
　　ㄩㄝ。

　　　上二字，廣韻「於略切」。〔R.J.〕yuek. iue.〔國音入
　　　聲〕ㄩㄝ。

k'iak

卻　△（又居勺切）節卻也。形聲。△閩南語音 Khiok. khioh.
　　△國語注音ㄑㄩㄝ。

　　　上一字，廣韻「去約切」。〔R.J.〕 chiuek. tʃiue.〔國音

入聲〕ㄑㄩㄝ。

ngiak

虐　△殘也。象形。△閩南語音 Giòk.△國語注音ㄋㄩㄝ。

瘧　△寒熱休作病。形聲。△閩南語音 Giòk.△國語注音①
ㄋㄩㄝ②一ㄠ。
上二字，廣韻「魚約切」。〔R. J.〕niuek. niue.〔國音
入聲〕ㄋㄩㄝ（ㄩㄝ）。

dźiak

杓　△枓柄也。形聲。△閩南語音 Chiok. Phiau.△國語注音①
ㄕㄠ②ㄕㄨㄛ③ㄅㄧㄠ（ㄆㄧㄠ）④ㄉㄧ。

勺　△（又音酌）枓也，所以挹取也。象形。△閩南語音Chiok.
△國語注音①ㄕㄨㄛ②ㄕㄠ。

汋　△激水聲。形聲。△閩南語音 Chiok. chhiok.△國語注音
ㄓㄨㄛ。

妁　△（又音酌酌也。斟酌二姓者也。形聲。△閩南語音Chiok.
△國語注音①ㄕㄨㄛ②ㄓㄨㄛ。

芍　△（又「八雀切」「張略切」）芍藥，草名。說文：「鳧茈
也」。即「劼齊」（本草綱目）。形聲。 △閩南語音
Chiok.△國語注音①ㄕㄨㄛ②ㄕㄠ。
上五字，廣韻「市若切」。〔R. J.〕shuok. ʃuɔ.〔國音
入聲〕ㄕㄨㄛ。

ṭiak

婼　△不順也。（婼羌）。形聲。△閩南語音 Chhiok.△國語
注音①ㄔㄨㄛ②ㄦ。

逴　△遠也。形聲。△閩南語音 Chhiok.△國語注音ㄔㄨㄛ。

奱　△（同毚）獸名。又孱弱也。怵奱，奔走也（漢書）。會意
。△閩南語音 Chhiok.△國語注音ㄔㄨㄛ。

上三字，廣韻「丑略切」。〔R.J.〕chuok. tʃuɔ.〔國音入聲〕彳ㄨㄛ。

siak

削　△鞞（刀室）。形聲。△閩南語音 Siat. Siok. siah.△國語注音①ㄒㄧㄠ②ㄒㄩㄝ。

上一字，廣韻「息約切」。〔R.J.〕shiuek. ʃiue.〔國音入聲〕ㄒㄩㄝ。

tsiak

爵　△禮器也。象雀。象形。△閩南語音 Chiok.△國語注音ㄐㄩㄝ。

雀　△依人小鳥也（又與爵同）。象形。△閩南語音 Chhiok. chhek.△國語注音①ㄑㄩㄝ②ㄑㄧㄠ③ㄑㄧㄠ。

斮　△斬也。又截也。形聲。△閩南語音 Chhiok. chhek.△國語注音ㄓㄨㄛ。

爝　△（又音爵）苣火祓也。形聲。△閩南語音 Chiok.△國語注音ㄐㄩㄝ。

燋　△（同爝、又同灼）。炙也（集韻）會意。△閩南語音 Chiau. tâ. tsau.△國語注音①ㄐㄩㄝ②ㄓㄨㄛ。

上五字，廣韻「即略切」。〔R. J.〕jiuek. dʒiue.〔國音入聲〕①ㄐㄩㄝ②ㄑㄩㄝ。

dziak

嚼　△（同噍）嘗也。形聲。△閩南語音 Chiok.△國語注音①ㄐㄩㄝ②ㄐㄧㄠ。

皭　△白也（集韻）。形聲。△閩南語音 Chiok.△國語注音ㄐㄧㄠ。

上二字，廣韻「在爵切」。〔R.J.〕jiuek. dʒiue.〔國音入聲〕ㄐㄩㄝ。

ts'iak

鵲 △（同舃、誰）。鳥屬也。大如鴉而長尾，黑白夾雜，俗云「喜鵲」。形聲。△閩南語音 Chhiok. Kheh.△國語注音ㄑㄩㄝ。

猠 △（同猎）宋良犬（玉篇）。形聲。△閩南語音 Chhiok.△國語注音ㄑㄩㄝ。

碏 △左傳衞大夫石碏。又敬也。磏也（說文新附）。形聲。△閩南語音 Chhiok. sek.△國語注音ㄑㄩㄝ。

皵 △皸也。皴也（集韻）。形聲。△閩南語音 Chhiok. Sek.△國語注音ㄑㄩㄝ。

猎 △（廣韻藥韻無此字，音義均與「猠」同，疑爲或體。）獸名。良犬似熊。形聲。△閩南語音 Chek. chhiok. Sek.△國語注音ㄑㄩㄝ。

踖 △長脛行也。形聲。△閩南語音 Chek.△國語注音ㄐㄧㄥ。

䱜 △魚名（集韻）。形聲。△閩南語音 Chhiok.△國語注音ㄑㄩㄝ。

昔 △（廣韻藥韻無此字，與集成陌韻異。疑爲後增字。）考工記：老牛之角，紾而昔。絞絞而雜亂也。會意。△閩南語音 Chhiok. Sek.△國語注音①ㄒㄧㄥ②ㄘㄨㄛ。

上八字，廣韻「七雀切」。〔R.J.〕chiuek. tʃiue.〔國音入聲〕ㄑㄩㄝ。

giak

醵 △令飲酒也。形聲。△閩南語音 Kiȯk.△國語注音ㄐㄩ。

臄 △上顎曲處也。又切肉也。取脾腎，實腸炙之曰臄。形聲。△閩南語音 Kiȯk.△國語注音①ㄐㄩㄝ②ㄐㄩ。

噱 △大笑也。形聲。△閩南語音 Kiȯk.△國語注音①ㄐㄩ②

ㄐㄩㄝ。

上三字，廣韻「其虐切」〔R.J.〕giuek. dʒiue.〔國音入聲〕ㄐㄩㄝ。

ʔiuak

蒦　（同蒦）度也。法度。會意。△閩南語音 Hok.△國語注音ㄏㄨㄛ。

㺟　△作姿態也（山東語）（集韻）。形聲。△閩南語音 Hok.ㄏㄨㄛ。

上二字，廣韻「憂縛切」〔R.J.〕huok. huɔ.〔國音入聲〕ㄏㄨㄛ。

biak

縛　△束也。形聲。△閩南語音 Pȯk. pȧk.△國語注音①ㄈㄛ②ㄈㄨˊ。

上一字，廣韻「符钁切」。〔R.J.〕fok. fɔ.〔國音入聲〕ㄈㄛ。

xiuak

懼　△（又具篡切）驚也。遽視貌（集韻）。形聲。△閩南語音 Hȧk. Kiȯk.△國語注音ㄐㄩㄝ。

上一字，廣韻「許縛切」〔R.J.〕jiuek. dʒiue.〔國音入聲〕ㄐㄩㄝ。

ɣiuak

籰　△收絲具也。亦作篗。形聲。△閩南語音 Ȯk. ȧk.△國語注音①ㄩㄝ②ㄐㄩㄝ。

上一字，廣韻「王縛切」。〔R. J.〕yuek. iue.〔國音入聲〕ㄩㄝ（ㄐㄩㄝ）。

kiuak

攫　△爪持也。形聲。△閩南語音 Khiȯk. khok.△閩南語音ㄐㄩㄝ。

钁　△大鉏也。斫地具。形聲。　△閩南語音 Khok. △國語注音
　　ㄐㄩㄝ。

玃　△大母猴也。形聲。△閩南語音 Khok. △國語注音
　　ㄐㄩㄝ。

矍　△隹欲逸走也。一曰視遽貌。會意。　△閩南語音 Kiók.
　　Khok. kiáh. kiák △國語注音ㄐㄩㄝ。

躩　△（又丘縛切）足，躩如也。形聲。△閩南語音　Khok. △
　　國語注音ㄐㄩㄝ。

貜　△（又丘縛切）㺛貜也，似猴而大。　形聲。　△閩南語音
　　Ók. Khok. △國語注音ㄐㄩㄝ。

　　上六字，廣韻「居縛切」〔R. J.〕jiuek. dʒiue.〔國音入
　　聲〕ㄐㄩㄝ。

ʈiak
著　△（穿衣之著）被服也。衣猶著。童子體熱，不宜著裘（禮
　　記）。會意。△閩南語音 Tiók. Tù. thú. △國語注音①
　　ㄓㄨㄛ② ㄓㄨˊ③ㄓㄠ④ㄓㄠ⑤·ㄓㄠ。

　　上一字，廣韻「張略切」。〔R.J.〕juok. ʒuɔ.〔國音入
　　聲〕ㄓㄨㄛ。

ɖiak
著　△（附著之著）附也。麗也。土著、執著、著落。形聲。△
　　閩南語音 Tiók. 國語注音ㄓㄨㄛ。

　　上一字，廣韻「直略切」。〔R. J.〕jnok. ʒuɔ.〔國音入
　　聲〕ㄓㄨㄛ。

xiak
謔　△戲也。笑之貌也（詩經）。形聲。△閩南語音 Hiok. giók.
　　△國語注音ㄋㄩㄝ。

　　上一字，廣韻「虛約切」〔R.J.〕niuek. niue.〔國音入聲

　　　）ㄋㄩㄝ。

dak

鐸　△大鈴也。形聲。△閩南語音 Tȯk.△國語注音ㄉㄨㄛ。

度　△（又音杜）謀也。揆也。量也（詩經）。會意。△閩南語
　　音 Tȯk.　Tō. tô.△國語注音①ㄉㄨㄛ②ㄉㄨ。

澤　△（音鐸）格澤（星名）。如災火之狀，又作「妖氣」。又
　　說文：光潤也。形聲。△閩南語音 Tȯk.△國語注音①
　　ㄗㄛ②ㄉㄨㄛ。

踱　△（踏或字）超遽也（集韻）。形聲。△閩南語音 Tȯk.△
　　國語注音ㄉㄨㄛ。

剫　△（又音杜）閉也（集韻）。形聲。△閩南語音 Tō. Tȯk.
　　△國語注音①ㄉㄨ②ㄉㄨㄛ。

澤　△（集成誤植作「澤」）冰結也（楚辭）。形聲。△閩南語
　　音 Tȯk.△國語注音ㄉㄨㄛ。
　　　上六字，廣韻「徒落切」。〔R.J.〕duok. duɔ.〔國音入
　　聲〕ㄉㄨㄛ。

mak

幕　△帷在上曰幕。形聲。△閩南語音 Bō꙼. Bȯk.△國語注音①
　　ㄇㄨ②ㄇㄛ。

漠　△北方流沙也。一曰清也。形聲。△閩南語音 Bô. bȯk,
　　bȧk.△國語注音ㄇㄛ。

莫　△日且冥也。會意。△閩南語音 Bō꙼. bȯk. bȯh.△國語注音
　　①ㄇㄨ②ㄇㄛ。

膜　△肉間腠膜也。形聲。△閩南語音 Bô꙼. bȯk. mȯh.△國語
　　注音①ㄇㄛ②ㄇㄛ。

鏌　△鏌鋣，大戟也。形聲。△閩南語音 Bȯk.△國語注音
　　ㄇㄛ。

摸　捫索也（後漢書）。形聲。△閩南語音 Bô·. bók. bong.
　　mo·.△國語注音①ㄇㄛ②ㄇㄜ③ㄇㄠ。

莫　（與上字義不同）廣韻作「寞」。無也。大也。落莫也（呂
　　覽）。會意。△閩南語音 Bō·. bóh. △國語注音ㄇㄛ。

瘼　△病也。形聲。△閩南語音 Bók. △國語注音ㄇㄛ。

瞙　△目不明也。俗謂目翳曰膜（字統）。形聲。△閩南語音
　　Bók. △國語注音ㄇㄛ。

　　上九字，廣韻「慕各切」。〔R.J.〕mok. mɔ.〔國音入
　　聲〕ㄇㄛ。

lak
樂　△喜也。歡也。安也。象形。（本音樂之樂，象樂鼓之形）
　　。△閩南語音 Lòk. △國語注音ㄌㄜ。

落　△在草曰零，木曰落。形聲。△閩南語音 Lòk. lak. làuh.
　　lòh.△國語注音①ㄌㄨㄛ②ㄌㄜ③ㄌㄠ④ㄌㄚ。

洛　△洛水，出右馮翊，歸德北夷界中，東南入渭。形聲。△閩
　　南語音 Lòk.△國語注音ㄌㄨㄛ。

絡　△絮也。形聲。△閩南語音 Lòk. le. lòh. △國語注音①
　　ㄌㄨㄛ②ㄌㄠ。

酪　△乳漿也。形聲。　△閩南語音 Lòk. △國語注音①ㄌㄨㄛ
　　②ㄌㄠ。

駱　△馬白色黑鬣尾也。形聲。△閩南語音 Lòk. lòh. △國語注
　　音ㄌㄨㄛ。

濼　△（又五各切）齊魯間水也。形聲。△閩南語音 Lòk. △國
　　語注音①ㄌㄨㄛ②ㄅㄛ③ㄆㄛ。

躒　△動也。又人名。又同躍（玉篇）。形聲。　△閩南語音
　　Lèk.△國語注音ㄌㄨㄛ。

珞　△瓔珞。頸飾也（玉篇）形聲。△閩南語音 Lȯk. △國語
　　注音ㄌㄨㄛ。

烙　△灼也。（說文新附）形聲。△閩南語音 Lȯk. lo. lō.△國
　　語注音①ㄌㄨㄛ②ㄌㄠ。

硌　△山上大石也。（山海經）形聲。△閩南語音 Lȯk. △國語
　　注音ㄌㄨㄛ。

療　△治也。形聲。△閩南語音 Lȯk. △國語注音 ①ㄌㄨㄛ②
　　一ㄠ。

鮥　△叔鮪也。鱧屬也。形聲。△閩南語音 Lȯk. △國語注音
　　ㄌㄨㄛ。

　　　上十三字，廣韻「盧各切」。〔R. J.〕luok. luɔ.〔國音
　　　入聲〕ㄌㄨㄛ。

t'ak
託　△寄也。形聲。△閩南語音 Thok. △國語注音ㄊㄨㄛ。

橐　△囊也。形聲。△閩南語音 Thok. lak. lok. △國語注音
　　ㄊㄨㄛ。

籜　△竹皮也。又草名（山海經）。形聲。△閩南語音 Thok.
　　△國語注音ㄊㄨㄛ。

飥　△餺飥，餅屬。形聲。△閩南語音 Thok, △閩南語音
　　ㄊㄨㄛ。

拓　△拾也。同摭。形聲。△閩南語音 Thok. thuh. △國語注
　　音ㄊㄨㄛ。

蘀　△草木，凡皮葉落，隊地爲蘀。形聲。△閩南語音 Tkok.
　　△國語注音ㄊㄨㄛ。

魄　△（本音拍）陰神也。形聲。△閩南語音 Phek. Thȯk. △
　　國語注音①ㄊㄨㄛ②ㄆㄛ。

沰 △（說文無字）滴也。又落也。赭也。同「涽」。形聲。
　　△閩南語音 Thok. △國語注音ㄊㄨㄛ。

詫 △哆口魚也。形聲。△閩南語音 Thok thoh. thuh. △國
　　語注音ㄊㄨㄛ。

柝 △（廣韻「鐸韻」無此字）本作㭸。判也。開也。形聲。△
　　閩南語音 Thok. khók. △國語注音ㄊㄨㄛ。

　　上十字，廣韻「他各切」。〔R.J.〕tuok. tuɔ.〔國音入
　　聲〕ㄊㄨㄛ。

tsɑk

作 △起也。形聲。 △閩南語音 Tsok. tsoh. △國語注音①
　　ㄗㄨㄛ②ㄗㄨㄛ③ㄗㄨㄜ。

柞 △柞木也（櫟）。形聲。△閩南語音 Chek. chék. tsók.△
　　國語注音①ㄗㄨㄛ②ㄗㄜ。

鑿 △（言之鑿鑿一詩經） 所以穿木也。形聲 △閩南語音
　　Chhók. chhák.△國語注音①ㄗㄨㄛ②ㄗㄠ。

迮 △迮迮（乍）起也。形聲。△閩南語音 Chek. Tsok. △國
　　語注音①ㄗㄨㄛ②ㄗㄜ。

㪍 △糯米一斛，舂為八斗，曰㪍。形聲。△閩南語音 Chhók.
　　Tsok. △國語注音ㄗㄨㄛ。

　　上五字，廣韻「則落切」。〔R.J.〕tzuok. dzuɔ.〔國音入
　　聲〕ㄗㄨㄛ。

ts'ɑk

錯 △（本音銼）金涂也。形聲。△閩南語音 Chho·. Chhok.
　　chho. △國語注音ㄘㄨㄛ。

厝 △厝石也。形聲。△閩南語音 Chhò·. chhok. chhù.△國語
　　注音ㄘㄨㄛ。

上二字，廣韻「倉各切」。〔R.J.〕 tsuok. tsuɔ.〔國音入聲〕ㄘㄨㄜ。

kak

閣 △所以止扉者。形聲。△閩南語音 Kok. koh. △國語注音①ㄍㄜ②ㄍㄜˊ③ㄍㄠˇ。

各 △異詞也，不相聽也。分別之詞。會意。△閩南語音 Kok. △國語注音①ㄍㄜˋ②ㄍㄜ。

格 △木長貌。形聲。△閩南語音 Kek. keh.△國語注音 ㄍㄜˊ。
上二字，廣韻「古落切」〔R.J.〕 gek. gə.〔國音入聲〕ㄍㄜ。

k'ak

恪 △（本作愙）敬也。形聲。△閩南語音 Khiak. khok.△國語注音①ㄎㄜ②ㄑㄩㄝˋ。
上一字，廣韻「苦各切」。〔R. J.〕 kek. kə.〔國音入聲〕ㄎㄜ（ㄎ）。

ngak

萼 △花之外被也，有離片、合片之分。質甚厚，以護花瓣。形聲。△閩南語音 Gȯk. △國語注音ㄜˋ。

崿 △山名，又崖也（玉篇）。形聲。△閩南語音 Gȯk. △國語注音ㄜˋ。

鍔 △刃璞也。鋒，刃端；鍔，刃旁也。又端崖也（漢書）。形聲。△閩南語音 Gȯk.△國語注音ㄜˋ。

諤 △正直之言也。又語也（玉篇）。形聲。△閩南語音 Gȯk. △國語注音ㄜˋ。

鄂 △江夏縣。形聲。△閩南語音 Gȯk. △國語注音ㄜˋ。

鶚 △大鵰也。鷹屬，猛禽（漢書）。形聲。△閩南語音 Gȯk.

　　　　　△國語注音ㄜ。

遻　△（同遌）相遇驚也。遇也。形聲。△閩南語音Gȯk. Gō˙.
　　　△國語注音ㄜ。

鰐　△（本作「蝁」）似蜥易，　即鱷魚也。形聲。　△閩南語音
　　　Gȯk.△國語注音ㄜ。

愕　△（本作遌）相遇驚也（文選）。形聲。△閩南語音 Gȯk.
　　　ngiȧh. Khȧuh. khėh.△國語注音ㄜ。

堮　△土之厓級也（六書故）。形聲。△閩南語音 Gȯk. △國語
　　　注音ㄜ。

噩　△嚴肅貌。又同愕，驚也。二曰噩夢（法言）。會意。△閩
　　　南語音 Gȯk△國語注音ㄜ。

諤　△（本作咢）譁訟也。和歌也。形聲。△閩南語音 Gȯk.
　　　△國語注音ㄜ。

齶　△（同齾）齗，齒內上下肉也（玉篇）。形聲。△閩南語音
　　　Gȯk. kiuⁿ.△國語注音ㄜ。

　　　　上十三字，廣韻「五各切」。〔R.J.〕ek. ə.〔國音入聲〕
　　　ㄜ。

p'ɑk
搏　△（又補各切）索持也。取也。擊也。一曰至也。形聲。△
　　　閩南語音 Phok.△國語注音ㄅㄜ。

簙　△（又補各切。集成誤植爲「簿」）戲具（集韻）。形聲。
　　　△閩南語音 Phok.△國語注音ㄅㄜ。

粕　△糟粕，酒滓也（說文新附）。形聲。△閩南語音 Phok.
　　　phoh.△國語注音①ㄅㄜ②ㄆㄜ。

膊　△薄脯，膊之屋上（在屋上曬內臟）。形聲。△閩南語音
　　　Phok.△國語注音ㄅㄜ。

　　　　上四字，廣韻「匹各切」。〔R.J.〕b.ok. bɔ.〔國音入聲〕ㄅㄜ（ㄅ）。

ʔak

惡　△過也。形聲。△閩南語音 OK. òⁿ. bái. pháiⁿ. △國語注音①ㄜ②ㄜ③ㄨ④ㄨ。

堊　△白涂也。形聲。△閩南語音 Ok. △國語注音ㄜ。

　　　　上二字，廣韻「烏各切」。〔R.J.〕ek. ə.〔國音入聲〕ㄜ。

bak

薄　△林薄也。林木相迫，不可入曰薄。形聲。△閩南語音
　　　Pȯk. pȯh. phȕh. △國語注音①ㄅㄜ②ㄅㄠ③ㄅㄜ。

泊　△（本作「洦」）淺水也。止舟也。又水貌。流寓也。定也
　　　。形聲。△閩南語音 Pȯk. △國語注音①ㄅㄜ ②ㄆㄜ。

亳　△京兆杜陵亭也。形聲。△閩南語 音Pȯk.△國語注音ㄅㄜ。

箔　△簾也。又通薄，金類擊成之薄片也。又爲養蠶之具（韻會
　　　）。形聲。△閩南語音 Pȯk. phō·. pȯh. △國語注音①
　　　ㄅㄜ②ㄅㄠ。

礴　△旁礴，混同也（集韻）。形聲。△閩南語音 pȯk. △國語
　　　注音ㄅㄜ。

鎛　△（又補各切）大鐘，淳之屬。所以應鐘磬也。形聲。△閩
　　　南語音 Pȯk. phok.△國語注音ㄅㄜ。

　　　　上六字，廣韻「傍各切」。〔R.J.〕 bok. bɔ.〔國音入聲〕ㄅㄜ（ㄅ）。

xak

壑　△溝也。同叡。會意。△閩南語音 Hok. △國語注音
　　　ㄏㄨㄜ。

郝　△右扶風，鄠盩厔鄉。形聲。△閩南語音Hȅk. Hok. Sek.
　　　△國語注音①ㄏㄜ②ㄏㄠ。

臛 △（廣韻植作「臒」）肉羹也。形聲。△閩南語音 Hok.
　△國語注音ㄏㄨㄛˋ。

蠚 △（本作蝁）螫也。蟲行毒也。形聲。△閩南語音 Hok.
　△國語注音ㄏㄜ。

鄗 △常山縣也。今河北栢鄉縣北。形聲。△閩南語音 Hō.
　khau.△國語注音ㄏㄠ。

謞 △崇讒慝也。又盛烈貌。形聲。△閩南語音 Hiong. Hau.
　△國語注音ㄏㄨㄛ。

嗃 △嚴酷貌。又聲也。悅樂也（說文新附）。形聲。△閩南語
　音 Hok. △國語注音ㄏㄜ。

熇 △（通「沃、物韻」）火熱也。形聲。△閩南語音 Hok.
　△國語注音ㄏㄜ。

臦 △（又虛郭切）重目也。光明也。目開也（韻會）。形聲。
　△閩南語音 Hok.△國語注音ㄏㄨㄛ。
　上九字，廣韻「呵各切」。〔R.J.〕huok. huɔ.〔國音入
　聲〕ㄏㄨㄛ。

sak
索 △草有莖葉，可作繩索。會意。△閩南語音 Se k. soh.△
　國語注音①ㄙㄨㄛ②ㄙㄨㄛˇ。
　上一字，廣韻「蘇各切」。〔R. J.〕suok. suɔ.〔國音入
　聲〕ㄙㄨㄛ。

ɤak
鶴 △鶴鳴九皋，聲聞於天。形聲。△閩南語音 Hók. hóh.
　△國語注音①ㄏㄜ②ㄏㄠ。

涸 △渴也。形聲。△閩南語音 Hok. khok.△國語注音①ㄏㄜ
　②ㄏㄠ。

貈　△形似貍，銳頭尖鼻，貌深厚，溫滑可爲裘（正字通）。形
聲。△閩南語音 Bèk. Bòk. Hòk. Lòk. △國語注音①
ㄏㄜ②ㄏㄠ③ㄏㄜ。
　　上三字，廣韻「下各切」。〔R.J.〕huok. huɔ.〔國音入
聲〕ㄏㄨㄜ。

dzɑk

鑿　△（與上字音異）穿木也。形聲。　△閩南語音 Chhòk.
chhàk.△國語注音ㄗㄨㄜ。

紓　△（繂或字）竹繩，或草緓（集韻）。形聲。△閩南語音
Tsòk.△國語注音ㄗㄨㄜ。

昨　△㮾日（隔一宵）也。形聲。△閩南語音 Tsòk. tsū. tsòh.
△國語注音ㄗㄨㄜ。

酢　△酸也。形聲。△閩南語音 Chhō·. Tsòk. △國語注音
ㄗㄨㄜ。

怍　△慚也。形聲。　△閩南語音 Tsà, Tsòk. △國語注音
ㄗㄨㄜ。

笮　△迫也，在瓦之下，笭上。又笭也。西南夷尋之以渡水。形
聲。△閩南語音 Chek. tsà. tè.△國語注音①ㄗㄨㄜ
②ㄗㄜ。

岝　△山名（岝崿山）。高僧支道林所居。吳地。又山高貌（集
韻）形聲。△閩南語音 Chek. Thek.△國語注音①ㄗㄨㄜ
②ㄗㄜ。
　　上七字，廣韻「在各切」。〔R.J.〕tzuok. dzuɔ.〔國音
入聲〕ㄗㄨㄜ。

pɑk

博　△丈通也。廣也。形聲。△閩南語音 Phok. phouh.△國
語注音ㄅㄜ。

髆　△肩甲也。形聲。△閩南語音 Phok. △國語注音ㄅㄛ。

襮　△黼領也。繡刺黼文以㩉領。詩云：素衣朱襮。又表也。形
聲。△閩南語音 Phok.△國語注音ㄅㄛ。

鎛　△鎛鱗，鐘上橫木金華也。形聲。△閩南語音 Phok.
△國語注音ㄅㄛ。

襮　△短袂衫也。又襌衣。菲也（玉篇）。形聲。△閩南語音
Pók. phók.△國語注音ㄅㄛ。

欂　△欂櫨，柱上枅也。形聲。△閩南語音 Pók. phók.△國語
注音ㄅㄛ。

　　上六字，廣韻「補各切」。〔R.J.〕bok. bɔ.〔國音入聲
〕ㄅㄛ。

nɑk

諾　△癙（應）也。形聲。△閩南語音 Lók. à. △國語注音
ㄋㄨㄛ。

　　上一字，廣韻「奴各切」。〔R.J.〕nuok. nuɔ.〔國音入
聲〕ㄋㄨㄛ。

xɑk

藿　△菽之少也。形聲。△閩南語音 Hok.△國語注音ㄏㄨㄛ。

霍　△（本作靃）飛聲也。雨而雔飛者，其聲靃然。又疾也。形
聲。△閩南語音 Hok.△國語注音ㄏㄨㄛ。

靃　△（霍本字，又音鑊）。露也。細貌（玉篇）。形聲。△閩
南語音 Hok.△國語注音ㄏㄨㄛ。

霩　△雨止雲罷貌。形聲。△閩南語音 Hok. Khok.△國語注音
①ㄎㄨㄛ②ㄏㄨㄛ。

攉　△揮攉也。搖手曰揮，反手曰攉（玉篇）。形聲。△閩南語
音 Hok. △國語注音ㄏㄨㄛ。

彉　（與彉同，又古博切）滿弩也（玉篇）。形聲。△閩南語音
　　Hok.△國語注音ㄎㄨㄛ。

　　上六字，廣韻「虛郭切」。〔R.J.〕huok. huɔ. 〔國音
　　入聲〕ㄏㄨㄛ。

kuak

郭　△度也，民所度居也。象兩亭相對。外城也。象形。△閩南
　　語音 Kok. Kek.△國語注音ㄍㄨㄛ。

　　上一字，廣韻「古博切」。〔R.J.〕guok. guɔ. 〔國音入
　　聲〕ㄍㄨㄛ。

ʔuak

蠖　△（亦書作蠖）尺蠖。詘甲蟲也。形聲。△閩南語音 Hō·.
　　△國語注音ㄏㄨㄛ。

玃　△（亦書作臛。集成書作「臛」）善丹也。形聲。△閩南語
　　音 Hō·. Ok.△國語注音ㄏㄨㄛ。

　　上二字，廣韻「烏郭切」。〔R.J.〕huok. huɔ. 〔國音
　　入聲〕ㄏㄨㄛ。

ɣuak

穫　△刈穀也。形聲。△閩南語音 Hō·.△國語注音ㄏㄨㄛ。

鑊　△鑴也。又鼎屬。形聲。△閩南語音 Hō·. △國語注音Hō·.
　　ㄏㄨㄛ。

　　上二字，廣韻「胡郭切」。〔R.J.〕huok. huɔ. 〔國音
　　入聲〕ㄏㄨㄛ。

k'uak

廓　△大也。空也。開也（爾雅）。形聲。△閩南語音 Khok.
　　△國語注音ㄎㄨㄛ。

漷　△漷水在魯。形聲。　△閩南語音 Kok. khok. △國語注音
　　①ㄏㄨㄛ②ㄎㄨㄛ。

鞹　△去毛皮也。形聲。△閩南語音 Kok.△國語注音ㄎㄨㄛ。
　　上三字，廣韻「昔郭切」。〔R.J.〕 Kuok. kuɔ.〔國音
　　入聲〕ㄎㄨㄛ。

'ţiak
躇　△（音乇，敕略切，又丑若切）超也（公羊）。形聲。△閩
　　南語音 Tû.△國語注音①ㄔㄨˊ②ㄔㄨㄛ˙。
　　上一字，廣韻「藥、鐸」二韻均無此字。〔R.J.〕Chuok.
　　tʃuɔ.〔國音入聲〕ㄔㄨㄛ˙。

十一陌

（含廣韻「陌、麥、昔」三韻）

mak

陌　△道也。阡陌也（廣雅）。形聲。△閩南語音 Bėk.△國語
　　注音ㄇㄛ。

獏　△似熊而黃黑色，出蜀中。又通獏、貊。又豹之別名。形聲
　　。△閩南語音 Bek.△國語注音ㄇㄛ。

貊　△（貉或字）北方貊，豸種也。又靜也，綸也。又猛獸名。
　　形聲。△閩南語音 Bėk.△國語注音 ㄇㄛ。

百　△（廣韻作佰）勉力也。與一百數之佰異（左傳）。形聲。△
　　閩南語音 Bėk.△國語注音 ㄇㄛ。

莫　△（廣韻陌韻無此字與藥韻不同）疑爲「嗼」字或體。嗽嗼
　　（即寂寞）也。形聲。△閩南語音 Bȯk.△國語注音
　　ㄇㄛ。

驀　△上馬也。形聲。△閩南語音 Bėk.△國語注音ㄇㄛ。
　　上六字，廣韻「莫白切」。〔R.J.〕mok. mɔ.〔國音入
　　聲ㄇㄛ（ㄇ、ㄇㄛ）。

tak

磔　△辜也。掌殺戮之人。形聲。△閩南語音Kiȧt. kȧk.△國語
　　注音ㄓㄛ。
　　上一字，廣韻「陟格切」。〔R.J.〕jek. ʒə.〔國音入聲
　　〕ㄓㄛ（ㄐㄧㄝ）。

bak

白　◁西方之色也（此亦自也）。會意兼象形。△閩南語音
　　Pėk. bat. Pėh. piat.△國語注音①ㄅㄞ②ㄅㄛ。

帛　△繒也。形聲。△閩南語音 Pek. péh.△國語注音ㄅㄛ。
　　上二字，廣韻「傍陌切」。〔R.J.〕bek. bə.〔國音入聲
　　〕①ㄅ②ㄅㄛ③ㄅㄛ。

pak
伯　△長也。形聲。△閩南語音 Pà. pek. peh. pit.△國語注音
　　①ㄅㄛ ②ㄅㄞ。

柏　△椈也。形聲。△閩南語音Pek. peh. △國語注音①ㄅㄛ②
　　ㄅㄞ。

百　△十十也。會意。△閩南語音 Pek. á. pah. peh. △國語注
　　音①ㄅㄛ②ㄅㄞ。

舶　△大舶也（水經）。形聲。△閩南語音 Pék. △國語注音
　　ㄅㄛ。

迫　△近也。形聲。△閩南語音 Pek. peh.△國語注音ㄆㄛ。

瓵　△瓦屋不泥也（字彙）。形聲。△閩南語音 Pék. bet.△國
　　語注音ㄅㄛ。
　　上六字，廣韻「博陌切」。〔R.J.〕bok. bɔ.〔國音入聲
　　〕①ㄅ②ㄅㄛ③ㄅㄛ。

giak
屐　△屩也。形聲。△閩南語音 Kek. kiók. kiák.△國語注音
　　ㄐㄧ。

劇　△尤甚也。疾也（說文新附）。形聲。△閩南語音 kiók.
　　△國語注音①ㄐㄧ②ㄐㄩ。
　　上二字，廣韻「奇逆切」。〔R.J.〕jik. dʒi.〔國音入聲
　　〕ㄐㄧ。

kiak
戟　△有枝兵也。長丈六尺。會意。△閩南語音 Kek.△國語注
　　音ㄐㄧ。

搝　△（集成書作「撳」錯。）擊也。搏也。持也（史記）。形
　　聲。△閩南語音 Kek. giah. kiah.△國語注音ㄐㄧ。
　　上二字，廣韻「几劇切」。〔R.J.〕 jik. dʒi.〔國音入聲
　　〕ㄐㄧ。

sek
索　△（本作索）。求所得而用之也。爲索取之索（禮記）。形聲
　　。△閩南語音 Sek. △國語注音 ①ㄗ ②ㄕㄜ③ㄙㄨㄛ。
　　上一字，廣韻「山戟切」又「蘇各切」。 〔R.J.〕shek.
　　ʃə.〔國音入聲〕①ㄕㄜ②ㄙㄨㄛ。

tsʼak
柵　△編豎木也。形聲。△閩南語音 Chhek. Sa. △國語注音①
　　ㄓㄚ②ㄕㄞ。
　　上一字，廣韻「測戟切」，又 「楚革切」。 又音札。
　　〔R.J〕jik. dʒi.〔國音入聲〕①ㄐㄧ②ㄓㄚ③ㄔㄜ。

tsak
窄　△陜也。或作「迮」（玉篇）。形聲。△閩南語音 Chek.
　　△國語注音①ㄗㄜ②ㄓㄞ。

嘖　△大呼聲。鳴也。爭言貌 （廣韻）。形聲。 △閩南語音
　　Chek.△國語注音ㄗㄜ。

唶　△（廣韻書作「諎」，義大聲）大聲呼也。本應作諎（史記
　　）。形聲。△閩南語音 Chià. △國語注音 ①ㄐㄧ②
　　ㄐㄧㄝ。
　　上三字，廣韻「側柏切」。〔R. J.〕tzek. dzə.〔國音入
　　聲〕ㄗㄜ。

dzak
酢　△（醋或字）醶也。形聲。△閩南語音 Chok, Tsà.△國語
　　注音ㄗㄜ。

昨　△（又側革切，音策）大聲也。多聲也。唉也。形聲。△閩
南語音 Chek. Tsà.△國語注音①ㄗㄜ②ㄓㄚ。

上二字，廣韻「鋤陌切」。〔R.J.〕tzek. dzə.〔國音入
聲〕ㄗㄜ。

k'iak
隙　△壁際也。形聲。△閩南語音Khek. khiah.△國語注音
ㄒㄧ。

綌　△粗葛也。形聲。△閩南語音 Khek. △國語注音ㄒㄧ。

郤　△春秋晉大夫，叔虎邑也。形聲。△閩南語音 Khioh. △國
語注音ㄒㄧ。

上三字，廣韻「綺戟切」。〔R.J.〕shik. ʃi.〔國音入
聲〕ㄒㄧ。

ngak
額　△（同頟）顙也。髮下、眉上爲額。形聲。△閩南語音Gėk.
giảh. Hiảh.△國語注音ㄜ。

上一字，廣韻「五陌切」。〔R.J.〕ek. ə.〔國音入聲〕
ㄜ。

ngiak
逆　△迎也。形聲。△閩南語音 Gėk. hėk. kėh. kėhⁿ. △國語
注音ㄋㄧ。

上一字，廣韻「宜戟切」。〔R. J.〕nik. ni.〔國音入聲
〕ㄋㄧ。

k'ak
客　△寄也。形聲。△閩南語音 Khek. kheh. △國語注音
ㄎㄜ。

上一字，廣韻「苦格切」。〔R.J.〕kek. kə.〔國音入聲
〕ㄎㄜ。

ʔak

啞 △笑也。形聲。△閩南語音 A. À. Ek. Ok.△國語注音①
ㄜ②ㄧ ㆍㄚ③ㄧ ㄚ。

上一字，廣韻「烏格切」，音額。與聾啞之啞義不同。又
與咿啞之啞義亦不同。另入「馬韻及麥韻」。〔R.J.〕ek.
ə.〔國音入聲〕ㄜ。

p'ak.

魄 △陰神也。形聲。△閩南語音 Phek.△國語注音ㄆㄛ。

拍 △（本作「拍」，拊也。）擊也。形聲。△閩南語音
Phek.△國語注音①ㄆㄛ②ㄆㄞ。

珀 △琥珀，出罽賓國（集韻）。形聲。△閩南語音 Phek.△國
語注音ㄆㄛ。

霸 △（古魄字，又「匹陌切」，月中之黑影也。廣韻本韻無此
字，疑後加。）月始生魄然也。承大月二日，承小月三日
。形聲。△閩南語音 Pà.△國語注音ㄆㄛ。

上四字，廣韻「普伯切」。〔R. J.〕pok. pɔ.〔國音入聲
〕ㄆㄛ（ㄆ、ㄆㄛ）。

xak

赫 △大赤貌。會意。△閩南語音 Hek. niah. △國語注音
ㄏㄜ。

嚇 △言語拒人也。怒聲也。笑聲（詩經）。形聲。△閩南語音
Hek. hà. hā. hiahⁿ.△國語注音ㄏㄜ。

幡 △幝幞，謂之咋幖。赤紙也（廣雅）。會意。△閩南語音
Hek.△國語注音ㄏㄜ。

上三字，廣韻「呼格切」。〔R.J.〕hek. hə.〔國音入
聲〕ㄏㄜ。

kak
格　△木長貌。形聲。 △閩南語音 Kek. keh. △國語注音
　　　ㄍㄜ。

骼　△骨角之名也。形聲。△閩南語音 Kek.△國語注音ㄍㄜ。

骼　△禽獸之肩曰骼。 △閩南語音 Kek. kok. △國語注音
　　　ㄍㄜ。
　　　上三字，廣韻「古伯切」。〔R.J.〕gek. gə.〔國音入聲
　　　〕ㄍㄜ。

xuak
砉　△皮骨相離聲（莊子）。會意。△閩南語音 Liok.△國語注
　　　音ㄏㄨㄛ。

湱　△水聲（集韻）。形聲。 △閩南語音 Hek. △國語注音
　　　ㄏㄨㄛ。
　　　上二字，廣韻「虎伯切」。〔R.J.〕huok. huɔ.〔國音入
　　　聲〕ㄏㄨㄛ。

dak
澤　△光潤也。形聲。△閩南語音 Tek.△國語注音ㄗㄜ。

宅　△人所託居也。形聲。△閩南語音 Thek. theh.△國語注音
　　　ㄓㄞ。

擇　△柬選也。形聲。△閩南語音 Tek. tŭh.△國語注音①ㄓㄞ
　　　②ㄗㄜ。

翟　△山雉也。尾長。象形。△ 閩南語音 Tek.△國語注音
　　　ㄓㄞ。

襗　△（通澤）褻衣，近污垢（詩經）。形聲。說文云：絝也。
　　　亦褻衣。△閩南語音 Tŏk.△國語注音ㄉㄨㄛ。
　　　上五字，廣韻「場伯切」。〔R.J.〕jek. ʒə.〔國音入聲
　　　〕ㄓㄜ（ㄗㄜ）。

kuak

虢　△虎所攫，畫明文也。會意。△閩南語音Khek.△國語注音
　　ㄍㄨㄛ。

　　上一字，廣韻「古伯切」。〔R.J.〕guok. guɔ.〔國音入
　　聲〕ㄍㄨㄛ。

mæk

麥　△芒穀。从來，有穗者也。會意（本象形）。△閩南語音
　　Bėk. bėh.△國語注音①ㄇㄛ②ㄇㄞ。

脈　△血理分袤行體中者。會意。△閩南語音 Bėk, bėh. mėh.
　　△國語注音①ㄇㄛ②ㄇㄞ。

霢　△霢霂，小雨也。形聲。△閩南語音 Bėk. △國語注音
　　ㄇㄛ。

覛　△袤視也。會意。又視也，相視也（爾雅）。△閩南語音
　　Bėk. Lió. △國語注音ㄇㄛ。

　　上四字，廣韻「莫獲切」。〔R.J.〕mek. mə. (muk.
　　mu.)。〔國音入聲〕①ㄇㄛ②ㄇㄛ③ㄇㄛ。

ɣuæk

畫　△介也。象田四界。聿所以畫之。會意。△閩南語音 Ėk.
　　Hōa. ūi. ūih.△國語注音①ㄏㄨㄚ②ㄏㄨㄛ。

獲　△獵所獲也。形聲。△閩南語音 Hėk. △國語注音①ㄏㄨㄛ
　　②ㄏㄨㄞ。

嫿　△靜好也。形聲。△閩南語音 Hėk. △國語注音ㄏㄨㄚ。

嚄　△叫也。猶憒憒也（法言）。形聲。△閩南語音 Hėk.
　　△國語注音ㄏㄨㄛ。

　　上四字，廣韻「胡麥切」。〔R.J.〕huok. huɔ.〔國音入
　　聲〕ㄏㄨㄛ。

kuæk

幗　△婦人手飾（說文新附）。形聲。△閩南語音 Kok.△國語
　　注音ㄍㄨㄜ。

摑　△批也。掌耳也（韻會）。形聲。△閩南語音 Kek. kok.△
　　國語注音ㄍㄨㄜ。

馘　△面也（莊子）。形聲。△閩南語音 Hėk. △國語注音
　　ㄍㄨㄜ。

蟈　△（同蜮）短狐也。似鱉，三足，以氣射害人。形聲。△閩
　　南語音 Kok.△國語注音ㄍㄨㄛ。

　　上四字，廣韻「古獲切」。〔R. J.〕guok. guɔ.〔國音入
　　聲〕ㄍㄨㄜ（ㄍㄨˊ）。

pæk

擘　△撝也。形聲。△閩南語音 Phek. peh. pō.△國語注音
　　ㄅㄜ。

檗　△黃木也。形聲。△閩南語音 Phek. △國語注音ㄅㄜ。

　　上二字，廣韻「博厄切」。〔R.J.〕 bok. bɔ.〔國音入聲
　　〕①ㄅㄜ②ㄅㄞ③ㄅㄛ。

dzæk

賾　△幽深難見也（易繫辭）。形聲。△閩南語音 Chek.△國語
　　注音ㄗㄜ。

　　上一字，廣韻「士革切」。〔R.J.〕 tzek. dzə.〔國音入
　　聲〕ㄗㄜ。

tsæk

幘　△髮有巾曰幘。形聲。△閩南語音 Chek. △國語注音
　　ㄗㄜ。

責　△（本作責）求也。又取也。任也。詰問也。又同債。形聲
　　。△閩南語音 Chek.△國語注音①ㄗㄜ②ㄓㄞ。

簀　△牀棧也。即牀之編木之棚。又牀版也。牀笫也。形聲。△
　　閩南語音 Chè. Chek.△國語注音ㄗㄜ。

柞　△（廣韻書作「咋」）義大聲。集成義「莌除」。異於藥韻
　　。）櫟也。形聲。△閩南語音 Chek. Tsók. △國語注音
　　ㄗㄜ。

　　上四字，廣韻「側革切」。〔R.J.〕 tzek. dzə.〔國音入
　　聲〕ㄗㄜ。

tsʰæk
策　△馬箠也。又簡也。形聲。△閩南語音 Chhek.△國語注音
　　ㄘㄜ。

冊　△符命也。諸侯進受於王者也。象形。△閩南語音 Chhek.
　　chheh. △國語注音ㄘㄜ。

　　上二字，廣韻「楚革切」。·〔R.J.〕 tsek. tsə.〔國音入聲
　　〕ㄘㄜ。

xuæk
劃　△破聲。通作畫（正字通）。形聲 。 △閩南語音 Hek.
　　Hèk.△國語注音ㄏㄨㄜ。

　　上一字，廣韻「呼麥切」。〔R. J.〕Huok. Huɔ.〔國音
　　入聲〕ㄏㄨㄜ。

ɤæk
翮　△羽莖也。形聲。△閩南語音 Hek. Kek.△國語注音ㄏㄜ。

核　△蠻夷以木皮爲匧，狀如籔觚之刑也。又果核。形聲。△閩
　　南語音 Hèk. Hút. hàt.△國語注音ㄏㄜ。

覈　△（又胡結切，入屑韻）實也。形聲。△閩南語音 Húk.
　　Hèk.△國語注音ㄏㄜ。

　　上三字，廣韻「下革切」。〔R. J.〕hek. hə.〔國音入聲

〕 ㄏㄜ（ㄏ）。

kæk

革　△獸皮治去其毛，曰革。革，更也。象形。△閩南語音
　　Kek.△國語注音①ㄍㄜ②ㄐㄧ。

隔　△塞也。形聲。△閩南語音 Kek. keh. △國語注音①
　　ㄍㄜ②ㄐㄧㄝ③ㄐㄧㄝ④ㄐㄧㄝ⑤ㄍㄜ。

鬲　△鼎屬也。實五穀。計二升曰㪷。象形。△閩南語音 Kek.
　　Lek. △國語注音ㄌㄧ。

膈　△心脾間也。隔膜也。又塞也。隔塞上下，使氣與穀不相亂
　　也（釋名）。形聲。△閩南語音 Kek. keh. △國語注音
　　ㄍㄜ。
　　　上四字，廣韻「古核切」。〔R.J.〕gek. gə.〔國音入聲
　　〕ㄍㄜ。

tæk

摘　△拓果樹實也。形聲。△閩南語音 Tek. Liah. tiah.△國語
　　注音ㄓㄜ。

讁　△（本作「讉」）罰也。形聲。△閩南語音 Tek. △國語注
　　音ㄓㄜ。
　　　上二字，廣韻「陟革切」。〔R.J.〕jek. ʒə.〔國音入聲
　　〕ㄓㄜ。

ʔæk

戹　△（同「厄」）隘也。形聲。△閩南語音 Ek. Lek.△國語
　　注音ㄜ。

軶　△轅前也。形聲。△閩南語音 Ek. △國語注音ㄜ。

搤　△捉也。形聲。△閩南語音 Ek. △國語注音ㄜ。

阨　△塞也。形聲。△閩南語音 Ek. △國語注音ㄜ。
　　　上四字，廣韻「於革切」。〔R.J.〕 ek. ə.〔國音入聲〕

ㄜ。

sæk

愬　△（又音素）驚懼也（易經）。形聲。△閩南語音 Sò˙。△
國語注音ㄙㄨ。

上一字，廣韻「山責切」。〔R.J.〕suk. su.〔國音入聲
〕ㄙㄨˋ（ㄕㄨㄜ）。

ṣuæk

撼　△擊也（廣韻）。形聲。△閩南語音 Chhek. chhiȯk.△國
語注音①ㄔㄜ②ㄕㄨˊ。

上一字，廣韻「砂獲切」。〔R.J.〕tsek. tsə.〔國音入
聲〕ㄔㄜ（ㄔㄨˊ）。

siæk

舃　△誰也，烏鴉屬。象形。△閩南語音 Sek.△國語注音ㄒㄧˋ。

惜　△痛也。形聲。△閩南語音 Sėk. siob.△國語注音ㄒㄧˋ。

昔　△乾肉也。（日以晞之）。今引申爲今昔之昔。象形。△閩
南語音 Sek.△國語注音ㄒㄧˋ。

腊　△（本作昔）乾肉也。久也。形聲。△閩南語音 Chhok.
Sok.△國語注音①ㄌㄚˋ②ㄒㄧˋ。

礋　△柱礎也。即柱下基礎（玉篇）。形聲。△閩南語音 Sek.
。△國語注音ㄒㄧˋ。

潟　△（說文無字）鹹地。鹹鹵之地（廣韻）。形聲。△閩南語
音 Sek.△國語注音ㄒㄧˋ。

上六字，廣韻「思積切」。〔R.J.〕shik. ʃi.〔國音入
聲〕ㄒㄧˋ。

tsiæk

迹　△步處也。形聲。△閩南語音 Chek. chiah. jiah. chhioh.
△國語注音ㄐㄧ。

積　△聚也。形聲。△閩南語音 Chek. Tsù. △國語注音ㄐ一。

脊　△脊呂也。象形。△閩南語音 Chek. chiah. chit.△國語注音①ㄐ一②ㄐㄧ。

鰿　△（同鯽）烏鰿魚也。形聲。△閩南語音 Chek. chėk. chit.國語注音ㄐㄧ。

借　△（又作借貸之借）假也。形聲。△閩南語音 Chek. chià. chioh.△國語注音①ㄐㄧㄝ②ㄐㄧ。

踖　△小步也。形聲。△閩南語音 Chek. chhip. △國語注音ㄐㄧ。

　　上六字，廣韻「資昔切」。〔R.J.〕jik. dʒi.〔國音入聲〕ㄐㄧ。

ʔiæk

益　△饒也。會意。△閩南語音 Ek. ah. iah.△國語注音①一②一。

嗌　△咽也。又笑也。形聲。△閩南語音 Ak. Ek. △國語注音①一②ㄞ。

齸　△鹿麋糧（鹿嗌咽喉）也。形聲。△閩南語音 Ek.△國語注音一。

　　上三字，廣韻「伊昔切」。〔R. J.〕yik. i.〔國音入聲〕一。

oiæk

驛　△置騎也。形聲。△閩南語音Ėk. iàh. △國語注音一。

液　△津血也。氣液也。形聲。△閩南語音 Ėk. △國語注音一ㄝ。

易　△尚算也。形聲。△閩南語音 Ėk. Iⁿ. kōe. iàh. △國語注音一。

掖　△以手持人臂也。形聲。△閩南音語Ėk.△國語注音①一ㄝ
　　②ㄧˋ③一ㄝˊ。

腋　△左右脅之間曰腋。通掖。（增韻）形聲。△閩南語音 Ėk.
　　△國語注音①一ㄝ②ㄧˋ。

射　△（又「食亦切」，本作射獵之射。）厭也。又無射，十二
　　律之一。又射獲，矢中人也。會意。△閩南語音Ėk. Sià.
　　Tò˙. tsȯh.△國語注音①ㄕㄜˋ②ㄏㄧˋ③一ㄝˋ。

繹　△摍（引）絲也。形聲。△閩南語音Ėk.△國語注音ㄧˋ。

懌　△悅也（說文新附）。形聲。△閩南語音Ėk.△國語注音
　　ㄧˋ。

奕　△大也。形聲。△閩南語音Ėk.△國語注音ㄧˋ。

弈　△圍棊也。形聲。△閩南語音Ėk.△國語注音ㄧˋ。

帟　△帷在上曰幕，小幕曰。帟又平帳也（說文新附）。形聲。
　　△閩南語音 Ėk.△國語注音ㄧˋ。

譯　△傳四夷之語者。形聲。△閩南語音Ėk.△國語注音ㄧˋ。

亦　△人之臂亦也。象形兼指事。△閩南語音 Ėk. à. iā. iȧh.△
　　國語注音ㄧˋ。

埸　△疆也。畔也。界也（說文新附）。形聲。△閩南語音Ėk.
　　△國語注音ㄧˋ。

蜴　△（同易）蜥易也。形聲。 △閩南語音Ėk. Sek iȧh. △國
　　語注音ㄧˋ。

嶧　△葛嶧山也。形聲。△閩南語音 Ėk.△國語注音ㄧˋ。

斁　△解也。形聲。△閩南語音 Ėk, Tò˙, Tȯk.△國語注音①ㄧˋ
　　②ㄉㄨˋ。

醳　△苦酒。又醇酒（廣韻）。形聲。△閩南語音 Ėk.△國語注

音①ㄧˋ②ㄒㄧˋ。

上十八字，廣韻「羊益切」。〔R.J.〕yik. i.〔國音入聲〕ㄧˋ。

śiæk

適　△（又「之石、都歷切」）之也。形聲。△閩南語音 Sek. Tek. Tèk.△國語注音①ㄕˋ②ㄉㄧˊ。

釋　△解也。形聲。△閩南語音 Sek.△國語注音ㄕˋ。

奭　△（同奭）盛也。形聲。△閩南語音 Sek.△國語注音ㄕˋ。

螫　△蟲行毒也。形聲。△閩南語音 Sek. Chhioh.△國語注音①ㄓㄜˋ②ㄕˋ。

襫　△（同襫）襏襫，雨衣（集韻）。形聲。△閩南語音 Sek.△國語注音ㄕˋ。

上五字，廣韻「施隻切」。〔R.J.〕shzk. ʃə.〔國音入聲〕ㄕˋ。

tś'iæk

尺　△十寸也。人手卻十分，動脈爲寸口。十寸爲尺，尺所以指，尺規榘事也。會意。△閩南語音 Chhek. chhioh.△國語注音①ㄔˇ②ㄔˇ③ㄔㄜˇ。

赤　△南方色也。會意。△閩南語音 Chhek. chiaⁿ. chhiah. Siat.△國語注音ㄔˋ。

斥　△逐也。遠也。指也。見也（左傳）。會意。△閩南語音 Thek.△國語注音ㄔˋ。

上三字，廣韻「昌石切」。〔R.J.〕chek. tʃə.〔國音入聲〕ㄔˋ（ㄔㄜˋ）。

dźiæk

石　△山石也。象形。△閩南語音 Sėk. Chiòh. siàh. sȧp. △

國語注音①ㄕ②ㄉㄞ。

碩　△頭大也。凡大皆稱碩。形聲。　△閩南語音 Sėk.△國語注音①ㄕ②ㄕㄨㄛ。

祏　△宗廟主也。周禮有郊宗石室。一曰大夫以石爲主。形聲。△閩南語音 Sėk.△國語注音ㄕ。

鼫　△五技鼠也。形聲。△閩南語音 Sėk.△國語注音ㄕ。

　　上四字，廣韻「常隻切」。〔R. J.〕shyk. ʃə.〔國音入聲〕①ㄕ②ㄕㄜ③ㄕㄨㄛ。

tśiæk

炙　△炙肉也。會意。△閩南語音 Chek. chhá. chiáh.△國語注音ㄓ。

隻　△（集成作「隻」）鳥一枚也。一曰隻。二曰雙。會意。△閩南語音 Chek. chiah.△國語注音ㄓ。

蹠　△楚人謂跳躍曰蹠。 又履也，行也。 形聲。△閩南語音 △國語注音ㄓ。

摭　△拾也。形聲。△閩南語音 Chek. Chiàk. △國語注音ㄓ。

　　上四字，廣韻「之石切」。〔R.J〕jek. ȝə.〔國音入聲〕ㄓ（ㄓㄜ）。

diæk

擲　△（同擿）搔也，投也（集韻）。形聲。△閩南語音 Tėk. kák. tim. tsóh.△國語注音ㄓ。

躑　△（蹢或字）住足也。或作躑躅，不靜也（集韻）。形聲△閩南語音 Tėk.△國語注音ㄓ。

擿　△搔也。擲也。形聲。△閩南語音 Tek. Tėk. Thek. △國語注音①ㄓ②ㄊㄧ。

　　上三字，廣韻「直炙切」。〔R.J.〕jek. ȝə. 〔國音入聲

　〕㞢（㞢ㄜ）。

ts'iæk

磧　△水陼有石者。形聲。△閩南語音 Chek. △國語注音
　　　　ㄑㄧ。

刺　△（本讀作「刺穿之刺」）穿也，傷。針鬻也。双之也（集
　　　　韻）。形聲。△閩南語音 Chhek. chhi. chhiah. Tsâ\ⁿ.
　　　　△國語注音ㄘ。

　　　　上二字，廣韻「七迹切」。〔R.J.〕chik. tʃi〔國音入聲
　　　　〕ㄑㄧ（ㄐㄧ）。

ziæk

席　△藉也。天子、諸侯席，有黼繡純飾。形聲。△閩南語音
　　　　Sèk. siàh. △國語注音ㄒㄧ。

夕　△莫（同暮）也。會意。△閩南語音 Sèk. siàh. △國語注
　　　　音ㄒㄧ。

穸　△窆穸也，墓穴。形聲。△閩南語音 Sèek. Sip.△國語注音
　　　　ㄒㄧ。

蓆　△廣多也。形聲。△閩南語音 Sèk. Chhiòh. △國語注音
　　　　ㄒㄧ。

汐　△（同「坻」）小堵也。形聲。△閩南語音 Sèk. tèh.△國
　　　　語注音ㄒㄧ。

　　　　上五字，廣韻「祥易切」。〔R.J.〕shik. ʃi.〔國音入聲
　　　　〕ㄒㄧ。

dziæk

籍　△簿也。史記云：尺籍伍符。然則簡長尺也。均古之代紙書
　　　　寫物。又謂名錄也。形聲。△閩南語音 Chèk. Chíp.△國
　　　　語注音ㄐㄧ。

瘠　△（本作「膌」）瘦也。形聲。△閩南語音 Chèk.△國語注

音ㄐㄧ。

藉 △祭藉也。一曰：草不編爲「狼藉」。形聲。△閩南語音
Chek. chià. chiā. △國語注音①ㄐㄧ②ㄐㄧㄝ。

踖 △長脛行也。形聲。△閩南語音 Chek. △國語注音ㄐㄧ

堉 △薄土也（集韻）。形聲。　△閩南語音 Chek.△國語注音
ㄐㄧ。

耤 △帝耤千畝也。古者使民爲借，爲耤。　形聲。　△閩南語音
Chek. chià.△國語注音ㄐㄧ。

厝 △　（廣韻書作「厝」）厝石也。形聲。△閩南語音 Chhò．
chhok. chhù. △國語注音ㄘㄨㄛ。

上七字，廣「秦昔切」。〔R.J.〕jik. dʒi.〔國音入聲〕
ㄐㄧ。

biæk

闢 △開也。形聲。△閩南語音 Pit.△國語注音ㄆㄧ。

辟 △法也。節制其罪也。會意。△閩南語音　Pī. Pit. phek.
phì.△國語注音①ㄅㄧ②ㄆㄧ。

擗 △拊心也。屈手足也。通辟（孝經）。形聲。△閩南語音
Pit. phek. peh.△國語注音ㄆㄧ。

上三字，廣韻「房益切」〔R.J.〕　pik. pi.〔國音入聲〕
ㄆㄧ。

oiuæk

役 △戍邊也。事也。行也。形聲。　△閩南語音 Ėk, iȧ.△國語
注音ㄧ。

疫 △民皆疾也。形聲。△閩南語音 Ėk.△國語注音ㄧ。

上二字，廣韻「營隻切」。〔R.J.〕yik. i.〔國音入聲〕
ㄧ。

piæk

璧　△瑞玉圜也。又玉光也。形聲。△閩南語音 Phek.△國語注
音ㄅㄧ。

辟　△（義同上一字，又芳辟切）△閩南語音 Pit.△國語注音
ㄅㄧ。

襞　△韏衣也。形聲。△閩南語音 Phek. △國語注音ㄅㄧ。

躄　△（同躄）人不能行也（集韻）。形聲。△閩南語音Phek.
△國語注音ㄅㄧ。
　　上四字，廣韻「必益切」。〔R.J.〕bik. bi.〔國音入聲〕
　　ㄅㄧ。

p'iæk

僻　△辟也。形聲。 △閩南語音 Phek. phiah.△國語注音①
ㄆㄧ②ㄅㄟ。

癖　△宿食不消也。腹病也。嗜好偏也（一切經音義）。形聲。
　　△閩南語音 Phek. phiah. phiàh.△國語注音ㄆㄧ。
　　上二字，廣韻「芳辟切」。〔R.J.〕pik. pi.〔國音入聲〕
　　ㄆㄧ。

piɑk

碧　△石之青美者。 形聲。 △閩南語音 Phek. △國語注音
ㄅㄧ。
　　上一字，廣韻「彼役切」。〔R.J.〕bik. bi.〔國音入聲〕
　　ㄅㄧ。

tś'iæk

堛　△（合璧作「坼」。廣韻及字源均無此字。疑集成誤書。）
　　上一字同坼，原作㘭，裂也。△閩南語音 Chhek. Thek.
　　△國語注音ㄔㄜ。（註）

piæk

霹　△（此字即「辟」字，必益切，疑集成後加。同「辟」。）

震也，折也。所歷皆破也（埤雅）。形聲。△閩南語音 phek.△國語注音①ㄅㄧ②ㄆㄧ。

上一字，必益切。〔R.J.〕bik. bi.〔國音入聲〕ㄆㄧˊ。

〔註〕　擗坼二字，廣韻本韻無字。霹，廣韻本韻不收，入錫韻。

十 二 錫

（同廣韻二十三錫）

sⁱɛk

錫 △銀鉛之間也。形聲。△閩南語音 Sek. siah.△國語注音
ㄒㄧ。

析 △破木也。一曰析也。形聲。△閩南語音 Sek. △國語注音
ㄒㄧ。

皙 △人色白也。形聲。△閩南語音 Sek.△國語注音ㄒㄧ。

裼 △但（袒）也。脫衣見體也。玉藻，裘之裼也，見美也。內衣
也。形聲。△閩南語音 Thek. theh.△國語注音ㄒㄧ。

緆 △細布也。形聲。△閩南語音 Sek.△國語注音ㄒㄧ。

蓆 △葴蓆，似燕麥，草名（文選）。形聲。 △閩南語音
Sek. su. △國語注音ㄒㄧ。

淅 △汰米也。形聲。△閩南語音 Sek. △國語注音ㄒㄧ。

蜥 △蜥易也。形聲。△閩南語音 Chiat. Soat. Tè.△國語注
音ㄒㄧ。

上八字，廣韻「先擊切」。〔R.J.〕shik. ʃi.〔國音入聲〕
ㄒㄧ。

kⁱɛk

擊 △攴也。形聲。△閩南語音 Kek.△國語注音ㄐㄧ。

激 △水礙衺疾波也。形聲。 △閩南語音 Kek. △國語注音
ㄐㄧ。

獥 △ （又入嘯韻，「古弔切」、「胡狄切」。）狼子也（爾雅）
。形聲。△閩南語音 Hiau. △國語注音①ㄐㄧ②ㄐㄧㄠ。

　　　上三字，廣韻「古歷切」。〔R.J.〕jik. dʒi.〔國音入聲〕ㄐㄧ˙。

p'iɛk

霹　△霹靂也。雷之急擊者（爾雅）。形聲。△閩南語音 Phek. △國語注音ㄆㄧ。

澼　△漂也。又腸間水（集韻）。形聲。△閩南語音 Phek. 國語國注音ㄆㄧˋ。

　　　上二字，廣韻「普擊切」〔R.J.〕pik. pi.〔國音入聲〕ㄆㄧˋ。

liɛk

曆　△和也。會意。 △閩南語音 Lėk. làh. △國語注音ㄌㄧˋ。

歷　△過也，傳也。形聲。△閩南語音 Lėk.△國語注音ㄌㄧˋ。

攊　△攊槂，枒指也。 形聲。△閩南語音 Lėk.△國語注音ㄌㄧˋ。

瀝　△漉也。形聲。△閩南語音 Lėk. ni. △國語注音ㄌㄧˋ。

靂　△霹靂也（爾雅）。形聲。。△閩南語音 Lėk. △國語注音ㄌㄧˋ。

靂　△霢靂，煙貌（集韻）。形聲。△閩南語音 Lėk. △國語注音ㄌㄧˋ。

藶　△葶藶，草名。藥草也（集韻）。形聲。△閩南語音 Lėk. 。△國語注音ㄌㄧˋ。

癧　△瘰癧（淋巴腺結核）也（正字通）。形聲。△閩南語音 Lkė. làt.△國語注音ㄌㄧˋ。

鬲　△（鬲或字）鼎屬也。原鬲（集韻）。象形。今形聲。△閩南語音 Lėk. △國語注音ㄌㄧˋ。

礫　△小石。形聲。△閩南語音 Lėk.△國語注音ㄌㄧˋ。

櫟　△木也。不生火之木也。采木也。形聲。　△閩南語音 Lėk
Lȯk.△國語注音ㄌㄧˋ。

轢　△車所踐也。又陵踐也。形聲。△閩南語音 Lėk.△國語注
音ㄌㄧˋ。

皪　△的皪，白貌。又照也。又光明貌（集韻）。形聲。△閩南
語音 Lėk.△國語注音ㄌㄧˋ。

鬲　△鼎屬，與前字同。象形。△閩南 語音 Kek. Lėk.△國語
注音ㄌㄧˋ。

酈　△南陽縣曰酈。今河南內鄉。有故城。又姓也。形聲。△閩
南語音 Lê, Lėk.△國語注音ㄌㄧˋ。

上十五字，廣韻「郎擊切」。〔R. J.〕lik. li.〔國音入聲
〕ㄌㄧˋ。

tiɛk
滴　△水注也。亦水名。形聲。　△閩南語音 Tek. tih.　△國語
注音ㄉㄧ。

鏑　△矢鏠也。形聲。△閩南語音 Tek.△國語注音ㄉㄧˊ。

的　△明也。（亦書作旳）。形聲。　△閩南語音 Tek. teh.△
國語注音①˙ㄉㄜ②ㄉㄧˋ③ㄉㄧˊ。

適　△（本爲適從之適）驚視自失貌，又主也。專也。敵也。責
也（禮記）。形聲。△閩南語音 Sek. Tek. tėk.　△國語
注音①ㄕˋ②ㄉㄧˊ。

嫡　△孎也。形聲。△閩南語音 Tek.△國語注音ㄉㄧˊ。

商　△本也。木根、果蒂、獸蹄，皆由「商」。又和也（正字通
）。形聲。△閩南語音 Sek. Tek.△國語注音ㄉㄧˊ。

靮　△馬䩞也。韁繩也（說文新附）。形聲。△閩南語音 Tek.
△國語注音ㄉㄧˊ。

蹢 △蹢躅，逗足也 。形聲。△閩南語音 Tek. Tėk.△國語注音ㄓ。

弔 △（亦作弔祭之弔）至也（詩經）。會意。 △閩南語音 Tek. Tiàu.△國語注音ㄉㄧㄠ。

馰 △馬白額也。形聲。△閩南語音 Tek. △國語注音ㄉㄧ。

樀 △戶樀（戶櫩）也。形聲。△閩南語音 Tek. △國語注音 ㄉㄧ。

上十一字，廣韻「都歷切」。 〔R.J.〕 dik. di.〔國音入 聲〕ㄉㄧ。

ɣiɛk

檄 △尺二書。形聲。△閩南語音 Hėk.△國語注音ㄒㄧ。

覡 △能齊（齋）肅事神明者，男曰覡，女曰巫。會意。△閩南 語音 Hėk.△國語注音ㄒㄧ。

薂 △蓮實也（爾雅）。形聲。△閩南語音 Hek. △國語注音 ㄒㄧ。

上三字，廣韻「胡狄切」。 〔R. J.〕 shik. ʃi.〔國音入聲 ㄒㄧ。

ngiɛk

鷁 △（鳿或字）水鳥也。 形聲。△閩南語音 Ek. △國語注音 ㄧ。

薂 △草名，薂綬。 小草（爾雅）。形聲。△閩南語音 Kek. △國語注音①ㄋㄧ②ㄍㄜ。

艗 △艗艏，天子舟也（廣雅）。形聲。△閩南語音 Ek.△國語 注音ㄧ。

上三字，廣韻「五歷切」。 〔R.J.〕 nik. ni.(i).〔國音入 聲〕ㄧ（ㄋㄧ）。

diɛk

笛 △七孔筩也。羌笛三孔。形聲。△閩南語音 Tėk. tȧt.△
國語注音ㄉㄧˊ。

敵 △仇也。形聲。△閩南語音 Tėk.△國語注音ㄉㄧˊ。

翟 △山雉也。尾長。象形。△閩南語音 Tėk.△國語注音①
ㄉㄧˊ②ㄓㄞˊ③ㄓㄜˊ。

覿 △見也（又覩或字，目赤也）（說文新附）。形聲。△閩南
語音 Tȯk.△國語注音ㄉㄧˊ。

糴 △市穀也。買也 。會意。△閩南語音 Tėk. tô. tiȧh. △國
語注音ㄉㄧˊ。

狄 △北狄也，本犬種。狄之爲言淫辟也。會意。△閩南語音
Tėk.△國語注音ㄉㄧˊ。

荻 △萑也，實蘆葦也（玉篇）。形聲。△閩南語音 Tėk. tek.
△國語注音ㄉㄧˊ。

滌 △洒也。形聲。△閩南語音 Tėk.△國語注音ㄉㄧˊ。

廸 △道也。形聲。△閩南語音 Tėk.△國語注音ㄉㄧˊ。

頔 △好也（玉篇）。形聲。△閩南語音 Tėk.△國語注音
ㄉㄧˊ。

篴 △篴篴，長而殺也。詩云：篴篴竹竿（詩經）。形聲。△閩
南語音 Tėk△國語注音ㄊㄧˊ。

蹢 △行平易也。形聲。△閩南語音 Siok. Tėk. △國語注音
ㄔㄨˊ。

逷 △雨也（廣韻）。會意。 △閩南語音 Tȧk.△國語注音①ㄉㄧˊ
②ㄉㄨˊ。

上十三字，廣韻「徒歷切」。〔R. J.〕dik. di.〔國音入
聲〕ㄉㄧˊ。

t'iɛk

逖　△遠也。形聲。△閩南南音 Tèk. △國語注音ㄊㄧ。

摘　△拓果樹實也。形聲。△閩南語音 Tek. liah. tiah.△國語
　　　注音①ㄓㄜ②ㄉㄧ。

芍　△（集成植作「葯」）葯或字，芙蕖中子（集韻）。形聲。
　　　△閩南語音 Tek.△國語注音①ㄕㄨㄜ②ㄕㄠ③ㄉㄧ。

惕　△敬也。形聲。△閩南語音 Hut. Thek. △國語注音
　　　ㄊㄧ。

踢　△跌也。形聲。△閩南語音 Thek. thah. that. △國語注音
　　　ㄊㄧ。

剔　△解骨也。形聲。△閩南語音 Thek. thak. △國語注音
　　　ㄊㄧ。

趯　△踊也。通躍。又跳貌（廣韻）。形聲。△閩南語音 Iok.
　　　Thek.△國語注音ㄊㄧ。

倜　△倜儻，不羈也。倜然，高舉貌（說文新附）。會意。△閩
　　　南語音 Tiû. Thek.△國語注音ㄊㄧ。
　　　上八字。廣韻「他歷切」。〔R.J.〕tik. ti.〔國音入聲〕
　　　ㄊㄧ。

tsiɛk

績　△緝也。形聲。△閩南語音 Chek. cheh. chioh.△國語注
　　　音ㄐㄧ。

勣　△（通績）功也（廣韻）。形聲。△閩南語音 Chek. △國
　　　語注音ㄐㄧ。
　　　上二字，廣韻「則歷切」。〔R.J.〕jik. dʒi.〔國音入聲
　　　〕ㄐㄧ。

k'iɛk

喫　△食也。飲也。形聲（說文新附）。△閩南語音 Giat.

giȧt. Khè. khek. △國語注音ㄔ。

㲉 △（廣韻書作「㲉」）相擊中也。會意。△閩南語音 Kek.
△國語注音①ㄔ②ㄐㄧ一。

上二字，廣韻「苦擊切」。〔R.J.〕jik. dʒi. (tʃi) .〔
國音入聲〕ㄐㄧ（ㄔ）。

niɛk
溺 △溺水，自張掖，刪丹，西至酒泉，合黎餘波，入於流沙。
△閩南語音 Jiau. jiȯk. Lȧk.△國語注音ㄋㄧ。

惄 △飢餓也。憂也。形聲。△閩南語音 Lȧk.△國語注音ㄋㄧ。
上二字，廣韻「奴歷切」。〔R. J.〕nik. ni.〔國音入聲
〕ㄋㄧ。

dziɛk
寂 △無聲也。形聲。△閩南語音 Chȧk chȧp. tsȧt. tsaȕh.△
國語注音ㄐㄧ。

上一字，廣韻「前歷切」。〔R.J.〕jik. dʒi.〔國音入聲
〕ㄐㄧ。

miɛk
覓 △索也。求也（玉篇）。會意。△閩南語音 Bȧk. bā. bāi.
。△國語注音ㄇㄧ。

冪 △（廣韻作「幎」，應作「冪」）覆眥巾。又以巾覆物曰冪
（儀禮）。又算名：圓容內方。而方外圓內之四也，謂之
冪。今算書以乘方之指數爲「冪」（隋書）。形聲。△閩
南語音 Bȧk. △國語注音ㄇㄧ。

汨 △長沙汨羅淵也。形聲。△閩南語音 Bȧk. △國語注音
ㄇㄧ。

塓 △塗也。通慏（說文新附）。會意。△閩南語音 Bȧk.△國
語注音ㄇㄧ。

上四字，廣韻「莫狄切」。〔R.J.〕mik. mi.〔國音入聲〕ㄇㄧˋ。

biɛk

甓　△瓴甓（令適），瓦器也。　形聲。　△南閩語音 Phèk. phiàh.△國語注音ㄆㄧˋ。

上一字，廣韻「扶歷切」。〔R.J.〕pik. pi.〔國音入聲〕ㄆㄧˋ。

piɛk

壁　△垣也。形聲。△閩南語音 Phek. piah.△國語注音①ㄅㄧˋ ②ㄅㄧˋ。

上一字，廣韻「北激切」。〔R.J.〕bik. bi.〔國音入聲〕ㄅㄧˋ。

k'iuɛk

闃　△靜也（說文新附）。形聲。△閩南語音 Khek.△國語注音ㄑㄩˋ。

上一字，廣韻「苦鶪切」。〔R.J.〕Chiuk. tʃiu.〔國音入聲〕ㄑㄩˋ（ㄐㄩˋ）。

kiuɛk

鶪　△伯勞（鴂）也。形聲。△閩南語音 Khek.△國語注音ㄒㄩˋ。

臭　△犬視貌。會意。　△閩南語音 Kek. khek.△國語注音ㄒㄩˋ。

上二字，廣韻「古闃切」。〔R.J.〕shiuk. tʃiu.〔國音入聲〕ㄒㄩˋ（ㄐㄩˋ）。

ts'iɛk

戚　△戊也。形聲。△閩南語音 Chhek.　△國語注音ㄑㄧ。

鏚　△斧也（左傳）。形聲。△閩南語音 Chhek.△國語注音ㄑㄧ。

慽　△憂也。形聲。△閩南語音 Chhok. chhoeh. △國語注音
　　ㄑㄧ。
　　上三字，廣韻「倉歷切」。〔R.J.〕chik. tʃi.〔國音入
　　聲〕ㄑㄧˊ。

xiɛk
閱　△恒訟也。恨也，猶鬪也。形聲。△閩南語音 Gé. Hek.
　　△國語注音ㄒㄧ。
　　上一字，廣韻「許激切」。〔R.J.〕shik. ʃi.〔國音入聲〕
　　ㄒㄧˊ。

xiuɛk
砉　△（又入陌韻，又虎伯切）皮骨相離也（莊子）。會意。△
　　閩南語音 Hek. Hèk. △國語注音ㄏㄨㄛ。

焱　△火燄也（廣韻）。會意。△閩南語音 Iām. △國語注音
　　①一ㄢ②ㄏㄨㄛ。

殈　△卵裂而不孵化也（禮記）。形聲。△閩南語音 Sut. △國
　　語注音①ㄒㄩ②ㄋㄧˊ。
　　上三字，廣韻「呼臭切」。〔R. J.〕huok. huɔ.〔國音入
　　聲〕ㄏㄨㄛ。

ngiɛk
霓　△（已分入「齊、屑」二韻）屈虹青赤或白色，黔氣也。又
　　蟊也。形聲。△閩南語音 Gê. △國語注音ㄋㄧˊ。

鷁　△（疑爲廣韻「鶃」字之誤植）同鶃。水鳥也。形聲。△閩
　　南語音 Gèk.△國語注音ㄋㄧˊ。
　　上二字，均「倪歷切」，廣韻本韻未收。〔R.J.〕nik.
　　ni.〔國音入聲〕ㄋㄧˊ。

十三職

(含廣韻「職、德」二韻)

tśiek

職　△記微也。形聲。△閩南語音 Chit.△國語注音ㄓ。

織　△作布帛之總名也。形聲。△閩南語音 Chì. Chit. chhì.
　　△國語注音ㄓ。

樴　△弋也。形聲。△閩南語音 chit.△國語注音ㄓ。
　　上三字，廣韻「之翼切」。〔R.J.〕jyk. 3.〔國音入聲〕
　　ㄓ（ㄓㄜ）。

dîek

直　△正見也。會意。△閩南語音 Tìt△國語注音ㄓ。

犆　△牻犆，牛也。緣也。獨也（廣韻）。形聲。△閩南語音
　　Tèk. △國語注音ㄓ。

腤　△腸肥也。肥也。（廣韻）形聲。△閩南語音 Chit. Tit.
　　△國語注音ㄓ。
　　上三字，廣韻「除力切」。〔R.J.〕jyk. 3.〔國音入聲〕
　　ㄓ（ㄓㄜ）。

liek

力　△筋也。象形。△閩南語音 Lèk. làk. △國語注音ㄌ一。

屴　△屴崱，山高貌（杜詩）。形聲。△閩南語音 Lèk.△國語
　　注音ㄌ一。

仂　△數之餘也。十分之一也。勤也（禮記）。形聲。△閩南語
　　音 Lèk　△國語注音①ㄌ一②ㄌㄜ。
　　上三字，廣韻「林直切」。〔R.J.〕lik. li.〔國音入聲〕
　　ㄌ一（ㄌㄜ）。

t'iek

敕　△擊（策）馬也。形聲。△閩南語音 Thek.△國語注音ㄔ。

飭　△致堅也。形聲。△閩南語音 Thek. △國語注音ㄔ。

鷔　△鸂鷔，水鳥。毛五色（集韻）。形聲。△閩南語音Thek.
　　△國語注音ㄔ。

栻　△桐也。桐即局，下棋之局（廣雅）。形聲。△閩南語音
　　Sek. Thek. △國語注音ㄕ。

　　　上四字，廣韻「恥力切」。〔R.J.〕chek. tʃə.〔國音入
　　聲〕ㄔ（ㄔㄜ）。

ţiek

陟　△登也。形聲。△閩南語音 Thek. △國語注音ㄓ。
　　　上一字，廣韻「竹力切」。〔R.J.〕jyk. ӡ.〔國音入聲〕
　　ㄓ（ㄓㄜ）。

źiek

食　△集米也（集多米成食）。會意。△閩南語音 Sĭt. sū.
　　Chiⷶh. △國語注音①ㄕ②ㄙ。

蝕　△敗創也。敗、毀也。創、傷也。又日月食也。凡物侵蠹曰
　　蝕。形聲。△閩南語音 Sĭt. sĭh. △國語注音ㄕ。

　　　上二字，廣韻「乘力切」。〔R.J.〕shyk. ʃə.〔國音入聲
　　〕ㄕ（ㄕㄜ）。

siek.

息　△喘也。又一呼吸爲「息」。會意。△閩南語音 Sek. hioh.
　　sit.△國語注音ㄒㄧ。

熄　△畜火也。一曰滅火。形聲。△閩南語音 Sek. sit.△國語
　　注音ㄒㄧ。

　　　上二字，廣韻「相即切」。〔R.J.〕shik. ʃi.〔國音入聲〕
　　ㄒㄧ。

dźiek.

殖　△（本作生殖之殖）脂膏久殖也。脂膏久則浸潤。種也。生
也。形聲。△閩南語音 Sìt.△國語注音ㄓ。

植　△（本作植物之植）。戶植（門戶之直木）。形聲。△閩南
語音 Sìt. Tì.　△國語注音ㄓ。

湜　△水清見底也。形聲。△閩南語音 Sìt.△國語注音ㄕ。

寔　△正也。形聲。△閩南語音 Sìt. tsát.△國語注音ㄕ。

埴　△黏土地。形聲。△閩南語音 Sìt. Tì.△國語注音①ㄕ②
ㄓ。

　　上五字，廣韻「常職切」。〔R.J.〕jyk. ʒ.〔國音入聲〕
ㄕ（ㄓ）。

śiek

飾　△厱也。會意。△閩南語音 Sek. Thāⁿ.△國語注音ㄕ。

式　△法也。度也。敬也。發語詞。形聲。△閩南語音 Sek.
sit. △國語注音ㄕ。

軾　△車前也。車闌上之橫木。形聲。△閩南語音Sek.△國語注
音ㄕ。

識　△常也。一曰知也。又記也。 幟也。形聲。 △閩南語音
Chì. Sek. bat. △國語注音①ㄕ②ㄓ。

拭　△清（潔）也。靜也（儀禮）。形聲。 △閩南語音 Sek.
chhit△國語注音ㄕ。

　　上五字，廣韻「賞職切」。〔R.J.〕shyk. ʃə.〔國音入聲
〕ㄕ（ㄕㄜ）

xiek

赩　△大赤也。又赤白、怒也（說文新附）。形聲。△閩南語音
Kek. Hek.△國語注音①ㄏㄜ②ㄒㄧ。

䁤　△目衰也。會意。△閩南語音 Kek.△國語注音①ㄐㄧ
②ㄐㄩ③ㄐㄩˊ。

塱　△傷痛也。形聲。△ 閩南語音 Kek. Hek.△國語注音①
ㄏㄜ②ㄒㄩˋ。
上三字，廣韻「許極切」。〔R.J.〕shik. ʃi.〔國音入聲
〕ㄒㄧ（ㄏㄜ）。

dziek
崱　△山大貌。山連也。（集韻）形聲。△閩南語音Chek.△國
語注音ㄗㄜ。

萴　△烏喙也。草也。形聲。△閩南語音Chek.△國語注音ㄗㄜ。
上二字，廣韻「士力切」。〔R. J.〕tzek. dzə.〔國音入
聲〕ㄗㄜ。

giek
極　△棟也。形聲。△閩南語音 Kėk. △國語注音ㄐㄧ。
上一字，廣韻「渠力切」。〔R.J.〕jik. dʒi.〔國音入聲
〕ㄐㄧ。

niek.
匿　△亡也。形聲。△閩南語音 Lėk. bih.△國語注音ㄋㄧ。

恧　△慚也。會意。△閩南語音 Lok. Liok.△國語注音①ㄋㄩ
②ㄋㄧ。

蟘　△（同匿）蟲食病也。亦蟲名（廣韻）。形聲。△閩南語音
Lėk.△國語注音ㄋㄧ。
上三字，廣韻「女力切」。〔R.J.〕nik. ni.〔國音入聲〕
ㄋㄧ。

ts'iek
測　△深所至也。形聲。△閩南語音 Chhek.△國語注音ㄘㄜ。

惻　△痛也。形聲。△閩南語音 Chhek.△國語注音ㄘㄜ。

上二字，廣韻「初力切」。〔R.J.〕tsek. tsə.〔國音入聲〕ㄘㄜ˙。

ʔiek

億 △（一作億萬之億）安也。形聲。△閩南語音 Ek. △國語注音ㄧˋ。

臆 △（一作臆測之臆） 胸骨也。 同肊。形聲。△閩南語音 Ek. △國語注音ㄧˋ。

憶 △（一作回憶之憶）意也，恒在意中也。又念也（釋名）。形聲。△閩南語音 Ek. iah. it. △國語注音ㄧˋ。

抑 △按也。遏也。逼也。會意。△閩南語音 Ek. a. ah. iá.△國語注音ㄧˋ。

繶 △條也。束也（廣韻）。形聲。 △閩南語音 Ek. △國語注音ㄧˋ。

檍 △（本作𣞤）梓屬。大者可爲棺椁，小者可作弓材。形聲。△閩南語音 Ek.△國語注音ㄧˋ。

醷 △梅漿也。又噫醷一聚氣貌（禮記）。形聲。△閩南語音 Ek. △國語注音ㄧˋ。

意 △（廣韻作「薏」，義爲蓮子心。非心意之意）志也。會意。△閩南語音 Ek. ì. △國語注音ㄧˋ。

上八字，廣韻「於力切」。〔R.J.〕yik. i.〔國音入聲〕ㄧˋ。

ʂiek

色 △顏氣也。會意△閩南語音 Sek. △國語注音①ㄙㄜˋ②ㄕㄞˇ③ㄕㄜˋ。

嗇 △愛濇也。从來㐭，來者，㐭而臧之。故田夫曰嗇夫。會意。△閩南語音 Sek.△國語注音ㄙㄜˋ。

穡　△穀可收曰穡。形聲。△閩南語音 Sek. sit. △國語注音
　　ムさ。

輻　△車箱交革也。形聲。△閩南語音 Sek.△國語注音ムさ。
　　上四字，廣韻「所力切」。〔R.J.〕 sek. sə.〔國音入聲
　　〕ムさ。

kiek

棘　△小棗叢生者。會意。△閩南語音 Kek. △國語注音ㄐㄧ。

亟　△敏疾也。會意。 △閩南語音 Kek. △國語注音ㄐㄧ。

殛　△殊（死）也。形聲。△閩南語音 Kek.△國語注音ㄐㄧ。

愊　△愊性也。形聲。△閩南語音 Kek.△國語注音ㄐㄧ。

襋　△衣領也。又衣襟。形聲。△閩南語音 Kek. △國語注音
　　ㄐㄧ。
　　上五字，廣韻「紀力切」。〔R.J.〕 jik. dʒi〔國音入聲〕
　　ㄐㄧ。

oiek

翼　△𦐧篆文。如鳥之羽翼，而奉戴之。蟲羽也。佐也。形聲。
　　△閩南語音 Ėk. Sit.△國語注音ㄧ。

弋　△槷也。取也。象形。△閩南語音 Ėk. △國語注音ㄧ。

翊　△飛貌。形聲。△閩南語音 Ėk. △國語注音ㄧ。

妋　△婦官也。形聲。△閩南語音 It.△國語注音ㄧ。

釴　△鼎耳在表也（爾雅）。形聲。△閩南語音 Ėk.△國語注音
　　ㄧ。

芅　△銚芅，羊桃也（爾雅）。形聲。 △閩南語音 Ėk. △國語
　　注音ㄧ。

弍　△繳射飛鳥也。形聲△閩南語音 Ėk. △國語注音ㄧ。

黓　△黑也（廣雅）。形聲。△閩南語音 Ėk. △國語注音ㄧ。

瀷 △（又昌力切）水名。又水貌。形聲。△閩南語音 Ėk.△國
語注音ㄧ。

杙 △劉杙，木也。形聲△閩南語音 Ėk. Khit. △國語注音ㄧ。

翊 △明也（爾雅）形聲。△閩南語音 Ėk.△國語注音ㄧ。

　　　上十一字，廣韻「與職切」。〔R.J.〕yik. i.〔國音入聲
〕ㄧ。

tsiek

稷 △𥝩昗，五穀之長。形聲。△閩南語音 Chek. Sek. △國語
注音ㄐㄧ。

喞 △衆鬧聲。竊語聲。啾喞，衆聲也（六書故）形聲。△閩南
語音 Chek.△國語注音①ㄐㄧ②ㄐㄧ。

郎 △食也。形聲△閩南語音 Chek. chit. chiah. chiùⁿ.
　　△國語注音ㄐㄧ。

畟 △治稼，畟畟進也。又非也。會意。　△閩南語音 Chek.
　　chhek. △國語注音ㄐㄧ。

鯽 △魚名（本草綱目）。形聲。　△閩南語音 Chek. △國語注
音ㄐㄧ。

㯷 △細理木也。形聲。△閩南語音 Chek. △國語注音ㄐㄧ。

塈 △（又泰力切）疾也。燒土爲塼也。又燒土周棺也（集韻）
　　。形聲。△閩南語音 Chek. △國語注音 ㄐㄧ。

　　　上七字，廣韻「子力切」。〔R.J〕jik. dʒi.〔國音入聲〕
ㄐㄧ。

piek

逼 △近也。形聲。△閩南語音 Pek.△國語注音①ㄅㄧ②ㄅㄧ。

腷 △腷臆，意不泄也（廣韻）。形聲。　△閩南語音 Pek.△國
語注音ㄅㄧ。

湢　△浴室也。又整肅貌。湢測貌相迫也。湢洫，水驚涌貌（玉篇）。形聲。△閩南語音 Pek.△國語注音ㄅㄧˋ。

福　△木有所逼束也。又承矢器。形聲△閩南語音 Pek. △國語注音ㄅㄧˋ。

幅　△（又音福，與屋韻異）布帛廣也。形聲。△閩南語音Hok. Pak.△國語注音ㄈㄨˊ。

　　上五字，廣韻「彼側切」〔R.J.〕bik. bi. 〔國音入聲〕ㄅㄧˋ。

jiuek
域　△（同或）邦也。疆域。形聲。△閩南語音 Hėk. △國語注音ㄩˋ。

蜮　△短狐也。似鼈三足。以氣射害人。形聲。△閩南語音 Hėk. △國語注音ㄩˋ。

緎　△（本作䘍）羔裘之縫也。形聲。△閩南語音 Hėk.△國語注音ㄩˋ。

棫　△白桵也。形聲。△閩南語音 Hėk.△國語注音ㄩˋ。

淢　△疾流也。形聲。△閩南語音 Hek. Hėk.△國語注音ㄩˋ。

罭　△魚網也（說文新附）。形聲。△閩南語音 Hėk.△國語注音ㄩˋ。

魊　△小兒鬼。又短狐（廣韻）。形聲。△閩南語音 Hėk.△國語注音ㄩˋ。

鷋　△或鸆鷋，戴勝也（廣雅）。形聲。△閩南語音 Hėk.△國語注音ㄩˋ。

琙　△人名。玄菟太守公孫琙（東觀漢記）。形聲 △閩南語音 Hėk.△國語注音ㄩˋ。

上九字，廣韻「雨逼切」〔R.J.〕yuk. iu.〔國音入聲〕ㄩ。

xiuek

閾　△門限也。形聲。△閩南語音 Hėk.　△國語注音①ㄩ②ㄒㄩ。

洫　△十里爲成（溝），成間廣八尺。深八尺謂洫。形聲。△閩南語音 Hek. Hok.△國語注音ㄒㄩ。

侐　△靜也。形聲。△閩南語音 Hùi.△國語注音ㄒㄩ。

　　上三字，廣韻「況逼切」〔R.J.〕shiuk. ʃiu.〔國音入聲〕ㄒㄩ。

p'iek

愊　△愊愊也。形聲。△閩南語音 Pek.　△國語注音 ①ㄅㄧˊ②ㄈㄨ。

副　△判也。形聲。△閩南語音 Hȯk. Hù.△國語注音ㄈㄨ。

疈　△（副或字）磔牲也（集韻）。會意。△閩南語音 Hok.△國語注音ㄈㄨ。

　　上三字，廣韻「芳逼切」。〔R.J.〕fuk. fu.〔國音入聲〕ㄈㄨˋ（ㄈ）。

tsiek

側　△旁也。形聲。△閩南語音Chhek. chhiah.　△國語注音①ㄗㄜˋ②ㄘㄜ。

昃　△日在西方時側也。形聲。△閩南語音 Chek.　△國語注音ㄗㄜ。

仄　△側傾也。跌也。會意。△閩南語音 Chek. cheh.△國語注音ㄗㄜ。

汄　△滭汄，水勢。水流貌（廣韻）。形聲。△閩南語音Chek. chhek.△國語注音①ㄗㄜ②ㄘㄜ。

稯　△稻稯，禾密貌（集韻）。形聲。△閩南語音 Chhek.
　　△國語注音①ㄗㄜ②ㄘㄜ。
　　上五字，廣韻「阻力切」。〔R.J.〕tzek. dzə.〔國音入
　　聲〕ㄗㄜ。

biek
愎　△很也。戾也（廣雅）。形聲。△閩南語音 Hok. Pek. pėk.
　　△國語注音ㄅㄧ。
　　上一字，廣韻「符逼切」。〔R.J.〕bik. bi.〔國音入聲〕
　　ㄅㄧ。

ngiek
嶷　△識也。德高也（史記）。會意。△閩南語音 Gėk. Gî.△
　　國語注音①ㄋㄧ②ㄧ。
　　上一字，廣韻「魚力切」。〔R.J.〕nik. ni.〔國音入聲〕
　　ㄋㄧ。

tək
德　△外也。形聲。△閩南語音 Tek.△國語注音ㄉㄜ。
得　△行有所導（取）也。形聲。△閩南語音 Tek. tit.△國語
　　注音①ㄉㄜ②ㄉㄟ③ㄉㄞ④ㄉㄜ。
　　上二字，廣韻「多則切」。〔R.J.〕dek. də.〔國音入聲
　　〕ㄉㄜ（ㄉ）。

tsək
則　△等畫物也。从刀貝。貝，古物貨也。又法也。會意。△閩
　　南語音 Chek.△國語注音ㄗㄜ。
　　上一字，廣韻「子德切」。〔R.J.〕tzek. dzə.〔國音入
　　聲〕ㄗㄜ。

lək
勒　△馬頭落銜也。形聲。△閩南語音 Lėk. lảh. ni. nih.△國
　　語注音①ㄌㄜ②ㄌㄜ③ㄌㄟ。
扐　△易筮再扐而後卦（易經）。形聲。△閩南語音 Lėk. △國

語注音ㄌㄜ。

泐　△水之理也。形聲。△閩南語音 Lek. △國語注音ㄌㄜ。

肋　△脅骨也。形聲。△閩南語音 Lėk. Kun. △國語注音①
　　ㄌㄜ②ㄌㄟ。

阞　△地之理也。形聲。△閩南語音　Lek.△國語注音ㄌㄜ。

玏　△（同璑）石之次玉者。形聲。△閩南語音 Lėk. △國語注
　　音ㄌㄜ。
　　　上六字，廣韻「盧則切」。〔R.J〕lek. lə.〔國音入聲〕
　　ㄌㄜ。

t'ək

慝　△惡也。邪也。又作「匿」。隱情飾非也（尚書）。形聲
　　△閩南語音 Lek. Thek.△國語注音ㄊㄜ。

忒　△更也。形聲。△閩南語音 Thek. △國語注音①ㄊㄜ②
　　ㄊㄜ。
　　　上二字，廣韻「他德切」。〔R.J.〕tek. tə.〔國音入聲〕
　　ㄊㄜ。

k'ək

刻　△鏤也。形聲。△閩南語音 Khek. △國語注音①ㄎㄜ②
　　ㄎㄜ。

克　△肩也（象屋下刻木之形）。　象形。△閩南語音 Khek.
　　khat. △國語注音ㄎㄜ。

剋　△（同尅）勝也。殺也。剋己也，必也。（集韻）。形聲△
　　閩南語音 Khek. khat.△國語注音ㄎㄜ。
　　　上三字，廣韻「苦得切」。〔R.J.〕kek. kə.〔國音入聲
　　〕ㄎㄜ。

dək

特　△特牛（牛父）也。形聲。△閩南語音 Tėk. tiâu. △國語

注音ㄊㄜ。

騰　△（通螣）神蛇也。形聲。△閩南語音 Tek. Têng.△國語
注音ㄊㄜ。

上二字，廣韻「徒得切」。〔R.J.〕tek. tə.〔國音入聲〕
ㄊㄜ。

xək

黑　△北方色也。火所薰之色也。會意。△閩南語音 Hek. Oˑ.
△國語注音①ㄏㄟ②ㄒㄜ③ㄏㄟ。

上一字，廣韻「呼北切」。〔R.J.〕 hek. hə.〔國音入聲
〕ㄒㄜ（ㄏ）。

mək

墨　△書墨也。形聲 △閩南語音 Bėk. bȧk. bȧt.△國語注音
ㄇㄜ。

默　△犬暫逐人也。形聲。△閩南語音 Bėk.△國語注音ㄇㄜ。

冒　△（與冒昧之冒異）冡而前（覆）也。會意。△閩南語音
Mōˑ. māu.△國語注音①ㄇㄠ②ㄇㄜ。

縄　△（本作纆）索也。形聲。△閩南語音 Bėk.△國語注音
ㄇㄜ。

蟔　△蟲名。齊人呼蝠爲蟔蠜。通螺（集韻）。形聲。△閩南語
音 Bėk.△國語注音ㄇㄜ。

上五字，廣韻「莫北切」。〔R.J.〕 mek. mə.〔國音入
聲〕ㄇㄜ（ㄇㄜ）。

dzək

賊　△敗也。形聲。△閩南語音 Chėk. chhȧt.△國語注音①
ㄗㄟ②ㄗㄜ。

鰂　△（鯽或字）烏鰂，魚名。形聲。△閩南語音 Chėk. tsȧt.
△國語注音ㄗㄜ。

䄍　△食禾節蟲（廣韻）。形聲。△閩南語音 Chėk. △國語注
　　音①ㄗㄟ②ㄗㄜ。
　　上三字，廣韻「昨則切」。〔R.J.〕 tzek. dzə.〔國音入
　　聲〕ㄗㄜ。

sək
塞　△（一音「賽」）隔也。形聲。△閩南語音 Sài. Sek. soeh.
　　that.△國語注音①ㄙㄟ②ㄙㄜ③ㄙㄞ④ㄙㄢ。
　　上一字，廣韻「蘇則切」。〔R. J.〕sek. sə.〔國音入聲
　　ㄙㄜ。

pək
北　△乖也。會意。△閩南語音 Pok. Pōe. Pak. △國語注音
　　①ㄅㄟ②ㄅㄟ③ㄅㄜ。
　　上一字，廣韻「博墨切」。.〔R. J.〕bek. bə.〔國音入聲
　　〕ㄅㄜ（ㄅ）。

bək
僰　△（又符逼切）㮆，爲僰蠻夷也。地名。形聲。△閩南語音
　　Pȯk. △國語注音ㄅㄜ。
踣　△僵也。又仆或字。又散亡也。形聲△閩南語音 Pôe. Pȯk.
　　△國語注音ㄅㄜ。
菔　△蘆菔，似蕪菁，實如小菽者。形聲。　△閩南語音 Hȯk.
　　Pȯk.△國語注音①ㄈㄨ②ㄅㄜ。
匐　△伏地也。形聲。△閩南語音 Pȯk.　△國語注音ㄈㄨ。
　　上四字，廣韻「蒲北切」。〔R.J.〕 bok. bɔ.〔國音入聲
　　ㄅㄜ（ㄅ）。

ɣuək
惑　△亂也。形聲。△閩南語音 Hėk. △國語注音ㄏㄨㄛ。
或　△邦也。从口戈守其一。一，地也。同「國」。會意。△閩

南語音 Hėk.△國語注音ㄏㄨㄜ。

上二字，廣韻「胡國切」。〔R.J.〕huok. huɔ.〔國音入聲〕ㄏㄨㄜ（ㄏㄨㄜˋ）。

kuək
國　△邦也。形聲。△閩南語音 Kok.△國語注音ㄍㄨㄜ。

上一字，廣韻「古或切」。〔K.J.〕guok. guɔ〔國音入聲〕ㄍㄨㄜ（ㄍㄨㄜˋ）。

ʔək
餩　△噎也。又噎聲。音厄（玉篇）。形聲。△閩南語音 Ek.
　　△國語注音ㄜ。

上一字，廣韻「愛黑切」。〔R.J.〕yek. ə.〔國音入聲〕ㄜ。

ɤək
劾　△法有罪也。形聲 △閩南語音 Hāi. Hek. khek.△國語注音ㄏㄜ。

上一字，廣韻「胡德切」。〔R.J.〕hek. hə.〔國音入聲〕ㄏㄜ。

kək
裓　△行戒衣。又衣裾。又「裓夏」，樂章名（柳文）。形聲
　　△閩南語音 Hek. kài.△國語注音①ㄐㄧㄝ②ㄒㄧㄝ。

上一字，廣韻「古得切」。〔R.J.〕gek. gə.〔國音入聲〕ㄍㄜ（ㄐㄧㄝ）。

ts'ək.
墄　△階齒也。形聲（三輔黃圖）。△閩南語音 Chhek.△國語注音ㄑㄧ。

上一字，廣韻「七則切」。〔R.J.〕chik. tʃi.〔國音入聲〕ㄑㄧ。

十 四 緝

（同廣韻緝韻）

ts'iⁱp

緝　△績也。形聲。△閩南語音 Chhip.　△國語注音 ①ㄑㄧ②
　　　ㄘㄧ。

葺　△茨也。　以茅蓋屋曰茨。　又修補也。形聲。　△閩南語音
　　　Chhip.△國語注音ㄑㄧ。

　　　上二字，廣韻「七入切」。〔R.J.〕chik. tʃi.〔國音入聲
　　　〕ㄑㄧ。

dʑiⁱp

十　△數之具也。一爲東西，｜爲南北。會意。△閩南語音Sıp.
　　　Tsap.△國語注音ㄕ。

拾　△掇也。形聲。△閩南語音 Sıp. Khioh .Tsap.△國語注音
　　　①ㄕ②ㄕㄜ③ㄕ。

什　△相什保也。會意。△閩南語音 Sıp.△國語注音①ㄕ②
　　　ㄕㄜ。

褶　△（又徒協切）袴褶，騎服也。又無絮之衣（晉書）。形聲。
　　　△閩南語音 Sıp.　△國語注音ㄓㄜ。

　　　上四字，廣韻「是執切」。〔R.J.〕shek. ʃa.〔國音入聲
　　　〕ㄕ（ㄕㄜ）。

tśiⁱp

汁　△液也。形聲。△閩南語音 Chiap.　△國語注音ㄓ。

執　△捕罪人也。形聲。△閩南語音 Chiap.△國語注音ㄓ。

　　　上二字，廣韻「之入切」。〔R.J.〕jek. ʒə.〔國音入聲〕

屾。

ziip

習 △數飛。形聲。△閩南語音 Sı̍p.△國語注音ㄒㄧˊ。

襲 △（集成誤植爲「龍」）左袵袍。形聲。△閩南語音Sı̍p.
△國語注音ㄒㄧˊ。

隰 △阪下濕也。形聲。△閩南語音 Sip.△國語注音ㄒㄧˊ。

楫 △梁也。檻下橫木。說文：木也，堅木也。形聲。△閩南語
音Sı̍p.△國語注音ㄒㄧˊ。

霫 △（又先立切）雨貌（廣韻）。形聲。△閩南語音Sip. Sı̍p.
△國語注音ㄒㄧˊ。
　　上五字，廣韻「似入切」〔R.J.〕shik. ʃi.〔國音入聲〕
　　ㄒㄧˊ。

dziip

輯 △車輿也。又和也。通集、楫二字。 形聲。△閩南語音
Chip. Chhip.△國語注音ㄐㄧˊ。

集 △（雧省字）羣鳥在木上也。會意。△閩南語音 Chı̍p.△國
語注音ㄐㄧˊ。
　　上二字，廣韻「秦入切」。〔R.J.〕jik. dʒi.〔國音入聲〕
　　ㄐㄧˊ。

ńiip

入 △內也。象從上俱下也。 還也。象形。 △閩南語音 Jı̍p.△
國語注音①ㄖㄨˋ②ㄋㄚˋ③ㄖㄨˋ。

廿 △二十併也（此字吾疑爲古「疾」字，應書作「廾」。集成
誤植）。會意。△閩南語音 Jı̍p. jiàp.△國語注音ㄋㄧㄢˋ
（ㄐㄧˊ）。
　　上二字，廣韻「人執切」。〔R.J.〕ruk. ru.〔國音入聲〕
　　ㄖㄨˋ（ㄖˋ）。

ʔiᵢp

挕　△讓也。攘也。形聲。△閩南語音 Chhip. Ip. chhiùⁿ.
Jia. △國語注音①一②ㄐㄧ。

挹　△抒也。形聲。△閩南語音 Ip.△國語注音ㄧ。

上二字，廣韻「伊入切」。〔R. J.〕yik. i.〔國音入聲〕
ㄧ。

śiᵢp

潗　△幽溼也。形聲。△閩南語音 Sip.△國語注音ㄕ。

上一字，廣韻「失入切」。〔R.J.〕 shyk. ʃə.〔國音入
聲〕ㄕ（ㄕㄜ）

tsiᵢp

濼　△濼潗，沸聲（文選）。形聲。△閩南語音 Chip.△國語注
音ㄑㄧ。

上一字，廣韻「予入切」。.〔R.J.〕chik. tʃi.〔國音入聲
〕ㄑㄧ（ㄐㄧ）。

giᵢp

及　△逮也。會意。△閩南語音 Kip.△國語注音ㄐㄧ。

笈　△負書箱也（史記）。形聲。△閩南語音 Kip. khip. △國
語注音ㄐㄧ。

芨　△（又力入切）草名，白芨、白芨也（廣雅）。形聲。△閩
南語音 Lip. △國語注音①ㄌㄧ②ㄐㄧ。

上三字，廣韻「其立切」。〔R.J.〕jik. dʒi.〔國音入聲〕
ㄐㄧ。

diᵢp

蟄　△藏也。形聲。△閩南語音 Chip. Tit.△國語注音①ㄓㄜ
②ㄓ。

塌　△下入也。形聲。△閩南語音 Sip. Tiap.△國語注音ㄓㄜ。

上二字，廣韻「直立切」。〔R.J.〕 jek. ʒə.〔國音入聲〕

　　业ㄜ（业）。

tíⁱp
熱　△（骨或字）絆馬也。繮也。連也。拘執也。形聲。△閩南
　　語音 Chip. Koàn. Toān.△國語注音业。

舞　△（廣韻書作「𩥇」）馬後左足白也。从馬二其足。會意。△
　　閩南語音 Tsù.△國語注音①业②业ㄨ。
　　上二字，廣韻「陟立切」。〔R.J.〕jyk. 3.〔國音入聲〕
　　业。

líⁱp
立　△侸（住）也。會意。△閩南語音 Lı̍p.△國語注音ㄌ一。

粒　△糂（米粒）也形聲。△閩南語音 Lı̍p. lia̍p.△國語注音
　　ㄌ一。

笠　△簦無柄也。竹器。又遮雨竹帽。形聲。△閩南語音 Lı̍p.
　　loe̍h.△國語注音ㄌ一。

岦　△岦岌，山貌（集韻）。形聲。△閩南語音Lı̍p.△國語注音
　　ㄌ一。
　　上四字，廣韻「力入切」，〔R.J.〕lik. li.〔國音入聲〕
　　ㄌ一。

kíⁱp
急　△褊也。形聲。△閩南語音 Kip.△國語注音ㄐ一。

給　△相足也。形聲△閩南語音 Kip. khip. khia̍p. khit △國
　　語注音①ㄍㄟ②ㄐ一。

級　△絲次弟也。形聲。△閩南語音 Kip. khip. △國語注音
　　ㄐ一。

汲　△引水也。形聲。△閩南語音 Khip.△國語注音ㄐ一。

伋　△人名（孔伋）。形聲。△閩南語音 Kip. khip. △國語注
　　音ㄐ一。

上五字，廣韻「居立切」。〔R.J.〕jik. dʒi.〔國音入聲
ㄐㄧ。

ngiep

岌　△山高貌。岌岌，不安貌（說文新附）。形聲。△閩南語音
　　　Gip. Kip.△國語注音ㄐㄧ。

上一字，廣韻「魚立切」。〔R.J.〕jik. dʒi.〔國音入聲〕
ㄐㄧ。

k'iep

泣　△無聲出涕曰泣。形聲。△閩南語音 Khip.△國語注音
　　　ㄑㄧ。

上一字，廣韻「去急切」。〔R.J.〕chik. tʃi.〔國音入聲
〕ㄑㄧ。

ṣiɪp

澀　△不滑也。會意。△閩南語音 Sip. siap.△國語注音ㄙㄜ。

鈒　△戟也（廣韻）。形聲。△閩南語音 Khip. sap.△國語注音
　　　①ㄙㄜ②ㄙㄚ。

上二字，廣韻「色立切」〔R.J.〕 sek. sə.〔國音入聲〕
ㄙㄜ。

xiek

吸　△內息也。飲也。形聲。△閩南語音 Khip.△國語注音
　　　ㄒㄧ。

翕　△起也。形聲。△閩南語音 Hip.△國語注音ㄒㄧ。

歙　△縮鼻也。形聲。△閩南語音 Hip.△國語注音ㄒㄧ。

潝　△水流疾聲。形聲。△閩南語音 Hip.△國語注音ㄒㄧ。

上四字，廣韻「許及切」。〔R.J.〕shik. ʃi.〔國音入聲
〕ㄒㄧ。

tṣiɪp

戢　△臧（同藏）兵也。形聲。△閩南語音 Chhip.△國語注

音ㄐㄧ。

濈　△和也。形聲△閩南語音 Chhip△國語注音ㄐㄧ。

觬　△角多貌。角堅貌（類篇）。形聲。△閩南語音 Chhip.△
　　國語注音ㄐㄧ。

蕺　△菜名。俗謂魚腥草。形聲。△閩南語音 Chhip.△國語注
　　音ㄐㄧ。

霵　△（又仕戢切）聲眾疾貌。雨聲（文選）。形聲。△閩南語
　　音 Chhip.△國語注音①ㄐㄧ②ㄑㄧ。

　　　上五字，廣韻「阻立切」。〔R.J.〕jik. dʒi.〔國音入聲〕
　　ㄐㄧ。

ʔiep
邑　△國也。會意。△閩南語音 Ip.△國語注音ㄧ。

唈　△京兆藍田鄉。形聲。△閩南語音 Ap. Ip.△國語注音①
　　ㄧ②ㄜ。

裛　△書囊也。香襲衣也。形聲△閩南語音 Ip.△國語注音ㄧ。

浥　△濕也。形聲。△閩南語音 Ip.△國語注音ㄧ。

悒　△不安也。形聲。△閩南語音 Ip.△國語注音ㄧ。

　　　上五字，廣韻「於汲切」。〔R. J.〕yip. i.〔國音入聲〕
　　ㄧ。

ɤiep
熠　△（又羊入切）盛光也。詩云：熠熠宵行。形聲。△閩南語
　　音Ip. sip.△國語注音ㄧ。

　　　上一字，廣韻「爲立切」。〔R. J.〕yik. i.〔國音入聲〕
　　ㄧ（ㄒㄧ）。

ŋiɪp
嶷　△盛貌。會意。△閩南語音 Ip. Sip. △國語注音 ①ㄧ②
　　ㄋㄧ。

上一字，廣韻「羊入切」。〔R.J.〕yik. i.〔國音入聲〕
ㄧ。

jiɪp
潝　△渠潝，沸聲。形聲。△閩南語音 Liap.△國語注音①ㄋㄧ
②ㄋㄧㄝ。

上一字，廣韻「尼立切」。〔R.J.〕nip. ni.〔國音入聲〕
ㄋㄧ。

tsiɪp
揖　△（與「伊入切」異。集成作「予入切」，音集）聚也。詩
云：蟊斯羽揖兮（史記）。 形聲。 △閩南語音 Chhip.
△國語注音ㄐㄧ。

上一字，「籍入切」，廣韻無此字。〔R.J.〕jik. dʒi.〔
國音入聲〕ㄐㄧ。

十 五 合

（廣韻「合、盍」二韻）

ɤap

合 △集口也（古△字）和也。同也。會意。△閩南語音 Hap.
ap. hah. kah.△國語注音①ㄏㄜ②ㄍㄜ。
上一字，廣韻「侯閤切」〔R. J.〕hek. hə.〔國音入聲〕
ㄏㄜ。

kəp

合 △量器名。兩龠爲合，十合爲升。會意。 △閩南語音 Kah.
△國語注音ㄍㄜ。

閤 △門房戶也。形聲△閩南語音 Hap. Khap.△國語注音
①ㄒㄜ②ㄍㄜ。

蛤 △蜃屬，有三，皆生於海。秦人謂之牡厲。形聲。△閩南語
音 Kap.△國語注音①ㄍㄜ②ㄏㄚ。

鴿 △鳩屬也。形聲△閩南語音 Kap. Chíⁿ. △國語注音ㄍㄜ。

韐 △（韠或字）合韋爲之衣飾。形聲。△閩南語音 Kiap.
△國語注音ㄍㄜ。
上五字，廣韻「古沓切」。〔R.J.〕gek. gə.〔國音入聲〕
ㄍㄜ（ㄍ）。

təp

答 △對也。應也。報也（禮記）。形聲。△閩南語音 Tap.
tah.△國語注音①ㄉㄚ②ㄉㄚ。

荅 △小尗也。即小豆。又厚之貌。又嗒省文。形聲。△閩南語
音Tap.△國語注音①ㄉㄚ②ㄉㄚ。

嗒 △嗒然。忘懷也（莊子）。形聲。△閩南語音 Tap. Thap.

△國語注音ㄊㄚ。

上三字，廣韻「都合切」。〔R.J.〕dak. dʌ.〔國音入聲〕
ㄉㄚ。

səp

颯　△風聲也。形聲。△閩南語音 Sap.△閩南語音ㄙㄚ。

靸　△小兒屨也。形聲。△閩南語音 Kip.△國語注音。①ㄊㄚ
②ㄙㄚ。

鈒　△鋋也，鏤也。形聲。△閩南語音 Sap.△國語注音①ㄐㄧ
②ㄙㄜ。

馺　△馬行相及也。疾馳也。形聲。△閩南語音 Kip. Sap.△
國語注音ㄊㄚ。

趿　△進足有所擷取也。形聲。△閩南語音 Khip.△國語注音
ㄙㄚ。

卅　△（俗作「丗」）三十併也。會意。△閩南語音 Sáp. siap.
△國語注音ㄙㄚ。

上六字，廣韻「蘇合切」。〔R.J.〕sak. sʌ.〔國音入聲〕
ㄙㄚ。

dəp

沓　△語多沓沓也。會意。△閩南語音 Tàp. Chhàuh. tàuh.
tháuh.△國語注音ㄊㄚ。

誻　△迊也。形聲。△閩南語音 Tàp.△國語注音ㄊㄚ。

譗　△譗詻（多言）也。形聲。△閩南語音 Tàp.△國語注音
ㄊㄚ。

駘　△駃駘，馬行貌（玉篇）。形聲。△閩南語音 Tàp.△國
語注音ㄊㄚ。

蹋　△蹹蹋。又蹋或字。踐也。又作踏或字（集韻）。形聲。△
閩南語音 Tàp. Thap.△國語注音ㄊㄚ。

澘　△湆溢也。形聲。△閩南語音 Tȧp.△國語注音ㄊㄚ。

上六字，廣韻「徒合切」。〔R.J.〕tak. tʌ.〔國音入聲〕ㄊㄚ。

t'əp

踏　△（蹹俗字）踐也。履也。下也。箸地也（集韻）。形聲。△閩南語音 Tȧp. tȧh.△國語注音ㄊㄚ。

濕　△水名。又濕沃，漢縣名。又濕濇，攢聚貌（尚書）。會意。△閩南語音 Lúi.△國語注音①ㄊㄚ②ㄌㄨㄜ。

鞜　△革履也（漢書）。形聲。△閩南語音 Tȧp. △國語注音ㄊㄚ。

嚃　△大歠也。不嚼而吞也（禮記）。形聲。△閩南語音 Tȧp. Thap.△國語注音ㄊㄚ。

黯　△黑也。晉書有黯伯（集韻）。形聲。△閩南語音 Tȧp.△國語注音ㄊㄚ。

上五字，廣韻「他合切」。〔R.J.〕tak. tʌ.〔國音入聲〕ㄊㄚ。

dzəp

雜　△五采相合也。形聲。△閩南語音 Tsȧp.△國語注音ㄗㄚ。

上一字，廣韻「徂合切」。〔R.J.〕tzak. dzʌ.〔國音入聲〕ㄗㄚ。

tsəp

帀　△（廣韻書作「帀」）同帀。周也（史記）。會意。△閩南語音 Tsat.△國語注音ㄗㄚ。

噆　△銜也。形聲。△閩南語音 Chhám. Tsám. △國語注音ㄗㄢˇ。

上二字，廣韻「子答切」。〔R.J.〕tzak. dzʌ.〔國音入聲〕ㄗㄚ。

ləp

拉　△（本音陰平）摧也。形聲。△閩南語音 La. láp. liap. liáp.△國語注音①ㄌㄚ②ㄌㄚˊ③ㄌㄚˇ。

上一字，廣韻「盧合切」。〔R.J.〕lak. lʌ.〔國音入聲〕ㄌㄚˋ。

nəp

納　△絲溼納納也。濡溼貌。又內也。入也。形聲。△閩南語音 Láp.△國語注音ㄋㄚˋ。

衲　△補也。僧衣曰衲（廣韻）。形聲。△閩南語音 Láp.△國語注音ㄋㄚˋ。

軜　△驂馬內轡系軾前者。軜，驂內轡也。。形聲△閩南語音 Láp.△國語注音ㄋㄚˋ。

上三字，廣韻「奴答切」。〔R.J.〕nak. nʌ.〔國音入聲〕ㄋㄚˋ。

k'əp

溘　△奄忽也。水也。至也（說文新附）。形聲。△閩南語音 Khap.△國語注音ㄎㄜˋ。

上一字，廣韻「口答切」。〔R.J.〕kek. kə.〔國音入聲〕ㄎㄜˋ（ㄎ）。

ʔəp

姶　△女子也。形聲。△閩南語音 Ap.△國語注音①一ㄣˇ②ㄒ一ˋ③ㄏㄜˋ。

上一字，廣韻「烏合切」。〔R.J.〕hek. hə.〔國音入聲〕ㄏㄜˋ。

xəp

欱　△歙（吸）也。形聲。△閩南語音 Háp.△國語注音ㄏㄚˋ。

上一字，廣韻「呼合切」。〔R.J.〕hap. hʌ.〔國音入聲

〕ㄏㄚˋ。

ʔəp

唈　△京兆藍田鄉。形聲。△閩南語音 Ap.△國語注音ㄧ。
上一字，廣韻「烏答切」。〔R.J.〕yik. i.〔國音入聲〕
ㄧ（ㄏㄚˋ）。

ɣap

闔　△門扉也。形聲。△閩南語音 Khap.△國語注音ㄏㄜˊ。

盍　△（本作「盇」）覆也。又合也。何不，疑詞。會意。△閩
南語音 Àp.△國語注音ㄏㄜˊ。

蓋　△（本作「葢」，又古盍切）覆也。形聲。△閩南語音 Kài.
khap. kòa. khàm.△國語注音①ㄍㄞˋ②ㄏㄜˊ③ㄍㄜˇ。

嗑　△多言也。形聲。△閩南語音 Àp. khap.△國語注音①
ㄏㄜˊ②ㄎㄜˋ。
上四字，廣韻「胡臘切」。〔R.J.〕hek. hə.〔國音入聲〕
ㄏㄜˊ。

lap

臘　△冬至後三戌，臘祭百神。形聲。△閩南語音 Làp. liàp.
làh.△國語注音ㄌㄚˋ。

蠟　△蜜滓也。蠟燭也（玉篇）。形聲。△閩南語音 Liàp. làh.
△國語注音ㄌㄚˋ。
上二字，廣韻「盧盍切」。〔R.J.〕lak. lʌ.〔國音入聲〕
ㄌㄚˋ。

tap

搨　△（廣韻盍韻作「搨」）冒也。搴也。打也（集韻）。形聲
。△閩南語音 Tap. Thap.△國語注音ㄊㄚˋ。
上一字，廣韻「都榼切」。〔R.J.〕tap. tʌ.〔國音入聲〕
ㄊㄚˋ。

t'ap

塔　△西域浮圖也。佛堂也。累土也（說文新附）。形聲。△閩
南語音 Thap. thah.△國語注音ㄊㄚ。

榻　△牀也。枰也（說文新附）。形聲。△閩南語音 Thap.
that.△國語注音ㄊㄚ。

搭　△冒也。一曰摹也。與「搨」同。一音答，擊也，附也（集
韻）。形聲。△閩南語音 Tap. tah.△國語注音ㄉㄚ。

錔　△兵器也。又鼓鞞聲（玉篇）。形聲。△閩南語音 Thap.
△國語注音ㄊㄚ。

上四字，廣韻「吐盍切」。〔R.J.〕tak. tʌ.〔國音入聲〕
ㄊㄚ。

dap

闒　△樓上戶也。形聲。△閩南語音 Thap.△國語注音ㄊㄚ。
上一字，廣韻「徒盍切」。〔R.J.〕tak. tʌ.〔國音入聲〕
ㄊㄚ。

k'ap

榼　△酒器也。形聲。△閩南語音 Khap.△國語注音ㄎㄜ。

磕　△石聲。形聲。△閩南語音 Khap. ka. khảp.△國語注音
ㄎㄜ。

上二字，廣韻「苦盍切」。〔R.J.〕kek. kə.〔國音入聲〕
ㄎㄜ。

十 六 葉

（含廣韻「葉、怗」二韻）

oiæp

葉　△（與本韻「書涉切」異）草木之葉也。形聲。△閩南語音
　　Iáp. iàh. Hióh.△國語注音①一ㄝ②ㄕㄜ。

楪　△薄木也（同枼）。形聲。△閩南語音 Iáp.△國語注音
　　一ㄝ。

鍱　△鑈也，錘薄成葉也。形聲。△閩南語音 Tiáp.△國語注音
　　一ㄝ。

　　上三字，廣韻「與涉切」。〔R.J.〕yik ie.〔國音入聲〕
　　一ㄝ。

tsiæp

接　△交也。形聲。△閩南語音 Chiap. chih.△國語注音
　　ㄐ一ㄝ。

楫　△舟櫂也（或作檝）。又林木貌。形聲。△閩南語音
　　Chhip.△國語注音ㄐ一ㄝ。

睫　△目動貌（集韻）。形聲。△閩南語音 Chiap. chiat.
　　chiah. Liap.△國語注音ㄐ一ㄝ。

婕　△女字也。形聲。△閩南語音 Chiap.△國語注音ㄐ一ㄝ。

椄　△續木（椄枝）也。形聲。△閩南語音 Chiap.△國語注音
　　ㄐ一ㄝ。

萐　△萐餘也。杏荣。形聲。△閩南語音 Chiap.△國語注音
　　ㄐ一ㄝ。

鯜　△（又「七接切」）鯜魚也。出樂浪番國。形聲。△閩南語

音 Chiap.△國語注音くㄧㄝ。

上七字，廣韻「即葉切」。〔R.J.〕jiek. dʒie.〔國音入
聲〕ㄐㄧㄝ。

śiæp

攝　△引持也。形聲。△閩南語音 Liap. Siap. siáp. △國語注
　　音ㄕㄜ。

葉　△河南縣名。古屬南陽郡（漢書）。形聲。△閩南語音 Siap.
　　△國語注音ㄕㄜ。

歙　△縮鼻也。形聲。△閩南語音 Hip. △國語注音①ㄕㄜ②
　　ㄒㄧ。

欇　△（又「時攝切」）木葉搖白也。△閩南語音 Liap. Siap.
　　△國語注音ㄕㄜ。

灄　△水名。又澀灄，雨露貌（水經）。形聲。△閩南語音Liap.
　　△國語注音ㄕㄜ。

　　上五字，廣韻「書涉切」。〔R.J.〕shek. ʃə.〔國音入聲〕
　　ㄕㄜ。

dziæp

涉　△徒行灊水也。會意。 △閩南語音 Siáp. △國語注音
　　ㄅㄧㄝ。

　　上一字，廣韻「時攝切」。〔R.J.〕diek. die.〔國音入
　　聲〕ㄅㄧㄝ（ㄕㄜ）。

liæp

獵　△放獵逐禽也。形聲。△閩南語音 Liàp. làh. △國語注音
　　ㄌㄧㄝ。

鬣　△髮鬣鬣也。形聲。△閩南語音 Liàp. △國語注音ㄌㄧㄝ。

躐　△踰越也。踐也（禮記）。形聲。△閩南語音 Liàp. △國
　　語注音ㄌㄧㄝ。

攦　△理持也。形聲。△閩南語音 Liảp. △國語注音ㄌㄧㄝˋ。

獵　△戎姓（廣韻）。形聲。△閩南語音 Liảp.△國語注音①ㄌㄧㄝˋ②ㄍㄜˊ。

　　上五字，廣韻「良涉切」。〔R.J.〕liek. lie. 〔國音入聲〕ㄌㄧㄝˋ。

dziæp

捷　△獵也。速也。形聲。△閩南語音 Chiảt. chiảp. iâ^n.△國語注音ㄐㄧㄝˊ。

踕　△足疾（玉篇）。形聲。△閩南語音 Chiảt. △國語注音ㄐㄧㄝˊ。

偛　△佽（便利）也。形聲。△閩南語音 Chiap. △國語注音ㄐㄧㄝˊ。

　　上三字，廣韻「疾葉切」。〔R.J.〕jiek. ʒie. 〔國音入聲〕ㄐㄧㄝˊ。

diæp

牒　△薄切肉也。又通䐑。形聲。△閩南語音 Tiảp.△國語注音①ㄋㄧㄝˋ②ㄓㄜˊ。

墋　△下入也。形聲。△閩南語音 Sip. Tiảp.△國語注音ㄓㄜˊ。
　　上二字，廣韻「直葉切」。〔R.J.〕jek. ʒə 〔國音入聲〕ㄓㄜˊ。

ʔiap

緤　△（又「居輒切」）緤繠，補縫也（集韻）。形聲。△閩南語音 Kiap△國語注音ㄐㄧㄝˊ。
　　上一字，廣韻「於輒切」。〔R.J.〕jiek. dʒie. 〔國音入聲〕ㄐㄧㄝˊ。

ŋiæp

躡　△蹈也。形聲。△閩南語音 Liap.△國語注音ㄋㄧㄝˋ。

鑷　△攝也。攝取髮也。又首飾也。同鑷（釋名）。形聲。△閩
　　南語音 Liap.△國語注音ㄋㄧㄝ。

囁　△附耳私小語也。會意。△閩南語音 Chiap. Liap. Tiap.
　　△國語注音ㄋㄧㄝ。

敜　△敜敜，相及也（集韻）。形聲。△閩南語音 Chiap. △國
　　注語音ㄋㄧㄝ。

篞　△箱也。又同躡。形聲。△閩南語音 Liap.△國語注音
　　ㄋㄧㄝ。

繜　△縫也。繫也。絤繜，續縫也（爾雅）。形聲。△閩南語音
　　Giap. Liap.△國語注音①ㄋㄧㄝ②ㄧㄝ。

　　上六字，廣韻「足輒切」。〔R.J.〕 niek. nie.〔國音入
　　聲〕ㄋㄧㄝ。

ts'æp
讘　△小言。又讘嘗，語不正也（集韻）。形聲。△閩南語音
　　Thiap. Chhiam.△國語注音①ㄊㄧㄝ②ㄔㄚ。

　　上一字，廣韻「叱涉切」。〔R.J.〕 tiek. tie.〔國音入聲〕
　　ㄊㄧㄝ。

ńiæp
讘　△多言也。又詀讘，細語也。形聲。△閩南語音 Liap.△國
　　語注音①ㄓㄜ②ㄋㄧㄝ。

　　上一字，廣韻「而涉切」。〔R.J.〕 jek. ʒə.〔國音入聲〕
　　ㄓㄜ。

tśiæp
慹　△失氣也。形聲。△閩南語音 Liap.△國語注音ㄓㄜ。

慴　△懼也。形聲。△閩南語音 Síp. △國語注音ㄓㄜ。

讋　△懼也。言不止也。形聲。 △閩南語音 Sip. △國語注音
　　ㄓㄜ。

摺　△敗也。形聲。△閩南語音 Chiap. Liap. Tiap. chih.
　　國語注音①ㄓㄜˊ②ㄓㄜˋ。

霅　△霅霅，震電貌。形聲。△閩南語音 Sep.△國語注音ㄓㄚˊ。

福　△（又「陟葉切」）帆或字，領端也（集韻）。形聲。△閩
　　南語音Chiap Liap.△國語注音ㄓㄜˊ。

　　上六字，廣韻「之涉切」。〔R.J.〕jek. ʒə.〔國音入聲〕
　　ㄓㄜˊ。

ts'iæp

妾　△有罪女子給事之得接於君者。會意。△閩南語音Chhiap.
　　Thiap.△國語注音ㄑㄧㄝˋ。

緁　△緶衣也。形聲。△閩南語音 Chhiap.△國語注音①ㄑㄧㄝˋ
　　②ㄐㄧㄝˋ。

�　△湲水也。形聲。△閩南語音 Chhiap.△國語注音①
　　ㄑㄧㄝˋ②ㄐㄧㄝˋ。

　　上三字，廣韻「七接切」。〔R.J.〕chiek. tʃie.〔國音
　　入聲〕ㄑㄧㄝˋ。

giap

笈　△負書箱也（史記）。形聲。△閩南語音 Kíp. khip.△國
　　語注音ㄐㄧˊ。

袺　△衣領也。又衣後裾也（廣雅）。形聲。△閩南語音 Kiap.
　　kip.△國語注音ㄐㄧㄝˋ。

　　上二字，廣韻「其輒切」。〔R. J.〕jiek. dʒie.〔國音入聲
　　〕ㄐㄧㄝˋ。

ţiæp

輒　△（集成書作「輙」）車兩輢也。形聲。△閩南語音 Tiap.
　　△國語注音ㄓㄜˊ。

　　上一字，廣韻「陟葉切」。〔R.J.〕jek. ʒə.〔國音入聲〕

ㄓㄜ。

ɤiap

曄　△光也。明也。會意。△閩南語音 Iap.△國語注音ㄧㄝ。

燁　△火光貌。火盛貌。會意。△閩南語音 Iap.△國語注音
　　ㄧㄝ。

爗　△盛也。爗爗，震雷貌。或作燁。會意。△閩南語音 Iap.
　　△國語注音ㄧㄝ。

饁　△（集成誤作「鑑」）本作饁。餉田也。又饋也。形聲。△
　　閩南語音 Iap.△國語注音ㄧㄝ。

　　上四字，廣韻「筠輒切」。〔R.J.〕yip. ie.〔國音入聲〕
　　ㄧㄝ。

sĭæp

葉　△（又「士洽切」，通洽韻）蓮莆，瑞草也。形聲。△閩南
　　語音 Chiat. chhiat.△國語注音①ㄐㄧㄝ②ㄕㄚ。

箑　△扇也。即扉也。形聲。△閩南語音 Chiat.△國語注音①
　　ㄐㄧㄝ②ㄕㄚ。

霎　△（又「所洽切」洽韻同）小雨也。目動之頃也（說文新附）
　　。形聲。△閩南語音 Sap.△國語注音ㄕㄚ。

　　上三字，廣韻「山輒切」。〔R.J.〕shak. ʃʌ.〔國音入聲
　　〕ㄕㄚ（ㄔㄚ）。

ʔĭæp

厭　△（又「於艷切」）笮（迫）也。一曰合也。形聲。△閩南
　　語音 Iam. Iâm. ià. iàu.△國語注音①ㄧㄢ②ㄧㄢ。

靨　△姿也。面上靨子。頰邊文也（說文新附）。形聲。△閩南
　　語音 Iám.Iap.△國語注音ㄧㄝ。

魘　△夢驚也。眠不祥也（集韻）。形聲。△閩南語音 Iám.
　　Iap.△國語注音ㄧㄢ。

壓　△一指按也。形聲。△閩南語音 Iám. Iap. △國語注音
　　一世。

　　　上四字，廣韻「於葉切」。〔R.J.〕yiek. ie.〔國音入聲〕
　　　一世。

t'iɛp.

帖　△帛書署也。形聲。△閩南語音 Thiap. △國語注音①
　　ㄊㄧㄝ②ㄊㄧㄝ③ㄊㄧㄝ。

貼　△以物爲質也。切合也（說文新附）。形聲△閩南語音
　　Thiap. tah.△國語注音ㄊㄧㄝ。

蝶　△（又「徒協切」）蝶蝪，蟲名。又音牒，胡蝶（廣韻）。
　　形聲。△閩南語音 Tia̍p. ia̍n.△國語注音ㄉㄧㄝ。

踮　△屣也。又輕踢之也，即跳舞也。又墜落貌（史記）。形聲
　　。△閩南語音 Tiap. Liam. thiap. Chhiap. △國語注音
　　ㄉㄧㄝ。

帖　△（集成誤作「帖」）靜也。服也。形聲（玉篇）。△閩南
　　語音 Thiap.△國語注音①ㄊㄧㄝ②ㄓㄢ。

　　　上五字，廣韻「他協切」。〔R.J.〕tiek. tie.〔國音入聲
　　　〕ㄊㄧㄝ。

ɣiɛp

協　△同众之龢（和）也。會意。△閩南語音 Phok. phauh.△
　　國語注音ㄒㄧㄝ。

俠　△俜（游俠）也。形聲。△閩南語音 Hia̍p. Kiap.△國語注
　　音①ㄒㄧㄚ②ㄐㄧㄚ。

勰　△同思之和也。形聲。△閩南語音 Hia̍p. △國語注音
　　ㄒㄧㄝ。

挾　△俾持也。形聲。△閩南語音 Hia̍p. Kiap. khiâu. nge̍k.

△國語注音①ㄒㄧㄝ②ㄒㄧㄚˊ③ㄐㄧㄚˊ。

上四字，廣韻「胡頰切」。〔R.J.〕shiek. ʃie.〔國音入聲〕ㄒㄧㄝ（ㄒㄧㄚˊ）。

kiɛp

頰　△面傍也。形聲。△閩南語音 Hiap. Kiap. khih.△國語注音ㄐㄧㄚˊ。

莢　△草實。形聲。△閩南語音 Kiap. ngoeh.　△國語注音ㄐㄧㄚˊ。

鋏　△可以持治器，鑄鎔者也。形聲。△閩南語音 Kiap.△國語注音ㄐㄧㄚˊ。

梜　△檢柙（函物）也。形聲。△閩南語音 Kiap.△國語注音①ㄐㄧㄚˊ②ㄐㄧㄝ。

蛺　△蛺蜨也。形聲。△閩南語音 Kiap.△國語注音ㄐㄧㄚˊ。

上五字，廣韻「古協切」。〔R.J.〕jiek. dʒie.〔國音入聲〕ㄐㄧㄝ。

k'iɛp

篋　△同「匧」。藏也。竹器。形聲。△閩南語音 Kiap. kap. Khoeh.△國語注音ㄑㄧㄝ。

愜　△同「悏」。快也。志滿也。形聲。△閩南語音 Kiap.△國語注音ㄑㄧㄝ。

上二字，廣韻「苦協切」。〔R. J.〕chiek. tʃie.〔國音入聲〕ㄑㄧㄝ。

diɛp

牒　△札也。形聲。△閩南語音 Tiap.△國語注音ㄅㄧㄝ。

疊　△（本作「疊」）應也。懼也。重也。積也（玉篇）。會意。△閩南語音 Tiap. thah. thàh. thiàp. △國語注音ㄅㄧㄝ。

諜　△軍中反間也。形聲。△閩南語音 Tia̍p.△國語注音
　　ㄉㄧㄝˊ。

堞　△城上女垣也。重叠也（左傳）。形聲。△閩南語音Tia̍p.
　　△國語注音ㄉㄧㄝˊ。

氎　△細毛巾也。 織成之衣也（唐書）。形聲。 △閩南語音
　　Tia̍p.△國語注音ㄉㄧㄝˊ。

蹀　△（又「他協切」）躡也。履也。蹀躞，行貌（廣韻）。形
　　聲。△閩南語音 Tia̍p.△國語注音ㄉㄧㄝˊ。

喋　△多言也。又流血貌。形聲。△閩南語音 Tia̍p.△國語注音
　　ㄉㄧㄝˊ。

褶　△（又「是執切」）無絮之衣，雖複與禪同者也。襲也。重
　　衣之在上者（儀禮）。形聲。 △閩南語音 Si̍p. △國語注
　　音①ㄉㄧㄝˊ②ㄓㄜˊ。

褋　△南楚謂禪衣曰褋。形聲。△閩南語音 Tia̍p.△國語注音
　　ㄉㄧㄝˊ。

惵　△安也。怒懼貌。又帖或字。靜也（集韻）。形聲。△閩南
　　語音 Sia̍t. Tia̍p.△國語注音ㄉㄧㄝˊ。

鰈　△鳥名（山海經）。形聲。△閩南語音 Tia̍p.△國語注音
　　ㄉㄧㄝˊ。
　　上十一字，廣韻「徒協切」。〔R.J.〕diep. die. 〔國音入
　　聲〕ㄉㄧㄝˊ。

niɛp

捻　△指捻也。按也（說文新附）。會意。△閩南語音 Lia̍m.
　　Lia̍p. △國語注音①ㄋㄧㄝˋ②ㄋㄧㄝˊ。

苶　△疲貌。一曰忘也。病劣貌。又與薾同（集韻）。會意。△
　　閩南語音 Lia̍p.△國語注音ㄋㄧㄝˊ。

鎝　△小釵也。又小釘頭（集韻）。形聲。△閩南語音 Liap.
　　△國語注音ㄋㄧㄝ。

　　上三字，廣韻「奴協切」。〔R.J.〕niek. nie. 〔國音入
　　聲〕ㄋㄧㄝˋ。

siɛp
屧　△（屟或字） 履之薦（即鞋墊）也。形聲。 △閩南語音
　　Siat.△國語注音ㄒㄧㄝ。

燮　△和也。 會意兼形聲。 △閩南語音 Siat. △國語注音
　　ㄒㄧㄝ。

韘　△射決也。所以拘弦（發矢之扳指）也。形聲。△閩南語音
　　Siat.△國語注音ㄕㄜ。

躞　△蹀躞，行貌（集韻）。形聲。△閩南語音 Siat. △國語注
　　音ㄒㄧㄝ。

艓　△船名（宋書）。形聲。△閩南語音 Tiáp.△國語注音①
　　ㄉㄧㄝ②ㄧㄝ。

　　上五字，廣韻「蘇協切」。〔R.J.〕shiek. ʃie. 〔國音入
　　聲〕ㄒㄧㄝ。

tiɛp
渉　△（又「時懾切」）徒行瀨水也。流血貌。會意。△閩南語
　　音 Siáp△國語注音ㄉㄧㄝ。

　　上一字，廣韻「丁愜切」。〔R.J.〕diek. die. 〔國音入聲
　　〕ㄉㄧㄝ。

tsiɛp
浹　△洽也。徹也。又浹辰。自子至亥，十二日也（說文新附）
　　。形聲。△閩南語音 Chiap. Hiáp. Kiap. △國語注音
　　ㄐㄧㄚ。

　　上一字，廣韻「子協切」。〔R.J.〕jiek. dʒie. 〔國音入

聲〕ㄐㄧㄚˊ。

ʔiɑp

襃　△書囊也。又書衣也。形聲。　△閩南語音 Ip.△國語注音
ㄧˋ。

　　上一字，廣韻「於葉切」。此字已入緝韻，並入葉韻。

　　〔R.J.〕yip. i.〔國音入聲〕ㄧˋ。

十 七 洽

（含廣韻「洽、狎、業、乏」四韻）

ɣæp

洽　△霑也。形聲。△閩南語音 Hiáp.△國語注音①ㄒㄧㄚˊ
②ㄑㄧㄚˊ。

狹　△小也。同陜。又同狎（尙書）。形聲。△閩南語音 Hiáp.
oėh.△國語注音ㄒㄧㄚˊ。

峽　△（陜或字）。陜，隘也。兩山之間也。山夾水也。形聲。
△閩南語音 Hiáp. Kiap.△國語注音ㄒㄧㄚˊ。

硤　△硤石，唐縣名。山名（水經）。形聲。△閩南語音 Hiáp.
△國語注音ㄒㄧㄚˊ。

祫　△大合祭先祖親疏遠近也。周禮曰：二三歲一祫。形聲。△
閩南語音 Hiáp.△國語注音ㄒㄧㄚˊ。

　　上五字，廣韻「侯夾切」。〔R.J.〕shiak. ʃiʌ.〔國音入
聲〕ㄒㄧㄚˊ。

k'æp

愘　△帽也。繬幘也（玉篇）。形聲。△閩南語音 Khap.△國語
注音ㄑㄧㄚˊ。

掐　△爪刺也（說文新附）。形聲。△閩南語音 Khap. khíp.
khiâm.△國語注音ㄑㄧㄚˋ。

恰　△用心也。又適當之辭（說文新附）。形聲。△閩南語音
Khap.△國語注音ㄑㄧㄚˋ。

　　上三字，廣韻「苦洽切」。〔R.J.〕 chiak. tʃiʌ.〔國音
入聲〕ㄑㄧㄚˋ。

dẓæp

牐 △（集成誤植爲牐）下牐，閉城門也。以板爲蔽也（廣韻）
。形聲。△閩南語音 Siảp. Tiảp. △國語注音ㄓㄚˊ。

箑 △（又「山洽切」篓或字）行書也。本音捷。扇也。見葉韻
。形聲。△閩南語音 Chiảt.△國語注音ㄐㄧㄝˋ。

渫 △（與屑韻不同）除去也。形聲。△閩南語音 Tiảp.△國語
注音①ㄓㄚˊ②ㄒㄧㄝˋ。
　　　上三字，廣韻「士洽切」。〔R.J.〕 shak. ʃʌ.〔國音入
　　　聲〕ㄕㄚˊ（ㄓㄚˊ）。

kæp

袷 △（又「居怯切」葉韻）衣無絮也。形聲。△閩南語音
Hiảp. Kiap. khap.△國語注音①ㄐㄧㄚˊ②ㄐㄧㄝˋ。

夾 △持也。會意。△閩南語音 Kiap. khoeh. khoẻh. ngoeh.
△國語注音①ㄐㄧㄚ②ㄐㄧㄚˊ③ㄐㄧㄚˇ。

郟 △潁川縣。形聲。△閩南語音 Kiap.△國語注音ㄐㄧㄚˊ。

鵊 △鳥名，杜鵑也。又鵊鴣，催明鳥也。又書篇名（集韻）。
形聲。△閩南語音 Kiap.△國語注音ㄐㄧㄚ。

跲 △躓也。形聲。 △閩南語音 Kiap. kip. △國語注音
ㄐㄧㄚˊ。

韐 △（帢或字）士無市有韐。制如榼，缺四角，爵弁服，其色
韎，賤不得與裳同，此士人之頭巾也。形聲。△閩南語音
Kiap.△國語注音①ㄍㄜ②ㄐㄧㄚˊ。
　　　上六字，廣韻「古洽切」。〔R.J.〕 jiak. dȝiʌ.〔國音入
　　　聲〕ㄐㄧㄚˊ。

tʂæp

眨 △目動也（說文新附）。形聲。△閩南語音Chhiap.△國語
注音ㄓㄚˇ。

上一字，廣韻「側洽切」。〔R.J.〕jak. dʒʌ.〔國音入聲〕ㄓㄚ。

t'sæp

揷　△刺內也。形聲。△閩南語音 Chhap. chhah.△國語注音ㄔㄚ。

錷　△郭衣鍼也。形聲。△閩南語音 Chhap. chhah. △國語注音ㄔㄚ。

扱　△收也。形聲。△閩南語音 Chhap. Kip.△國語注音①ㄔㄚ②ㄒㄧ。

喢　△（又山洽切）多言也（玉篇）。形聲。△閩南語音 Chhap. sahⁿ.△國語注音ㄕㄚ。

上四字，廣韻「楚洽切」。〔R. J.〕chak. tʃʌ.〔國音入聲〕ㄔㄚ。

xæp

鮯　△（同欱）欱欨，鼻息（集韻）。形聲。△閩南語音 Hàp.△國語注音①ㄏㄚ②ㄐㄧㄚ。

欱　△歠也。形聲。△閩南語音 Hàp.△國語注音①ㄏㄚ②ㄒㄧㄚ。

上二字，廣韻「呼洽切」。〔R.J.〕hak. hʌ.〔國音入聲〕ㄏㄚ。

sæp

歃　△（又「山輒切」）歠（歃血）也。形聲。△閩南語音 Chhap.△國語注音ㄕㄚ。

萐　△（見葉韻）萐莆也。瑞草。形聲。△閩南語音 Chhiat.△國語注音ㄕㄚ。

霅　△（與葉韻同）小雨也。雨聲（說文新附）。形聲。△閩南語音 Sip. sap. seh. Tiap.△國語注音ㄕㄚ。

上三字，廣韻「山洽切」。〔R.J.〕shak. ʃʌ.〔國音入聲〕ㄕㄚˋ。

tæp
剳　△刺著也。奏事之文也。又同札（集韻）。形聲。△閩南語音 Tset.△國語注音ㄓㄚˋ。

上一字，廣韻」竹洽切」。〔R.J.〕jak. ʒʌ.〔國音入聲〕ㄓㄚˋ。

ʔæp
圔　△圔㝓，聲下貌。㝓圔義同。形聲。△閩南語音 Ip.△國語注音ㄏㄜˋ。

上一字，廣韻「烏洽切」。〔R.J.〕hak. hʌ.〔國音入聲〕ㄏㄜˋ（ㄏㄚˋ）。

ɣap
匣　△匱也。形聲。△閩南語音 Àp. àh. △國語注音ㄒㄧㄚˊ，

狎　△犬可習也。形聲。△閩南語音 Àp.△國語注音ㄒㄧㄚˊ。

柙　△檻也，所以藏虎兕也。形聲。△閩南語音 Àp.△國語注音ㄒㄧㄚˊ。

霅　△（又「之涉、丈甲切」）衆言也。煜霅，光貌。又雷電貌。雨也，雨聲也。形聲。△閩南語音 Ap Iȯk. Sap.△國語注音ㄓㄚˊ。

惬　△樂也（玉篇）。形聲。△閩南語音 Àp. △國語注音ㄒㄧㄚˊ。

上五字，廣韻「轄甲切」。〔R.J.〕shiak. ʃiʌ〔國音入聲〕ㄒㄧㄚˊ。

ḍap
喋　△啑喋，鳧雁食也（廣韻）。形聲。△閩南語音 Tiȧp.△國語注音①ㄉㄧㄝˊ②ㄑㄧㄝˊ。

擖　△刮也。形聲。　△閩南語音 Kat. △國語注音①ㄓㄚˊ②
　　ㄍㄜˇ。
　　上二字，廣韻「丈甲切」。〔R.J.〕 jak. ʒʌ.〔國音入聲
　　〕ㄓㄚˊ。

ʔap
壓　△坏也。一曰塞補也。形聲。△閩南語音 Ap. Iàm. a. ten
　　△國語注音ㄧㄚ。

鴨　△鶩也。俗謂鴨（說文新附）。形聲。△閩南語音 Ap. ah.
　　△國語注音ㄧㄚ。

押　△（又「古狎切」）署也。按也。檢束也。拘留也（韻會）
　　。形聲。△閩南語音 Ap. ah.△國語注音①ㄧㄚ②ㄧㄚˊ。
　　上三字，廣韻「乙甲切」。〔R.J.〕 yak. iʌ.〔國音入聲
　　〕ㄧㄚˊ。

kap.
甲　△東方之孟陽，氣萌動，象種子甲殼出土之形。象形。△閩
　　南語音 Kap. Kah.△國語注音①ㄐㄧㄚˇ②ㄐㄧㄚˇ。

胛　△背上兩膊間。俗謂肩甲（集韻）。形聲。△閩南語音 Kah.
　　Kap. △國語注音ㄐㄧㄚˇ。

鉀　△（同甲）鎧也（晉書）。形聲。今又為化學元素。△閩南
　　語音 Kap. kah.△國語注音ㄐㄧㄚˇ。
　　上三字，廣韻「古狎切」。〔R.J.〕 jiak. dʒiʌ.〔國音入
　　聲〕ㄐㄧㄚˇ。

sap
翣　△棺羽飾也。天子八，諸侯六，大夫四，士二。形聲。△閩
　　南語音 Chhiap. Sap. siat. △國語注音ㄕㄚˋ。

唼　△水鳥食謂之唼。又多言也。唼喋，鴨食也（玉篇）。形聲
　　。△閩南語音 Chiap. chhiap.△國語注音①ㄕㄚˊ②

ㄐㄧㄝ。

上二字，廣韻「所甲切」。〔R.J.〕shak. ∫ʌ.〔國音入聲〕ㄕㄚ˙。

xap

呷　△吸呷也。形聲。 △閩南語音 Àp. Hap. △國語注音 ㄒㄧㄚˊ。

上一字，廣韻「呼甲切」。〔R.J.〕shiak. ∫iʌ.〔國音入聲〕ㄒㄧㄚ˙。

ngiɑp

業　△大版也（記功版）。 象形。 △閩南語音 Giàp.△國語注音 ㄧㄝ。

鄴　△魏郡縣。形聲。△閩南語音 Giàp.△國語注音 ㄧㄝ。

上二字，廣韻「魚怯切」。〔R.J.〕yek. ie.〔國音入聲〕ㄧㄝ。

xiɑp

脅　△背呂也。會意（本象形）。△閩南語音 Hiàp. hàh.〔國語注音〕ㄒㄧㄝ。

愶　△以威力相恐也。怯也（廣韻）。形聲。△閩南語音 Hiàp。△國語注音ㄒㄧㄝ。

嶪　△嶪岌，山貌（文選）。形聲。△閩南語音 Hiàp. Giàp.△國語注音ㄧㄝ。

嗋　△吸也。合也。嗋赫，以口恐赫人也（莊子）。形聲。△閩南語音 Hiàp.△國語注音ㄒㄧㄝ。

歙　△翕氣也。形聲。△閩南語音 Hiàp. △國語注音ㄒㄧㄝ。

上五字，廣韻「虛業切」。〔R.J.〕shiek. ∫ie.〔國音入聲〕ㄒㄧㄝ。

k'iap

怯　△多畏也。又弱也。本作「㤇」。形聲。△閩南語音Khiap.
　　△國語注音ㄑㄧㄝ。

　　上一字，廣韻「去刼切」。〔R.J.〕chiek. tʃie.〔國音
　　入聲〕ㄑㄧㄝ。

kiap

刼　△（同劫）人欲去，以力脅止曰「劫」。从力去。會意。△
　　閩南語音 Kiap.△國語注音ㄐㄧㄝ。

蛺　△石蛺，蟲名。蛤蚌類。又同蚗（集韻）。形聲。△閩南
　　語音 Kiap.△國語注音ㄐㄧㄝ。

　　上二字，廣韻「居怯切」。〔R. J.〕jiek. dʒie.〔國音入
　　聲〕ㄐㄧㄝ。

ʔiap

鮿　△魚名。鮑魚。又腌或字（集韻）。形聲。△閩南語音 Ip.
　　△國語注音①ㄧˋ②ㄧㄢ③ㄤ。

　　上一字，廣韻「於業切」。〔R.J.〕yik. i.〔國音入聲〕
　　ㄧˋ。

biuap

乏　△反正爲乏。暫無也。會意。△閩南語音 Hoat.△國語注音
　　ㄈㄚˊ。

　　上一字，廣韻「房法切」。〔R.J.〕fak. fʌ.〔國音入聲
　　〕ㄈㄚˊ。

piuap

法　△（古寫「灋」）刑也。平之如水。从水，廌其不直者去之
　　。會意。△閩南語音 Hoat.△國語注音 ①ㄈㄚ②ㄈㄚˊ③
　　ㄈㄚˇ④ㄈㄚˋ。

上一字，廣韻「方乏切」，〔R.J.〕fak. fʌ.〔國音入聲〕
ㄈㄚ˙

〔本章總註〕

㈠本章採「詩韻集成」入聲十七韻為「例字」，並加校勘，正其多年來之錯脫誤舛多
　處。蓋「集成」一書為習近體詩必備者也。惟多年前由於刻板時誤脫極多，筆誤
　亦夥，今人習焉不察，良可憾也。至於「佩文韻府」、「中華新韻」，乃至「廣
　韻」，為專家研究則可，備用則非一般人所可行；故採其簡賅，為之箋聲便於檢
　閱也。

㈡本書例字訂音，採余廼永校正之廣韻（聯貫版）所用周法高教授之註音；取其較諸
　家為正，為新。且粵音乃中古之唐音也。周氏古音，所用音標，請參考本書末頁
　附印之「音標對照表」及「入聲字聲母、韻母配對表」。

㈢本章箋註之閩南語音，採用甘為霖氏編著之「廈門語新字典」所用註音，加閩南語
　七聲調號，取其廣。玆列閩南語七種調號如下：
　(1)陰平聲，無調號，音平而長。例：秋 (Ch'iu)、醫 (i:)。
　(2)陰上聲，音高而降，調號「ˊ」。例：椅 (í)、友 (iú)。
　(3)陰去聲，音低降而短，調號「ˋ」。例：去 (k'ì)、意 (ì)、釘 (tèg)。
　(4)陰入聲，低激促短，無調號，用 p,t,k,h, 收音。例：壓 (ap)、法 (hoat)、
　　桌 (toh)、客 (k'ek)。
　(5)陽平聲，音低平，收音時升高，與國語二聲彷彿，調號「∧」。例：茶 (tê)
　　、林 (lîm)。
　(6)陽去聲，音平稍長，調號「一」。例：是 (sī)、坐 (chē)、路 (lō)。
　(7)陽入聲，高激而促，有調號「ㅣ」，並仍用 p,t,k,h, 收音。例：合 (hȧp) 滑
　　(kȧt)、六 (lȧk)、食 (chiȧh)。
　　閩南語，陰上與陽上聲相同，故不另列。閩南音七個調號，比國語多三個，比
　　中古音多兩個。只書「例字」用入聲調號及 p.t.k.h. 四種收音。

㈣本章羅馬字拼音，以「R」簡代所拼例字，收音一律用「k」（以代 q 舌根音）因
　今之入聲用國語讀來，只有促音，已不分 p.t.k. 的聲尾，故統一之。

㈤本章萬國（jones）音標以「J」簡代。所拼例字，一律不用收音字，讀時按音標
　，讀觸音即可。

㈥本章例字，凡其音相同者，各歸一類，分韻分類，用「古音」（周氏訂音）、「閩南語音」、「國語四聲注音」、「廣韻反切」、「羅馬拼音」、「萬國音標（jiones·）拼音」、「國語觸音（入聲）」等七種注音，只要了解其中六種讀法之一，卽可讀出各例字的入聲音值了。

㈦本章例字中，周氏古音，有聲母如 n̥ d̥ t̥ t̥' ts̥ ts̥' d̥z̥……各字之下，加「。」者，爲該聲母之輕聲，以有別於本音。

㈧本章例字，在「質、職、術」三韻，音標有 iIt（質）、iIk（職）、iuIt（術）諸字。其「I」是 i 的大楷。此音似在國音ㄧ與ㄝ之間的合音。在國音中沒有特爲註明，以供切音時參考（按聽韻無 I 標音）。

㈨閩南語音中，例如：錯（chhò·），在韻部ò右上角加一「·」點，表輕讀。又如：嚷（kiuⁿ），標音 kiu 右上角加一小「n」，表濁音（鼻音）陽聲。

㈩未盡完善者，容再爲增訂。

十二　綜合結論

　　綜結以上各節，從入聲字的源流，到衍變、認知的方法，以及字聲、訓詁之箋註，於焉終了。個人以爲就「入聲字」而言。這是坊間第一本最完整的書；但其中的罅漏，自所難免，而個人已竭盡心力，作週密詳盡之徵審矣。

　　就教學之技術言，這本書中，提供三項最重要的方法：

〔一〕從「聲符」去認知入聲字，只要記住聲符，便可以解決。至於沒有根據的字，畢竟是最少數，且較冷僻而少用。又有其他方法予以補救。

〔二〕從「國音」的分類歸納所得，（此中參考陳新雄教授講義，並加以引喻，擴充）分陳條例，如果熟記於心，也可以了解入聲字。

〔三〕從「國臺語對讀」，這是從語音上，去直接了解入聲字的方法。你只要懂臺語（或粵語），先用臺（粵）語，讀一遍，把入聲字音讀出來，再用國語讀一遍，如果臺語（粵語），發音短激便是入聲，國語發音則不必管之。如果臺（粵）語發音有尾音，那麼便以國語爲準，而認知它是第幾聲（或平、上、去）便可。

　　復次。本書同時提供「國語觸音」的讀法，這種方法，從前無人試過，我們用國語把某字讀音，照「觸音」讀法，不把字尾延長，讀觸音，便是入聲字。

　　最後，把常用字用七種拼音法，箋聲，作各位讀者先生查考之用，此亦非常重要，因這一千八百入聲字，都是經過歸類整理，易於查閱，非常簡便。

入聲字，學會了，平仄自然也會，進一步練習，還要先學「對聯
　　」。對聯，從兩個字開始對；對到七個字爲止，例如：
　　風吹（平平），對雨打（仄仄）。
　　李白（仄仄），對王維（平平）。紛紛（平平），對寂
　　寂（仄仄）。
　　對聯，訣竅在「平對仄」，名詞對名詞，動詞對動詞，
　　形容詞對形容詞，副詞對副詞；實詞對實詞，虛字對虛
　　字。雙聲叠韻對雙聲叠韻。如「寂寞（仄仄）」對「淒
　　涼（平平）」。叠字對叠字。如「淒淒（平平）對切切
　　（仄仄）」。對到七個字，成一句詩，由一變二，兩聯
　　，便可成雙了。寫律句沒問題了。再從五言絕句（「自
　　君之出矣」）開始練（後有詩譜可供參考）。
　　把大模樣作好，平仄沒問題。至於詩的境界，深度，那
　　是自己學養的事了，在此不另深論。
這一本書的範圍到此爲限，再說已是多事，佛頭著糞了。尙祈知
　　我者，敎我者，不吝惠我裁正也。

十 三 附 錄
近體詩「正格與變格」

㈠五絕正格

1.平起平收：（押一、二、四平韻）（註）

仄仄仄平平，平平仄仄平；平平平仄仄，仄仄仄平平。
林暗草驚風，將軍夜引弓；平明尋白羽，沒在石稜中。
　　＊
　　　　　　　　　　　　　　　　——盧綸「塞下曲」

平平仄仄平，仄仄仄平平；仄仄平平仄，平平仄仄平。
北風吹白雲，萬里渡河汾；心緒逢搖落，秋聲不可聞。
　　＊　　　　　　　　　　＊
　　　　　　　　　　　　　　　　——蘇頲「汾上驚秋」

2.仄起平收：（押二、四平韻）

仄仄平平仄，平平仄仄平；平平平仄仄，仄仄仄平平。
綠螘新醅酒，紅泥小火爐；晚來天欲雪，能欲一杯無？
　　　　　　　　　　　　　＊
　　　　　　　　　　　　　　——白居易「問劉十九」

平平平仄仄，仄仄仄平平；仄仄平平仄，平平仄仄平。
沅湘流不盡，屈子怨何深；日暮秋風起，蕭蕭楓樹林。
　　＊　　　　　　　　　　　　　　＊
　　　　　　　　　　　　　　　——戴叔倫「三閭廟」

3.平起仄收：（押二、四仄韻）

平仄仄平平，平平仄平仄；平仄仄平平，平平仄平仄。
君自故鄉來，應知故鄉事；來日綺窗前，寒梅著花末？
　　　　　　　　　　　　　　　——王維「雜詩」

4.仄起仄收：（押一、二、四仄韻）

平平仄仄仄，仄仄平平仄；仄平平仄平，平仄平平仄。
春眠不覺曉，夜夜聞啼鳥；夜來風雨聲，花落知多少！
　　　　　　　　　　　　　　　——孟浩然「春曉」

平平仄仄仄，仄仄平平仄；仄平平仄平；平仄平平仄。

千山鳥飛絕，萬徑人蹤滅；孤舟簑笠翁，獨釣寒江雪。

*　　　　　　　　*　　　　　　　　*

——柳宗元「江雪」

平仄仄平仄，平平仄仄仄；仄仄仄平平，平平仄仄仄。

松下問童子，言師採藥去；只在此山中，雲深不知處。

——賈島「尋隱者不過」

㈡五絕變格

1.平起平收：（押一、二、四平韻）

平平平仄平，平仄仄仄仄；仄平仄仄仄，平平平仄平。

床前明月光，疑是地上霜；舉頭望明月，低頭思故鄉。

——李白「靜夜思」

2.仄起平收：（押二、四平韻）

仄平平仄仄，仄仄仄平平；平平平仄仄，仄仄仄平平。

自君之出矣，不復理殘機；思君如滿月，夜夜減清輝。

——張九齡「自君之出矣」

〔註〕①「平起平收」、「平起仄收」，乃指每首詩第一句最後一字及末句最後
　　　一字，是平聲，即「平起平收」，如第一句最後一字是平聲，末句最後
　　　一字是仄聲，則爲「平起仄收」。

　　　所謂「仄起平收」、「仄起仄收」，便是一首詩第一句末字仄聲，最後
　　　一句末字爲平聲，則爲「仄起平收」。如第一句最後一字爲仄聲，末句
　　　最後一字，也是仄聲，便是「仄起仄收」。不論五 七言、絕律句均同。
　　　至於所謂一首詩的起句，第二字爲平聲（第一字不論），則爲「平起」
　　　，如果第一句第二字仄聲，則爲「仄起」，也是絕律不論，均爲如此。
　　　這是詩格的一般常識。

　　②五絕除正格外，變格多爲作者自創新聲，突破古人樊籬，平仄爲之扭變
　　　。因此，凡古人在詩中，故作不調平仄之筆，而成絕唱者，後人範之，
　　　均爲「變格」，其例甚多，僅舉上二首。

㈢五律正格

仄起平收：（押二、四、六、八四韻）

仄仄平平仄，平平仄仄平；平平平仄仄，仄仄仄平平；
江漢曾爲客，相逢每醉還；浮雲一別後，流水十年間；
　　＊　　　　　　　　　　　　　　　　　　＊
仄仄平平仄，平平仄仄平；平平平仄仄，仄仄仄平平。
歡笑情如舊，蕭疏鬢已斑；何因不歸去，淮上對秋山。
　　　　　　　　　　　　　　　　＊
　　　　　　　　　　——韋應物「淮上喜會梁州故人」

平平平仄仄，仄仄仄平平；仄仄平平仄，平平仄仄平；
十年離亂後，長大一相逢；問姓驚初見，稱名憶舊容；
　＊
平平平仄仄，仄仄仄平平；仄仄平平仄，平平仄仄平。
別來滄海事，語罷暮天鐘；明日巴陵道，秋山又幾重。
　　　　　　　　　　　　　　＊

(四)五律變格
　　　　　　　　　　——李益「喜見外弟又言別」

1.平起平收：（押一、二、四、六、八平韻）

平平仄仄平，仄仄仄平平；仄仄平平仄，平平仄仄平；
異鄉多遠情，夢斷落江城；病起憎書癖，貧家負酒名；
　＊　＊
平平平仄仄，仄仄仄平平；仄仄平平仄，平平仄仄平。
過春花自落，竟曉月空明；獨此一長嘯，故人天際行。
　　　　　　　　　　　　　　　＊
　　　　　　　　　　——許渾「旅夜懷遠客」

仄仄仄平平，平平仄仄平；平平平仄仄，仄仄仄平平；
戍鼓斷人行，邊秋一雁聲；露從今夜白，月是故鄉明；
　　　　　　　　　　　　　　＊
仄仄平平仄，平平仄仄平；平平平仄仄，仄仄仄平平。
有弟皆分散，無家問死生；寄書長不達，況乃未休兵！
　　　　　　　　　　　＊

　　　　　　　　　　——杜甫「月夜憶舍弟」

2.仄起平收（押二、四、六、八平韻）

平仄平仄仄，仄平平平平；仄仄平仄仄，平仄平仄平；
中歲頗好道，晚家南山陲；興來每獨往，勝事空自知；

平仄仄平仄，仄平平仄平；仄平仄平仄，平仄平平平。
行到水窮處，坐看雲起時；偶然值林叟，談笑無還期。

──王維「終南別業」

平平平仄仄，仄仄仄平平；仄仄平仄仄，平平仄仄平；
離離原上草，一歲一枯榮；野火燒不盡，春風吹又生
　　　　　　　　　　　　　　　◉

平平平仄仄，仄仄仄平平；仄仄平平仄，平平仄仄平。
遠芳侵古道，晴翠接荒城；又送王孫去，萋萋滿別情。
　　　　　　　　　　　*

──白居易「原草」

〔註〕五律變格較少，惟一二大家，不按牌理出牌，自定平仄，奇句桀驁，似王
　　　白兩家，可見一斑。惟王維一首變革爲巨。

(五)七絕正格

2 平起平收：（押一、二、四平韻）

平平仄仄仄平平，仄仄平平仄仄平；
繁華事散逐香塵，流水無情草自春；
　　　　　　　　　　*

仄仄平平平仄仄，平平仄仄仄平平。
日暮東風怨啼鳥，落花猶似墜樓人。
　*　◉　　　*　　　*

──杜牧「金谷園」

仄仄平平仄仄平，平平仄仄仄平平；
少小離鄉老大回，鄉音無改鬢毛衰；
　　　　　　　　　　　*

平平仄仄平平仄，仄仄平平仄仄平。
兒童相見不相識，笑問客從何處來。
　*　　　　　*　　*

──賀知章「囘鄉偶書」

(六)七絕變格

1.仄起平收：（押二、四平韻）

平平仄仄平平仄，仄仄平平仄仄平；
洞房昨夜停紅燭，待曉堂前拜舅姑；
　*

仄仄平平平仄仄，平平仄仄仄平平。

妝罷低聲問夫婿，畫眉深淺入時無？
　*　　　*⊙　　　*　　*

——朱慶餘「閨意」

仄仄平平平仄仄，平平仄仄仄平平；
兩箇黃鸝鳴翠柳，一行白鷺上靑天；
　　　　　　　　　　　*

平平仄仄平平仄，仄仄平平仄仄平。
窗含西嶺千秋雪，門泊東吳萬里船。
　　*　　　　　　*

——杜甫「絕句」

2.平起平收：（押一、二、四平韻）
仄平平平平仄平，平平平仄仄平平；
故人西辭黃鶴樓，烟花三月下揚州；
⊙　　*　　　　　*

平平仄仄仄平仄，平仄平平平仄平。
孤帆遠影碧山盡，惟見長江天際流。
　*　　　*　　　*

——李白「黃鶴樓送孟浩然之廣陵」

〔註〕像李白這首詩，「變」的就太大了，其實它基本的格，應與本節七絕正格
第二首詩式完全相同，李氏把第一句第二、五兩字，第二句第三字，第三
句第五字，第四句第一、五兩字 平仄倒用。全詩有六個字失黏，除「一、
三、五」不論，可以「原諒」外，其中第一句第二字「人」之變，李氏就
獨抗陳例，硬將仄聲變爲平聲，在所不惜了。

(七)七律正格

平起平收：（押一、二、四、六、八平韻）
平平仄仄仄平平，仄仄平平仄仄平；
三年謫宦此棲遲，萬古惟留楚客悲；
　　　　　　*

仄仄平平平仄仄，平平仄仄仄平平；
秋草獨尋人去後，寒林空見日斜時；
*　*

平平仄仄平平仄，仄仄平平仄仄平；

漢文有道恩猶薄，湘水無情弔豈知；
仄仄平平平仄仄　　　平平仄仄仄平平。
　　　　　　　　＊
寂寂江山搖落處，憐君何事到天涯。
　　　　　　　　　　　＊

　　　　　　　　　　——劉長卿「長沙過賈誼宅」

仄仄平平仄仄平，平平仄仄仄平平；
昨夜星辰昨夜風，畫樓西畔桂堂東；
　　　　　　　　　＊　　＊
平平仄仄平平仄，仄仄平平仄仄平；
身無彩鳳雙飛翼，心有靈犀一點通；
　　　　　　　　　　＊
仄仄平平平仄仄，平平仄仄仄平平；
隔座送鈎春酒暖，分曹射覆蠟燈紅；
　　　　　　　　　　＊
平平仄仄平平仄，仄仄平平仄仄平。
嗟余聽鼓應官去，走馬蘭台類轉蓬。

　　　　　　　　　　　　——李商隱「無題」

　　〔註〕昨，可作仄聲字用，故不列失黏。

(八)七律變格

1.仄起平收：（押二、四、六、八平韻）

平平仄仄平平仄，仄仄平平仄仄平；
謝公最小偏憐女，自嫁黔婁百事乖；
　＊
仄仄平平平仄仄，平平仄仄仄平平；
顧我無衣搜藎篋，泥他沽酒拔金釵；
平平仄仄平平仄，仄仄平平仄仄平；
野蔬充膳甘長藿，落葉添薪仰古槐；
　　　　　　　　　　＊　＊
仄仄平平平仄仄，平平仄仄仄平平。
今日俸錢過十萬，與君營奠復營齋。
　＊　＊　　　　　　＊　＊

　　　　　　　　　　　　——元稹「遣悲懷」

仄仄平平平仄仄，平平仄仄仄平平；
劍外忽傳收薊北，初聞涕淚濕衣裳；
　　　　　　＊
平平仄仄平平仄，仄仄平平仄仄平；

卻看妻子愁何在，漫卷詩書喜欲狂；
仄仄平平平仄仄，平平仄仄仄平平；
白日放歌須縱酒，青春作伴好還鄉；
平平仄仄平平仄，仄仄平平仄仄平。
即從巴峽穿巫峽，便下襄陽向洛陽。

——杜甫「聞官軍收河南河北」

仄平仄平平仄仄，仄仄平平平仄平；
(註)昔人已乘黃鶴去，此地空餘黃鶴樓；
平仄仄仄仄仄仄，仄仄平仄平平平；
黃鶴一去不復返，白雲千載空悠悠；
平平仄仄平平仄，仄仄平平仄仄平；
晴川歷歷漢陽樹，芳草萋萋鸚鵡洲；
仄仄平平平仄仄，平平仄仄仄平平。
日暮鄉關何處是？煙波江上使人愁。

——崔顥「黃鶴樓」

〔註〕此詩除第一句第一字「昔」字；第二句第五字「黃」字；第三句第一字「黃」字，第三字「一」字，第五字「不」字；第四句第一字「白」字，第三字「千」字，第五字「空」字；第五句第五字「漢」字；第六句第一字「芳」字；第八句第三字「江」字；共十一個字，可通過「一三五不論」的昔例外，其第一句第四字「乘」字（乘可兩讀如讀仄聲則可用），第六字「鶴」字，都失黏，平仄不調，尤其是「二、四、六」該分明，而未分明。這是詩的「突破」之處。如這二字按規定用字，「改平為仄，改仄為平」的話，那麼這首詩便與本節第一首的範式一樣了。

2.平起平收：(押一、二、四、六、八平韻)

平平仄仄仄平平，仄仄平平仄仄平；
鳳凰台上鳳凰遊，鳳去台空江自流；
平平仄仄仄平仄，仄仄平平平仄平；

吳宮花草埋幽徑，晉代衣冠成古邱；
平平仄仄平平仄，仄仄平平仄仄平；
*　　　*　　　　　　　　　　*
三山半落青天外，二水中分白鷺洲；

仄仄平平平仄仄，平平仄仄仄平平。
總為浮雲能蔽日，長安不見使人愁。

――李白「登金陵鳳凰台」

〔註〕這首詩「一三五不論」幾個字，都沒有問題，問題在第二聯兩句，該用「
　　　仄仄平平平仄仄，平平仄仄仄平平」而不用，却變成與第一聯兩句同調，
　　　（除第三句末字不押韻，是仄聲）。更怪的是，第二聯與第三聯（三四、
　　　五六兩句）又完全同調，吟起來，就「直腿」了。
　　　這首詩如果把第二聯兩句，改為「仄仄平平平仄仄，平平仄仄仄平平」的
　　　話，那麼就和七律正格第一首劉長卿「過賈誼宅」同一格律，而為正格了
　　　。但是李白心一橫，就攔腰一刀，斬了，變成了李白「奇律」啦！

以上關於詩的正格與變格，我們引了二十六首五七言的絕句
和律句，作為教授近體詩的範式，萬變不離其宗，只要我們
能掌握平仄聲，及各式的譜子，不管詩人怎樣變，我們也會
看出他變的倪端來，我們授詩時，也有了準繩了。

當然幾個重要的詩譜（尤其是「正格」）一定要熟爛於心，
直接反應，才能運用自如；總之詩人寫變格詩，也不過不願
意受「格律」束死，才突破、求變。我們看李白之多變，與
他的個性，即可知一斑。又如還有一些「半格詩」，一首律
詩，中間兩聯，本應對偶，他偏偏只對一聯，留一聯「自由
寫」，這都是求變的外一章。

至於除此而外，是不是還有別的「變格」詩，我想當然會有
，除了古體詩外，凡有近體痕跡可尋的，它怎樣變，我們要

按以上每一個譜子來分析，求證它，是不會出錯的。只要我
們運用純熟，怎樣變，也不會跳出上面那些譜式來的！

復次，近體中，除絕律二體外，還有「排律」，就是一首詩
，超過十句以上，多至幾十句，甚至百句的，除頭尾二聯外
，中間**每聯**都要對偶，這就是所謂「排律」了，像杜甫的「
北征」吧，便是。

萬一，排律中，有人故意漏幾聯不對呢，那就是他們又「變
」了。本來，文學沒有定式，有了定式之後，一定會有人突
破、求變，如果不變的話，詩的世界，不是變成死水了嗎，
那還有甚麼波浪呢？此之李白，成其可貴之處。

〔註〕以上引證的二十六首詩，每首的字下面，凡有「＊」的記號，那表示那個
　　　字的聲調，可平可仄；凡有「⊙」符號，那是指變格中，不該變而改變的
　　　「二、四、六分明」的字。在古人言，他們改動了一句詩中的某一字，他
　　　必須在下一句中同一個字的地位，以相反的音調（比如：上句第五字該用
　　　平聲，而用仄聲，那麼在下一句的同一字，便不該用仄而用平聲去補救過
　　　來）。安排補救。這樣才不會「扭」得離譜。

本書使用音標對照表　(一)　聲母

國語注音符號	萬 (jones) 國音 標	國 際 音 標	羅 馬 字 音 標
ㄅ	b	p	b
ㄆ	p	p'	p
ㄇ	m	m	m
ㄈ	f	f	f
(万)	v		(v)
ㄉ	d	t	d
ㄊ	t	t'	t
ㄋ	n	n	n
ㄌ	l	l	l
ㄍ	g	k	g
ㄎ	k	k'	k
(兀)	ŋ	(ng)	(ng)
ㄏ	h	x	h
		ʔ (喉音 h字字尾)	
ㄐ	dʒi (相似音值)	tɕ	ji
ㄑ	tʃi (相似音值)	tɕ'	chi
(广)			(gn)
ㄒ	ʃi (相似音值)	ś(ç)	shi
ㄓ	3 (相似音值)	tʃ(tʂ)	j
ㄔ	tʃ	tʃ'(tʂ')	ch
ㄕ	ʃ	ʃ(ʂ)	sh
ㄖ	r (讀前半音)	3(ʐ)	r
ㄗ	dz	ts	tz
ㄘ	ts	ts'	ts
ㄙ	s	s	s

本書使用音標對照表　(二)　聲母（ㄙ以下爲韻母）

國語注音符號	萬國jones音標	國際（語音）音　　　　標	羅馬字音標
（帀）		ï(ㄗ)	y
ㄚ	aː	a（在i與n之前）	a
	ʌ	a（在u與ng前）	
	æ	æ（舌下壓促音）	
ㄛ	o	o	o
	ɔ(O的短音舌縮)		
	ɔː（ɔ的長音）		
ㄜ	ə（喉塞音）	ɤ	e
		ə（ㄦ母音）	
ㄝ	e	e	ē
ㄞ	ai	ai	ai
ㄟ	ei	ei	ei
ㄠ	au	au	au
ㄡ	ou	ou	ou
ㄢ	an	an	an
ㄣ	en	ən	en
ㄤ	ang(aŋ)	aŋ	ang
ㄥ	ŋ	əŋ	eng
ㄦ	əː（ə稍長）	ɚ	el
		◌（似ㄦ稍輕舌根音）	

本書使用音標對照表　(三)韻母　　本表萬國音標如為國際
羅馬音標所無者不列

國語注音符號	萬國jones音標	國 際 音 標	羅 馬 音 標
ㄧ	i	i	i
ㄧㄚ	ia:	ia	ia
(ㄧ)ㄛ	io	io	io
ㄧㄝ	ie	ie	ie
(ㄧ)ㄞ	iai	iai	iai
ㄧㄠ	iau	iau	iau
ㄧㄡ	iou	iou	iou
ㄧㄢ	(iæn)ian	ian	ian
ㄧㄣ	in	in	in
ㄧㄤ	iaŋ	iaŋ	iang
ㄧㄥ	iŋ	iŋ	ing
ㄨ	u	u	u
ㄨㄚ	ua	ua	ua
ㄨㄛ	uo	uo	uo
(ㄨ)ㄞ	uai	uai	uai
ㄨㄟ	uei	uei	uei
ㄨㄢ	(uæn)uan	uan	uan
ㄨㄣ	uən	uən	uen
ㄨㄤ	uaŋ	uaŋ	uang
ㄨㄥ	uŋ	uŋ	uang-ong
ㄩ	iu	y	iu
ㄩㄝ	iue	ye	iue
ㄩㄢ	(iuæn)iuan	yan	iuan
ㄩㄣ	iun	yn	iun
ㄩㄥ	iuŋ	ynŋ	iong

本書入聲例字使用音標對照表(四)

本表據余廼永校
周法高氏定音

聲	母			韻	母	
幫	p	影	?	盍	-ɑp	乏 -iuɑp
滂	p'	曉	x	合	-əp	末 -uɑp
並	b	匣	ɣ	狎	-ap	鎋 ②-uæt
明	m	喻(云)	j	洽	-æp	黠 ②-uat
端	t	喻(以)	o	葉 ①-iæp		薛 ③-iuæt
透	t'	來	l	葉 ②-iap		薛 ④-iuat
定	d	日	ń	業	-iɑp	月 ②-iuɑt
泥	n			帖	-iɛp	屑 ②-iuɛt
娘	n̥			緝 ①-iíp		沒 ②-uət
知	t̥			緝 ②-iep		術 -iuít
徹	t̥'			曷	-at	質 (無)-iuet
澄	d̥			鎋 ①-æt		物 -iuat
精	ts			黠 ①-at		鐸 ②-uɑk
清	ts'			薛 ①-iæt		藥 ②-iuɑk
從	dz			薛 ②-iat		陌 ②-uak
心	s			月 ①-iɑt		麥 ②uæk
邪	z			屑 ①-iɛt		陌 ④-iuak
照(莊)	tṣ			沒 ①-ət		昔 ②-iuæk
照(章)	tś			櫛	-et	錫 ②-iuɛk
穿(初)	tś'			質 ①-iĭt		德 ②-uək
牀(船)	dẓ			質 ②-iet		職 余①-iek
牀(崇)	ẓ			迄	-iət	余②-iuek
審(生)	ṣ			鐸 ①-ɑt		屋 ①-uk
審(書)	ś			藥 ①-iɑk		沃 -uok
禪	dź			昔 ③-iɑk		屋 ②iuk
見	k			陌 ①-ak		燭 -iuok
溪	'k'			麥 ①-æk		以上合口
群	g			陌 ①-iak		
疑	ng			昔 ①-iæk		
				錫 ①-iɛk		
				德 ①-ək		
				職 周①-iĭk		
				周②-iek		
				覺 ok-		
				以上開口		

〔註一〕本表爲古韻類,與韻母相配,即成一字之全音。可查書中之例字。如: ? 與-uk配,即是「?uk」屋字。餘類推。

〔註一〕本表韻符凡有數碼者,表示本書某韻有一種以上韻脚,無數碼者,則只有一種韻脚。〔註二〕職韻在本書內以「余①②」爲韻脚。周①②爲另一定音。〔註三〕如不明此表配音不必參看亦無礙

重 要 參 考 書 目

一、中國音韻學研究　　　　高本漢著　　　商務印書館

二、中國聲韻學　　　　　　姜亮夫著　　　文史哲出版社

三、聲韻學　　　　　　　　施雲山編　　　華聯出版社

四、中國聲韻學大綱　　　　謝雲飛著　　　蘭台書局

五、中國古音學　　　　　　張世祿著　　　先知出版社

六、中國音韻學史　　　　　張世祿著　　　商務印書館

七、中國聲韻學通論　　　　林　尹著　　　世界書局

八、國語語音學　　　　　　鍾露昇著　　　語文出版社

九、國故新探　　　　　　　唐　鉞著　　　商務印書館

十、入聲考　　　　　　　　胡　適著　　　遠東圖書公司

十一、臺灣話考證　　　　　孫洵侯著　　　自印本

十二、廈門音新字典　　　　甘為霖編　　　臺灣教會公報社印行

十三、互註校正宋本廣韻　　余廼永校　　　聯貫出版社

十四、說文解字註　　　　　段玉裁註　　　藝文印書館

十五、詩韻集成　　　　　　劉淵等編　　　華聯出版社

十六、李漁叔談詩　　　　　李漁叔講　　　大華晚報社

十七、漢語語音學　　　　　王了一著　　　龍門書局

十八、音韻學講義　　　　　陳新雄編　　　（闕）師大講義

十九、舊詩的體裁和規律　　曾永義著　　　國語日報社

二〇、白香詞譜　　　　　　舒夢蘭選　　　大陸圖書供應社

二一、字例　　　　　　　　高鴻縉著　　　自印本

二二、全唐詩　　　　　　　　　　　　　　復興書局

二三、中國文學發達史　　　劉大杰　　　　中華書局

二四、中國語音學史　　　　董同龢著　　　華岡出版部

二五、詩式　　　　　朱寶瑩著　　　中華書局

二六、漢語音韻　　　朱道序著　　　弘道文化公司

二七、廈門語音韻　　董同龢著　　　中央研究院集刊

二八、日知錄　　　　顧炎武著　　　明倫出版社

二九、白話文學史　　胡　　適　　　啓明書局

三〇、黃帝內經　　明 馬元臺 張隱庵 合註 韓國漢城裕昌德書店

三一、難經　　　　　唐湘清註　　　醫王出版社

文學之旅　　　　　　　蕭傳文　著
文學邊緣　　　　　　　周玉山　著
文學徘徊　　　　　　　周玉山　著
種子落地　　　　　　　葉海煙　著
向未來交卷　　　　　　葉海煙　著
不拿耳朵當眼睛　　　　王讚源　著
古厝懷思　　　　　　　張文貫　著
材與不材之間　　　　　王邦雄　著

美術類

音樂人生　　　　　　　　　　黃友棣　著
樂團長春　　　　　　　　　　黃友棣　著
樂苑春回　　　　　　　　　　黃友棣　著
樂風泱泱　　　　　　　　　　黃友棣　著
樂境花開　　　　　　　　　　黃友棣　著
音樂伴我遊　　　　　　　　　趙　琴　著
談音論樂　　　　　　　　　　林聲翕　著
戲劇編寫法　　　　　　　　　方　寸　著
戲劇藝術之發展及其原理　　　趙如琳　著
與當代藝術家的對話　　　　　葉維廉　著
藝術的興味　　　　　　　　　吳道文　著
根源之美　　　　　　　　　　莊　申　著
扇子與中國文化　　　　　　　莊　申　著
水彩技巧與創作　　　　　　　劉其偉　著
繪畫隨筆　　　　　　　　　　陳景容　著
素描的技法　　　　　　　　　陳景容　著
建築鋼屋架結構設計　　　　　王萬雄　著
建築基本畫　　　　　陳榮美、楊麗黛　著
中國的建築藝術　　　　　　　張紹載　著
室內環境設計　　　　　　　　李琬琬　著
雕塑技法　　　　　　　　　　何恆雄　著
生命的倒影　　　　　　　　　侯淑姿　著
文物之美——與專業攝影技術　林傑人　著

— 5 —

— 4 —

滄海叢刊書目 (一)